DO756973

A E
& I

La razón de los amantes

Autores Españoles e Iberoamericanos

Pablo Simonetti

La razón de los amantes

 Planeta

© Derechos de autor de Pablo Simonetti 2007
    c/o Piergiorgio Nicolazzini Literary Agency
    Via G.B. Moroni 22, 20146 Milano, Italia

Diseño y fotografía: Piedad Rivadeneira
Diagramación: Antonio Leiva

© 2007, Editorial Planeta Chilena S.A.
    Av. 11 de Septiembre 2353, 16º piso, Providencia
    Santiago (Chile)

Quinta edición: Sepiembre 2008

Inscripción Nº 163.819
ISBN: 978.956.247.432-0

Impreso en Grafhika Copy Center Ltda.

«La gente no exige que una cosa sea
razonable, si los conmueve.
¿Acaso son razonables los amantes?».

The end of the affair
Graham Greene

Primera Parte

1

Siempre hay una primera vez para todo, incluso para experimentar las sensaciones más temidas y anheladas. Del Teatro Municipal de Santiago sólo tiene un vago recuerdo de infancia, cuando sus padres la llevaban al ballet. En esta ocasión asistirá a la ópera. El banco donde trabaja su marido ofrece la gala anual para agasajar a clientes y autoridades. Se siente abrumada por sus deseos de verse bien y estar a la altura de las circunstancias. No ha dejado ningún detalle al azar: se hizo un tratamiento facial, también la manicura, se peinó con un peluquero de renombre, del clóset de su hermana tomó prestado un vestido de fiesta y compró un par de zapatos cuyo precio excedía cualquier idea de moderación. La pequeña cartera de Strass será la única prenda habitual que tendrá el privilegio de acompañarla. Sin embargo, no ha logrado entusiasmar a Manuel con la perspectiva de este verdadero estreno social. Sus consejos: «Córtate el pelo», «deberías comprarte un traje nuevo» o «cómo vas a ir con esos zapatos», no han sido atendidos. Él parece no apreciar el honor de ser invitado por primera vez como el miembro más reciente de la plana mayor del banco.

La tarde de la gala, Manuel regresa a su casa más temprano que de costumbre. Viven en un duodécimo piso, con vista a la calle Alcántara y a la cordillera. El edificio es uno más de los tantos que se han levantado en ese barrio en los últimos diez años, aplastando a su paso el anterior señorío de sus calles arboladas. Cada día al cruzar la recepción y saludar al conserje, o mientras sube en el ascensor, o incluso cuando se dispone a abrir la puerta del 1203, respira un aire de provisionalidad que nunca experimentó en su casa de infancia: los departamentos son fáciles de habitar como también fáciles de abandonar; raro es el día en que no hay un camión de mudanza en la cuadra, a la espera de una familia que llega o se va o se desintegra. La desagradable idea de vivir en ese entorno sin raíces, sin nada que lo distinga de los miles que se hallan en las mismas condiciones, es compensada por Martina que sale a recibirlo con un gritito de júbilo.

—¡Llegaste temprano!

—Vine a buscar a tu mamá para ir al teatro —deja el maletín y la toma en brazos, subyugado de manera instantánea por la dulzura de su hija. Es una niña tranquila y dócil, de una madurez inesperada para sus siete años de edad.

—Está en el baño. No me deja entrar —balbucea con la mirada baja.

—¿No te deja entrar? —pregunta Manuel, simulando una expresión de molestia.

—Dice que no la dejo tranquila.

—Entonces —la pone de nuevo sobre sus pies—, vamos juntos a darle un beso.

Camino al dormitorio, Manuel intenta moderar sus emociones. No desea entrar al cuarto embargado por la alegría que le brinda su hija y verse expuesto al estado de alarma general que de seguro reina en el interior.

—Llegaste, ya era hora —exclama Laura, viniendo hacia él—. Ayúdame con esta pulsera.

Manuel se queda mirándola. Su vitalidad, marcada por los pasos con que cruza la habitación, contrasta con las formas inertes a su alrededor. El cubrecama, el tapiz del sofá y las cortinas a juego en azul y blanco, resultan ser un pobre efecto escenográfico. Su rostro y su figura no se han rendido aún a los desarreglos de la edad, como si la belleza de sus años jóvenes se resistiera a dejarla para siempre. Quizás el único indicio del paso del tiempo sea la fijación de la ansiedad en su mirada.

—Estás preciosa —dice, motivado por el aura lozana que la envuelve. Admira la blancura de su rostro, sus facciones finas, el pelo negro, brillante y espeso, el mismo que le gusta tomar en sus manos para hacerlo crujir y para olerlo.

—¿Sí? —Laura deja escapar una sonrisa. El destello en la mirada de Manuel la ha tomado desprevenida.

—Déjame verte —recibe la pulsera con una mano y con la otra hace girar a su mujer sobre sí misma—. Vamos a cenar después de la ópera. ¿Quieres salir conmigo esta noche?

—Ay, Manuel, no te pongas romántico —replica desdeñosa. Traiciona el interés que la invitación ha despertado en ella, sin saber por qué.

—¿Puedo ir? —pregunta Martina, un metro más abajo del plano de las miradas.

—Hoy tenemos una cita con tu mamá. El fin de semana vamos a salir tú y yo solos —promete, al tiempo que logra cerrar el broche de la pulsera.

—¿Y dónde me vas a llevar?

—Voy a terminar de arreglarme —anuncia Laura, y se separa de ellos.

—Donde quieras.

—Mmm, tengo que pensarlo —dice la niña, teatralizando su duda con un giro de sus caderas.

La voz de Laura llega amplificada desde el baño:

—Manuel, cámbiate de una vez o llegaremos tarde.

Es una voz rasposa, cuya resonancia no se condice con un cuerpo pequeño como el suyo. Fue el primer atributo que atrajo su atención al conocerla.

—Voy a ir así.

—¿Cómo? —exclama ella, asomándose a la puerta mientras lidia esta vez con un aro—. ¿Así? ¿Te volviste loco? Ese traje está arrugado. Ponte el azul y una camisa nueva. No deben verte vestido igual que en la oficina.

—Soy el único que viene a buscar a su mujer y tú me retas. Los demás se van directo al teatro. Nadie se va a fijar en cómo estoy vestido.

—O te cambias o no vamos a ninguna parte.

—No es para tanto.

—Para mí lo es. Yo misma planché el traje azul. Así de importante es.

La mujer vuelve a sus afanes en el baño, segura de que Manuel obedecerá.

Minutos más tarde se encuentran frente al espejo: él se anuda la corbata y Laura se da los últimos toques de maquillaje. El piropo ha tenido en ella el efecto de un reproche. Hace tiempo que no se detiene en los atractivos de su marido. Simula empolvarse las mejillas para observarlo sin que él lo note. Si bien no responde a ningún patrón de belleza, ni por altura ni por complexión ni por colorido, desde la primera vez que lo vio ha pensado que hay algo adorable en su rostro de mejillas llenas y perfil suave, los ojos achinados tal vez, o la nariz respingona. Tampoco es un hombre alto, pero el ancho de sus hombros le confiere una buena figura. Su observación no toma más que unos segundos hasta que su mente vuelve a orientarse hacia la gala.

Desecha la idea de Manuel de ir en metro: si él no quiere manejar, irán en taxi. El viaje en medio del tráfico de la tarde no resulta placentero. En cada semáforo, en cada atasco, algo de su lozanía se esfuma sin remedio. Cuando por fin el taxi se detiene frente al teatro, se ve obligada a reunir las fuerzas de su ánimo para bajarse de él como si abandonara los cómodos asientos de alguno de los autos lujosos que se pelean por un lugar. Manuel viene hasta ella con su andar de niño y con una leve presión de su mano en la espalda, la invita a avanzar hacia los portales. En la plazoleta impera un reconfortante bullicio, mientras la gente se regocija con el último sol de la tarde. La mirada de Laura se detiene en una mujer ataviada con una boina de terciopelo. Parece estar a la espera de su acompañante para la función. Por sobre el obvio propósito de adoptar un aire europeo, la mujer proyecta una seguridad que a Laura se le escapa. Sus ojos se alejan de la incómoda visión y se posan sobre un hombre de rostro congestionado. Se contiene para no gritarle a su interlocutor en el teléfono celular. Con sus giros regulares en torno a la tosca estatua de un ex alcalde de la ciudad, da la impresión de ser un guardián de caricatura. No faltan quienes piden limosna, en especial mujeres y niños, en una mezcla insólita con los paparazzi de aspecto desmañado que se mueven sin convicción cerca de la puerta de entrada. Este es el único punto que hiere la vanidad de Laura: ninguno muestra interés por retratarla. La llegada en taxi no es precisamente glamorosa, piensa a modo de justificación. Pero no deja de cuestionarse si no hay nada en ella que despierte la curiosidad de al menos uno entre la docena de fotógrafos.

Una vez que ingresan al *foyer* de losas blancas y negras, dan inicio a una sucesión de saludos. El desaliento de Laura se disipa. La oligarquía chilena se halla reunida: rostros reconocibles, personajes que han alimentado sus fantasías de pertenencia y poder. Manuel va a la zaga sin concentrarse en quienes saluda, distraído por la fealdad de ciertas visiones: las columnas pretenciosas, la lámpara de lágrimas de dudoso gusto, mujeres maquilladas en exceso, los dientes sucios de un hombre que en ese minuto le suelta una frase de cortesía. Sin proponérselo, como si una corriente imperceptible fluyera en esa dirección, desembocan frente al gerente general y al presidente del banco, quienes los reciben acompañados de sus esposas y del director del teatro. Laura despliega una sonrisa plácida, deseosa de ocultar cualquier brote de ansiedad. Pertenece a ese mundo desde la cuna y su ausencia de él por un largo tiempo no significa que haya perdido el tacto y las buenas maneras. Enseguida saludan a Esteban Aresti, el jefe de Manuel, gerente comercial del banco. Ha venido sin su mujer. Con su risa oscilante, como si le agradara, les explica que una gripe repentina la ha dejado postrada en cama. Y sin mediar disculpa, les da la espalda para saludar a otro invitado.

Durante veinte minutos no tienen respiro. Para Laura es una grata sorpresa constatar el cariño y la atención que los clientes brindan a Manuel. Uno de ellos, un hombre de porte distinguido, se acerca y le dice con entusiasmo:

—Qué bueno verte por aquí. Al menos un tipo normal entre tanto vejete grave.

—Te presento a Laura, mi mujer.

Manuel le estrecha la mano y se aparta.

—¿Tienes mujer? —exclama, estudiándola con la mirada—. Hola, ¿cómo estás? Soy Diego. Tu marido no usa la argolla en la oficina. Deberías obligarlo.

—Ni él ni yo usamos argolla —replica, contenta de tener la atención exclusiva de alguien, aunque sea para mantener una plática insustancial—. Es anticuado, ¿no le parece?

—Tutéame, por favor, si me tratas de usted me voy a sentir como uno de estos dinosaurios. Y estoy de acuerdo contigo, casarse ya es suficiente sacrificio.

—¿Sacrificio? Hasta ahora para mí ha sido de lo más agradable.

—No puedo imaginarme casado, soy demasiado mañoso.

—Los hombres que le tienen miedo al matrimonio le echan la culpa a sus mañas.

—Puedo ser la excepción.

—No creo, siempre dan la misma excusa.

Manuel advierte complacido la simpatía que brota entre Laura y su nuevo amigo. Se ha encontrado con Diego Lira en tres ocasiones durante la semana. Sin darse cuenta han pasado de las formalidades al inicio de una amistad. La llave ha sido el buen humor. Se rieron en la primera reunión de algún asunto sin importancia y ya en la segunda se sintieron en confianza para dar rienda suelta a lo que Manuel considera una virtud imprescindible, difícil de encontrar entre sus compañeros de trabajo. Por lo común son gente aburrida, de un humor burdo, como es el caso del gerente general, quien lee chistes recibidos por correo electrónico en las reuniones informales de la plana mayor. Su falta de talento humorístico llega al extremo de declararse orgulloso de pertenecer a un «club de chistes». Peor aún es el humor procaz que surge de manera espontánea en las reuniones a las que sólo asisten hombres. Siempre hay alguien dispuesto a iniciar los ritos de esa rara forma de fraternidad. Estos pensamientos, tan vívidos por unos instantes, se extinguen a medida que la voz de Diego toma cuerpo en sus oídos:

—Aquí viene ese senador maldito que no me deja en paz —e, inclinándose hacia ellos, añade en voz baja—: Hay políticos que todavía creen que la prensa independiente es un escándalo. Mejor no lo escuchen, es veneno para el oído.

Se aparta en dos zancadas y con fingido entusiasmo recibe el aparatoso saludo del parlamentario.

—Qué tipo tan especial. ¿Lo conoces hace tiempo? —pregunta Laura, siguiéndolo con la mirada.

—Lo conocí esta semana. Quiere pedir un crédito. Es abogado... Tiene un diario en Internet. Dicen que es el primero en salir con las noticias de tribunales y del Congreso.

—Simpático... Un poco irreverente, eso sí. Al menos con nosotros, porque con el senador... Mira, lo escucha como si fuera el Papa.

Laura hubiera deseado seguir junto a él y contar con más tiempo para el estudio de sus atractivas facciones, aunque también su contrariedad se debe a que no fue presentada al senador.

Los padres de Laura pertenecían a un mundo brillante, constituido por abogados de prestigio junto a sus esposas, mujeres educadas para cumplir con ese papel a la perfección. Su madre era una dueña de casa de gustos refinados y su padre llegó a ser socio de uno de los estudios con mayor prestigio en la ciudad. Alcanzaron su esplendor durante los primeros años de la dictadura. Ese mundo se hizo trizas cuando él murió de un ataque al corazón antes de cumplir los cuarenta años. Laura todavía era una niña. Y si bien Gabriel Ortúzar había amasado una pequeña fortuna, ésta resultó insuficiente para sostener el nivel de vida al que su madre estaba acostumbrada. En los primeros tiempos, la viuda se mostró reacia a abandonar su pasar dispendioso, hasta que la recesión de 1982 jibarizó sus inversiones al punto de hacerla pensar que estaba en bancarrota, sobre todo por tratarse de una mujer sin la menor intención de trabajar un solo día del resto de su vida. Obligada a dejar la casona de la calle Málaga, se mudó junto a sus hijas a un modesto departamento ubicado en Pedro de Valdivia con Las Violetas. En él vivió Laura hasta el día de su matrimonio. De la antigua abundancia sólo pudo conservar su educación en el Villa María Academy, gracias a una beca de las monjas. Se ha preguntado más de una vez si fue una buena idea permanecer en un colegio para ricos, cuando ella no podía llevar la misma vida que sus compañeras. La mayoría iba a esquiar durante los fines de semana de invierno, o bien se reunía en Cachagua y Zapallar durante los veranos. La única posibilidad de permanecer entre sus amigas era que alguna de ellas la invitara a pasar unos días a su casa. Tuvo la suerte sin embargo de encontrar una forma de compensación. El equipo de atletismo del colegio luchaba por el primer lugar en los torneos interescolares y sus campeonas recibían el beneplácito de las monjas y la admiración de sus compañeras. Dada su baja estatura, durante los primeros años el entrenador juzgó que Laura no tenía posibilidades de participar en ninguna prueba: en velocidad le faltaban piernas; en fondo, resistencia, y para las pruebas de campo su físico dejaba bastante que desear al compararlo con los de sus rivales del Santiago College y del Colegio Alemán. Un día se detuvo a estudiar a sus compañeras más espigadas en su lucha contra una insuperable barra de salto alto. El impecable estilo Fosbury que habían aprendido con tanto esfuerzo no parecía ayudarlas. Pidió permiso para saltar, midió sus pasos y se lanzó en carrera. Una vez en el aire se recogió sobre sí misma en un ovillo y sobrepasó la barra sin problemas. Compitió en el campeonato del fin de semana, obtuvo el segundo lugar y en las postrimerías de la temporada batió el récord de la categoría infantil. El entrenador no tuvo otra alternativa que resignarse a su falta de estilo. A partir de entonces fue la campeona indiscutida del salto alto. Quizá fuese el instinto de lanzarse a las cosas sin mayor preparación ni elegancia, la lección que mejor aprendió en su paso por el colegio.

Un desplazamiento general hace evidente que ha llegado la hora de ingresar a la sala de conciertos. Comprueban con satisfacción que sus asientos están ubicados en uno de los palcos frontales del segundo piso, junto a otros ejecutivos y clientes de importancia. En el palco central toma su lugar uno de los candidatos a la presidencia, representante de la centro-izquierda, al tiempo que dos guardias de seguridad se cuadran junto a la puerta. Las voces ascienden desde la platea y cientos de cabezas se distribuyen a lo largo y ancho de ella. Laura se siente llevada en andas por la excitación y le brinda a su esposo una mirada de agradecimiento, mientras él hace un barrido en busca de Diego Lira. Lo encuentra de pie en uno de los palcos laterales del primer piso. Está inclinado hacia una mujer mayor de perfil clásico que permanece sentada. Manuel cree reconocerla, es la nueva directora del banco, la primera mujer en un directorio del mercado financiero. Nota que ambos gozan del intercambio de frases. Ella parece celebrar cada una de las ocurrencias con un estremecimiento de su cuerpo. A Manuel le sorprende la soltura de Diego para estar con el más humilde de los invitados, como se considera a sí mismo, y con una de las más conspicuas, y desplegar la misma simpatía y espontaneidad. Estima que su modo vehemente de hablar, la dosis de intimidad que agrega a sus palabras y la total atención que presta a su interlocutor, crean una atmósfera de confianza instantánea. Sigue sus movimientos hasta que las luces se extinguen y la orquesta acalla sus ensayos. Antes de perderlo de vista por completo, lo observa tomar asiento y cortar los hilos que había tejido hacia sus compañeros de palco. El telón se abre y la tenue luminosidad proveniente del escenario vuelve a perfilar las facciones de su rostro. Algo en ellas perturba a Manuel: toda simpatía se ha desvanecido y parecen proyectar una profunda soledad.

Esa noche se representa *Tosca*. La escenografía de una iglesia romana con sus ornamentos: capillas laterales, cancelas de hierro, pisos marmóreos y cortinas de terciopelo, colman las impresiones de Laura. A su lado, Manuel hace el intento de descifrar qué aroma antiguo y acogedor es el que poco a poco invade el aire. Tal vez se trate del perfume de una de las señoras encopetadas del palco adyacente, pero cree que llega desde más lejos y que no tiene las características propias de un perfume femenino. Una vez despierta la inquietud de su olfato, no le presta atención a las primeras frases que entona el sacristán y no descansa hasta dar con un incensario que cuelga en una de las capillas laterales. Despide su característica nubecilla de humo. Para él es más

21

importante ese detalle de la escenografía que cualquiera de las esculturas de cartón piedra que intentan engañar el ojo del espectador. Enseguida viene el aria *Recòndita Armonía* y Manuel se deja llevar por la música. Un placer difuso se apodera de él y se abstrae de cuanto lo rodea. Laura experimenta otro tipo de placer. Se siente acogida, miembro de una cofradía de personas cultas y refinadas. La penumbra despierta en ella una especie de intimidad con los demás asistentes, al punto de imaginar una multitudinaria reunión familiar en torno al fuego encendido que representa el escenario.

Terminado el primer acto, se apresura a bajar al *foyer*. Desea avanzar más rápido que la velocidad adquirida por quienes ocupan las escaleras, perpetrando a su paso más de una descortesía. Manuel viene tras ella. Avanzan hasta el centro del gran salón y toman una copa de champagne de una bandeja que parece levitar entre la gente.

—Ahí está Ricardo Lagos —exclama con su voz profunda, que Manuel distingue claramente entre el murmullo general—. No vayas a pensar que me emociona la idea, ninguno de estos socialistas renovados me gusta, pero nunca creí que estaría tan cerca de un candidato a presidente.

Las elecciones de ese año, el último del milenio, tendrán lugar en diciembre, fecha para la que sólo faltan dos meses. Ha sido una campaña apasionada. El socialismo y el agnosticismo de Lagos, enfrentados a la pertenencia de Joaquín Lavín, el candidato de derecha, al Opus Dei, han causado una mayor polarización.

—Está hablando con el dueño de la naviera, que es momio hasta la médula.

—Yo también soy momia hasta la médula.

22

—Cuando te conocí no se te notaba tanto. Ahora me das un poco de vergüenza —dice él con una sonrisa cariñosa.

—¿Y tú? Tan progresista que te has vuelto. ¿Por qué no vas a saludarlo?

—Es un gran político, no puedes negarlo. En persona se ve más gordo que en la televisión. Fíjate, no pueden acercarse más con el señor de los barcos. Cuál es más panzón que el otro.

—Deben pasársela en comilonas.

—En persona se ven mansitos.

—¿Mansitos? Yo creo que si uno les habla, te rugen.

Se ríen y continúan su estudio de la audiencia. Cuando están a punto de orientar sus dardos hacia otro grupo de personalidades, ven a Diego Lira aproximarse:

—Ustedes lo están pasando bien, se nota desde lejos... Los demás tienen un gesto agrio en la cara.

—Yo veo sólo sonrisas —observa Manuel.

—No hay uno sólo que no tenga alguna oscura intención. Excepto nuestro querido candidato —dice, indicando hacia Lagos con la copa que tiene en la mano.

—¿Hablar con el señor de los barcos le divierte? —pregunta Laura.

—¿A él? ¡Es un banquete! Se echa los momios a la boca como si fueran canapés.

Laura se ríe para sus adentros y advierte levantando el mentón:

—Yo fui pinochetista y voy a votar por Lavín.

—No me habías dicho que tu mujer, aparte de bonita, era peligrosa —le suelta a Manuel—. Ni siquiera me dijiste que eras casado.

—Para ser director de un diario eres bastante prejuicioso —interviene ella.

—¿No cuento siquiera con un poco de solidaridad masculina? —ruega, abriendo las manos—. Dime al menos qué hace tu mujer —desvía hacia ella la mirada rebosante de ironía y pregunta—: ¿Trabajas en Libertad y Desarrollo? —refiriéndose al centro de estudios de derecha.

—No, aunque no me molestaría hacerlo —declara Laura, respondiendo de manera involuntaria a la sonrisa. Se pone seria de inmediato. No desea que Diego la tome por una rival de poca monta. Enseguida, agrega—: Estudié Historia, leo y edito libros de crónica para una editorial.

Manuel se muestra comprensivo ante la importancia que Laura confiere a sus esporádicas colaboraciones en la editorial de una universidad privada.

—Es un desperdicio para la derecha —acota Lira sardónico.

—Un desperdicio es que a tu edad un hombre buen mozo como tú esté soltero.

De los labios de Diego Lira no brota una respuesta que sostenga el ritmo de la conversación.

—Tengo treinta y cuatro años —dice al cabo.

—Dos más que nosotros. ¿Y se puede saber qué has hecho para no casarte?

Mientras ausculta el rostro interrogante de Laura, Diego parece llegar a una decisión al decir:

—Hay varias maneras de contestar a esa pregunta, desde una evasiva hasta una insolencia.

—¿Y cuál es mi respuesta?

—Ninguna. Cuando alguien se mete en lo que no le incumbe, casi siempre es su problema, no el mío.

Laura sonríe para no acusar el golpe. Nada la ofende más que la traten de entrometida, sabe que puede pecar de ello, pero no se siente derrotada. El reproche significa que lo ha herido y esa convicción la ayuda a recomponerse.

Manuel desea que el espectáculo que ambos brindan continúe. Forman un par de buenos comediantes. La diferencia de altura, el juego de las voces y las personalidades dan realce a la representación.

—¿Quieres cenar con nosotros después de la ópera? —le pregunta a Diego.

—Manuel, van a ser las once cuando salgamos —dice Laura, anticipando una negativa. No quiere parecer ansiosa.

—Encantado —acepta Diego—. ¿Les gustaría ir al Da Carla? Está aquí cerca, a veces van los cantantes.

Mientras regresan a sus asientos, Diego Lira crece en las mentes de Laura y Manuel. Ella ha experimentado cierto placer al desafiarlo y desea alimentar el juego y la tensión. Los amplios ademanes de Lira, acentuados por unas manos grandes y bien dibujadas, han cautivado su interés. En otro registro, la alegría de Manuel se ve empañada por un brote de urgencia. Diego Lira tiene las cualidades para convertirse en el amigo anhelado desde hace años. En el banco, donde trabaja desde que se graduó, aparte de una débil complicidad con Aresti, su jefe, no ha encontrado a nadie interesante con quien hablar. También ha perdido sus amistades del colegio y de la universidad. Laura no es una persona de trato fácil, en especial con las mujeres. Su manera de ser directa y competitiva despierta animosidades entre las esposas de sus conocidos —no tiene amigas aparte de su hermana— y tampoco deja indiferente a los hombres, que se sienten amenazados por esta mujer que no usa el disfraz de la dulzura. Él conocía el carácter de Laura cuando se casaron. No hubo engaño. Ha llegado a pensar que su matrimonio fue un subterfugio para apartarse de un mundo que no lo satisfacía. Detestaba las conversaciones triviales, las ceremonias de bautizos y matrimonios, la minucia de la vida cotidiana, las pláticas acerca de los niños y sus colegios; en fin, la metódica ingeniería burguesa que iba encauzando las vidas de su generación en una fila india, con el purgatorio como último destino. No quiso ser una víctima más. Le atraen las relaciones apasionadas, no el simple conformismo de brindarse seguridad y compañía. A Manuel le gusta la temeridad de su mujer. Es más, lo excita, lo hace sentir poderoso. Nadie se mete con Laura, ni el más osado, pero tiene conciencia de que lo ha absorbido por completo. No está solo, ella le da la compañía indispensable: lo hace parte de su intimidad, lo escucha con atención, está alerta a sus necesidades, dispuesta a examinar las visiones de cada uno acerca de los más diversos asuntos. Pero Manuel ha perdido sus espacios de independencia, incluso a veces se pregunta si en el camino no ha extraviado los rasgos distintivos de su personalidad. Requiere de la compañía de un hombre y Diego Lira es el primero en interesarle en años. Ese agradable pensamiento lo acompaña cuando el gran bureau de Scarpia, escenario del segundo acto, se llena de canto y movimiento.

2

Cuando Manuel tiene una gran noche, que en los últimos años se han hecho escasas, la llegada a su oficina despierta en él sentimientos contradictorios. Una parte de sí mismo desea olvidarse del trabajo y mantenerse abierta al placer que aún a esas horas le trepa por el cuerpo. Y al mismo tiempo, la satisfacción que experimenta lo despeja y le ayuda a pensar con especial lucidez. Es como si su cuerpo permaneciera abrazado a la oscuridad y su mente buscara abrirse paso hacia la luz del día. La de ayer fue una gran noche. Gracias a una alquimia inesperada, Diego Lira los ha despertado a él y a Laura de un prolongado letargo. Recuerda lo contenta que estaba ella, sus risas durante la cena, las expresiones de entusiasmo que habían estado ausentes de su rostro. Desde el nacimiento de Martina que no la veía tan plena. ¿Debe tener celos de Diego Lira?, se pregunta, pero otro sentimiento predomina, el propio deseo de gozar de la novedad. Es probable que su mujer caiga rendida a los pies de Lira, hasta él se halla cautivado por sus encantos, pero mientras no pase de ser una fantasía no habrá de qué preocuparse. Tendrán que sortear con precaución las pasiones iniciales, hasta que lleguen a ser sólo buenos amigos.

La secretaria hace su entrada con el cargamento matutino: los diarios, un café, acompañados de un «buenos días» comedido y una tenue sonrisa.

—Lo llamó el señor Aresti —dice al dejar la taza sobre el escritorio. Para Manuel, el recato del saludo se corresponde con el largo de su falda. En contra de la usanza extendida entre las demás secretarias, cae por debajo de la rodilla.

—Seguramente quiere comentar la gala. Estuvo impresionante, Teresa, la próxima vez la llevaré conmigo.

—No, gracias, esa gente empingorotada no me gusta —ha logrado que le ahorre el don; es ridículo que lo use si tienen la misma edad, pero el trato formal ha sido imposible de erradicar—. Usted dijo ayer que iba a aburrirse.

—Lo dije, pero me encantó la ópera.

—Bueno, ese es otro asunto —dice ella, y sale.

No llamará a Aresti de inmediato, desea aprovechar la tranquilidad de su oficina para prolongar el goce del recuerdo. Desde que fue ascendido a su posición de subgerente de nuevos negocios, sólo meses atrás, su jefe ha desarrollado una particular afición por él. Lo llama seguido a su oficina y no siempre existe una razón de peso para hacerlo. Basta que se sienten alrededor de la mesa de trabajo para que descargue sin contención sus más diversas impresiones. Éstas incluyen comentarios acerca de personas —no todas del banco y no todas conocidas de Manuel—, ideas religiosas y filosóficas, apreciaciones sobre películas y libros, divagaciones sobre la vida en general. Hay un tema que lo acucia sobremanera: su antagonismo con el gerente de riesgo. Ambos ejecutivos llevan al menos diez años en sus cargos y tienen que enfrentarse una y otra vez por su discordante apreciación de ciertos clientes, en especial los más grandes y endeudados. A Manuel le resulta claro que en los momentos álgidos a ninguno le preocupa la salud financiera de la empresa en cuestión, sino que libran una soterrada lucha de poder. Quien arbitra esta contienda es el gerente general, el señor de los chistes, quien no parece advertir que sus principales ejecutivos se disparan bajo la línea de flotación. Ambos sonríen en su presencia y esa paz impostada lo satisface. Escasas son las posibilidades de Manuel de volver a su oficina y continuar con su trabajo si, un día cualquiera, Aresti se siente particularmente amenazado.

Manuel sabe escuchar, de eso no hay duda. Tal vez su costumbre de no emitir juicios, su atención generosa, su discreción y, sobre todo, su risa que aliviana espíritus y ambientes, ayudan a que los demás confíen en él. Esta habilidad sacerdotal floreció al salir de la adolescencia y su familia a poco andar lo hizo árbitro de sus disputas. A Manuel le desagrada esa responsabilidad. No tiene problemas si sus padres o sus hermanos desean contarle sus penas, miedos y enconos: sabe acogerlos, aportar una nueva mirada sin desafiarlos, aceptar a cada uno tal cual es. Estas destrezas son diferentes a las necesarias para zanjar un problema que enfrenta a dos o más de ellos. No es ecuánime en un sentido estricto y no le gusta que por una opinión suya alguno salga lastimado. La situación más difícil que ha tenido que superar fue la crisis matrimonial de sus padres. Hace tres meses de ello. Manuel había escuchado las frustraciones del padre y los lamentos de la madre, cuando sorprendieron a todos con su decisión de separarse. Sus hermanos le exigieron una mediación. Deseaban que sus padres permanecieran unidos, pero ninguno quería tomar el riesgo de involucrarse en un conflicto que podía desestabilizarlo emocionalmente. El crudo realismo de una separación no es fácil de sobrellevar, Manuel tenía conciencia de ello, las razones que se esgrimen son fundadas, al punto de ser irrefutables: nadie deja de mirar su propio matrimonio con un cierto grado de escepticismo.

Pensó que lo único por hacer era visitar a sus padres cada día al regreso de la oficina. Habitan una casa espaciosa pero sencilla, fieles al espíritu democratacristiano que cultivan, ubicada frente al parque Américo Vespucio, a cuatro cuadras del río Mapocho. Llegaba como si fuera una de sus visitas habituales, lanzaba un saludo desde la puerta de calle, iba al refrigerador en busca de algo para comer y se apostaba en la sala a contemplar el jardín. Los dos primeros días le hizo compañía su madre. Manuel no mencionó el tema y dejó que la plática derivara sin rumbo. Al tercer día se encontró a su padre. Conversaron acerca de los negocios que aún atendía, del trabajo de Manuel, hasta que se quitó la máscara de circunspección. Le dolía que su mujer afirmara que su matrimonio era una farsa, que ya no tenía nada de qué enorgullecerse ni nadie en quién confiar. Hería su dignidad y desdeñaba toda una vida juntos. Más adelante su madre también se confesó —se había enterado de una infidelidad pretérita— y le relató la clase de humillaciones que había sufrido por esa causa. Esta rutina se extendió día tras día y el desenlace, que Manuel esperaba de un momento a otro, no terminaba de ocurrir. En ocasiones, su padre le contaba que había encontrado un departamento para mudarse. En otras, su madre le comunicaba que vendería la casa: no se quedaría sola en ese caserón que le traía malos recuerdos. Una tarde cualquiera, a un mes de iniciadas sus visitas, se encontró a los dos en la sala esperándolo, inmersos en una atmósfera de tranquilidad. Hablaron de nimiedades, que Manuel ha olvidado debido a la emoción. Así terminó el episodio.

Los ventanales de la oficina de Esteban Aresti se abren hacia el sur y al paseo Huérfanos. Al otro lado de la calle se alza un antiguo edificio que acoge la sede de otro banco, cuyas agresivas campañas de marketing lo tienen convertido en un competidor de cuidado. Imagina las ventanas tragadas en el concreto ennegrecido por el esmog, escudriñando hasta el más mínimo movimiento que su banco exhibe sin recato. Le divierte la paradoja de que el más importante y tradicional de los dos ocupe un edificio moderno y sin inhibiciones, y que el más joven se refugie en una circunspecta mole de cemento. Tras su escritorio, Aresti se perfila como una silueta oscura contra la vieja fachada que a esa hora recibe la luz del sol. Es un hombre bastante más alto que Manuel y, a pesar de estar cercano a los cincuenta años, se halla en buena forma. Sólo lo traiciona una incipiente calvicie. Es notorio su empeño para que su pelo rubio y delgado cubra las áreas delatoras.

—Joven Manuel, apenas te vi ayer en la gala —dice, saliendo de su parapeto.

El abrazo y el trato de «joven» son rituales. Van hacia la mesa circular ubicada en una esquina y toman sus asientos acostumbrados. La espaciosa oficina de alfombra gris y techo falso nunca ha sido del gusto de Manuel, como tampoco lo es la suya propia. La combinación de materiales sintéticos y muebles de madera aglomerada lo desmoraliza. En un principio, Aresti permanece callado y lo ausculta con semblante risueño. Este silencio es otro eslabón del rito y Manuel no se siente obligado a llenar el vacío. Apoya los antebrazos sobre la mesa y adelanta el pecho, como una manera de mostrarse en confianza. Comentan la gala, en especial los esfuerzos del gerente de riesgo por mantenerse cerca del gerente general y el presidente del directorio. A continuación tratan la llegada de dos nuevos ejecutivos al área de Manuel. Por alguna rara asociación de ideas, Aresti pronto abandona este tema e inicia una de sus divagaciones. La motivación proviene de una película europea que ha visto hace un par de noches.

—Tienes que verla, Manuel.

—A Laura no le gusta ir al cine —responde, sin temor a dar a entender que, para esos efectos, él y Laura son una sola entidad.

—¡Ah! Manuelito, déjame darte un consejo, el cine es primordial en un matrimonio. Es la forma más sana de infidelidad. Si ella no quiere ir, le das un abrazo, le dices que la adoras y te vas a ver la película.

El rostro de Aresti exterioriza su satisfacción por la analogía.

—No le gusta que salga por mi cuenta.

La está delatando como una mujer posesiva. Es una traición a Laura, la más insignificante, pero eso no cambia su naturaleza. Y reconoce su origen: ha pensado proponerle a Diego salir a tomar un trago después de la oficina, pero se ha refrenado al pensar que la única manera de hacerlo sería incluyéndola.

Retoman los asuntos del departamento y mientras hablan de los clientes, en general nuevos y por ende riesgosos, Manuel lleva la conversación hacia el diario de Internet. Desea aprobar ese crédito lo antes posible.

—Nunca le hemos prestado dinero a este tipo de empresas, no tienen flujo de caja, lo único que hacen es quemar capital, no veo por qué prestarle a ésta —razona Aresti—. Menos ahora con la crisis mundial. No sé de ningún banco que les preste a las punto com.

—Perderíamos la oportunidad de ser los primeros en invertir en este sector. En Estados Unidos ya lo hacen. A pesar de la recesión, las conexiones a Internet no dejan de aumentar. Y *El Centinela* no es un proyecto o un prototipo, como la mayoría. Está en la red hace un año y medio y recibe más de quince mil visitas al día; es el diario más informado en tribunales, en el Congreso y el que mejor ha llevado el arresto de Pinochet en Londres. Para conseguir flujo de caja está postulando a publicar avisos legales. Tiene buenos contactos en la superintendencia que ve estos temas. Le han dicho que el permiso ya está aprobado, pero no saldrá antes de enero —Manuel habla con la convicción de quien fue el primero en apoyar negocios que en su tiempo parecían una locura y hoy están consolidados—. Estoy seguro de que se llenará de avisos publicitarios de un día para otro. Acordamos que nos dará publicidad como parte del pago mensual.

—¿Hablaste con el gerente de marketing?

—Estuvo de acuerdo en que el precio por contacto es el más barato que puede encontrar.

—¿Y con riesgo?

—Les gustan las garantías.

—Parece que no te importa mi opinión —exclama Aresti, impulsando la silla un metro hacia atrás. En sus términos es una demostración de molestia. Transcurren unos segundos de silencio al cabo de los cuales regresa a la mesa y, pasándose una mano por la nuca, dice—: Lo que me extraña es que quiera pedir un préstamo en vez de buscar un socio capitalista. Cualquiera con un poco de dinero anda detrás de sitios de Internet donde invertir, y este insensato prefiere endeudarse y poner sus bienes como garantía. Su departamento, la oficina del diario, los computadores...

—Un inversionista le quitaría independencia. Significaría ceder más del cincuenta por ciento de la propiedad. Los grandes que están metidos en Internet tienen intereses políticos: Piñera, Claro... Apenas se sientan dueños del diario comenzarán a influir en la línea editorial.

—¿Y por qué más de un cincuenta por ciento?

—Aquí en Chile, los que ponen el dinero no están dispuestos a ser minoritarios.

—¿Te da confianza ese Diego Lira? —pregunta Aresti, encañonándolo de pronto con una mirada severa—. Hay algo en él que me hace dudar. Ese desplante..., es un poco divo, ¿no te parece? No vaya a ser un loco, Manuel.

—Sí, me da confianza —replica, irguiéndose en la silla.

—Estás menos escéptico que de costumbre. No pierdas la distancia. Es una de tus virtudes. Pareciera que el gusto por la tecnología y tus colores políticos te tienen un tanto ofuscado.

Debe retomar una táctica más cautelosa, decir que se mantendrá atento a los números; sin embargo, vuelve a la carga:

—No tiene que ver conmigo, Esteban, tiene que ver con ese diario y la manera en que hacen las cosas. Son gente audaz y comprometida. Si existiera el mismo compromiso en las demás empresas, el banco tendría el doble de las utilidades.

—Manuel, no seas ingenuo. El compromiso no hace que un negocio sea bueno.

Aresti se rodea de la dignidad de su cargo y se complace en recordarle la primera lección que un ejecutivo recibe al entrar al banco: un buen negocio necesita de personas capaces para que prospere; un negocio malo, ni Dios puede hacerlo fructificar. Para enmendar el rumbo, argumenta:

—Es más leído que la mayoría de las revistas.

Aresti toma el resumen ejecutivo que tiene en las manos, se pone los anteojos de lectura y le da un vistazo. Manuel se percata de que no revisa las cifras. Está meditando su decisión final y cuando la pronuncie ya no habrá manera de hacerlo cambiar de parecer. Sufre el impulso de continuar argumentando a favor del préstamo, pero se contiene.

—Está bien, Manuel. No es mucha plata y nos da garantías, insuficientes pero garantías al fin. Si quiebra ni siquiera nos vamos a dar cuenta, pero ten claro que me da mala espina. Apenas las cosas se pongan feas nos salimos.

Manuel respira aliviado. Está convencido de que *El Centinela* será el primer proyecto de muchos en esta nueva línea de negocios, un floreciente mercado a su entera disposición. Y sin que nadie se dé mayor cuenta, el diario pasará a ser un medio influyente. Cuando alcance la relevancia que se merece, Aresti tendrá que reconocer que sus temores eran infundados.

3

Laura y su hermana Isabel quedan de almorzar en la terraza de un concurrido café de la avenida Alonso de Córdova, donde se han propagado en el último tiempo tiendas de lujo y galerías de arte. A Isabel le fascina ese sitio porque es posible ver a gente «conocida», gente de sociedad. Para Laura es manifiesto que nadie las toma en cuenta y su condición de espectadoras al poco rato se torna en una forma de castigo. Sin embargo, esta vez la sugerencia de ir a ese lugar ha sido suya. Si estuvo en el Teatro Municipal con la gente más poderosa de Chile, bien puede almorzar en un café donde el más destacado apenas llega a ser un artista de fama incipiente. Y si de artistas se trata, en la gala estuvo junto al director del Museo de Bellas Artes, al pintor Cienfuegos, al escritor Jorge Edwards. No se dejará intimidar por una tropa de principiantes. Aunque debe admitir que se engaña: los caminos del poder y el atractivo social no necesariamente se cruzan. Las cualidades que sobresalen en ese medio más joven y menos institucional que el de la noche anterior, todavía son la belleza, la alta cuna, el buen gusto, el éxito reciente, y de eso, quién puede negarlo, hay de sobra en la terraza. No le molesta engañarse, se siente poderosa y desea experimentar la agradable sensación ante un público que valga la pena.

El día asoleado de comienzos de octubre se muestra propicio para estar al aire libre. Avanza confiada entre las sillas de aluminio para afirmar su derecho de estar ahí. Los gestos rápidos y el palabrerío que se eleva desde las mesas la hacen pensar que hay un pulso vertiginoso en las conversaciones. Pesquisa las miradas que levanta a su paso. El resultado es desalentador. Quienes alzan la vista regresan de inmediato a lo suyo. Al igual que la noche anterior con los fotógrafos y con los demás asistentes a la ópera, a excepción de Diego Lira, no despierta mayor interés. Elige una mesa en una esquina de la terraza. Se pregunta de qué hablarán en la mesa contigua. Identifica a sus integrantes: una pintora, un arquitecto y una fotógrafa, los tres de una edad cercana a la suya. Se imagina que son asiduos del lugar. Tiene la impresión de conocerlos desde siempre, incluso debe refrenarse para no hacer una señal de saludo. Los ve con frecuencia retratados en las páginas sociales, lee las entrevistas que dan, y su hermana Isabel la mantiene informada de los rumores que corren en torno a sus conquistas. Se imagina sentada entre ellos. No sería raro. Una mujer inteligente, como cree ser, podría interesar a cualquiera con su conversación. Pero es demasiado orgullosa para implorar una oportunidad, para salirse del libreto e intentar un acercamiento casual. Nada costaría sonreír y decirle a la pintora que le gustó su última exposición. De ahí en adelante, el aprecio germinaría por sí solo, gracias a los buenos oficios de la vanidad. No lo hará, no se arriesgaría a sufrir un rechazo. Cuando se siente entre ellos, llegará con los pergaminos bajo el brazo y atenderán a sus palabras con admiración o con servilismo. Algún día, ella le pedirá al arquitecto que diseñe su casa en el mejor barrio de la ciudad, cubrirá una pared con un cuadro de la pintora y se hará retratos de familia con la fotógrafa. Será una forma de humillación equivalente a la que sufre debido al golpe de la indiferencia.

Estos pensamientos le traen a la memoria una época ingrata de su vida. En el último año de colegio hacía un esfuerzo para que sus compañeras siguieran considerándola miembro del grupo de amistades, que a esas alturas se había ampliado con la incorporación de estudiantes de otros colegios del barrio alto. Sus éxitos en el atletismo habían dejado de ser suficientes como santo y seña. En ese entonces no identificaba la grieta que parecía interponerse entre ella y el resto. La falta de dinero aún era un obstáculo, incluso la amiga que solía invitarla se había ido de Chile siguiendo a sus padres. Ahora comprende que esas explicaciones eran sólo parte del problema. Había algo propio, un rasgo de carácter, su aura orgullosa acaso, que la volvía antipática a los ojos de otras mujeres. Tal vez pretendían, pensó más de alguna vez, que bajase la cabeza y aceptara un papel secundario, de admiradora para el show de las más populares. Pero ella no estuvo dispuesta a verse a sí misma de ese modo y menos permitir que sus compañeras la menospreciaran. Un día dejó de esforzarse, no volvió a detenerse en los pasillos cuando veía a tres o cuatro de ellas reunidas, ni volvió a llamarlas por las tardes para saber cómo estaban o qué iban a hacer. Cuando el ostracismo se hizo insoportable, se aferró a la idea de que llegaría más lejos que cualquiera de ellas.

Pero no todos son malos recuerdos. Una vez en la universidad, su conducta solitaria, que desde fuera tal vez se apreciara como una valiente independencia, surtió un efecto embriagador entre los hombres. Se sintieron libres de acercarse a ella, sin la obligación de hacerse parte de la mecánica de grupos juveniles que tanto amedrenta a los tímidos y a los carentes de habilidades sociales. Fue en esas circunstancias que conoció a Manuel.

Mira una vez más hacia la mesa contigua, ahora sin resentimiento. Ve a su hermana venir. Le incomoda que lleve puesta una blusa negra con vuelos en el escote. Desde que su marido se enriqueció con una importadora de bagatelas, hace ostentación de su dinero. Es cosa de ver el despliegue de collares y pulseras de oro, y los anillos que florecen en sus manos siempre bronceadas, al igual que el resto de su cuerpo. Se dan un beso en la mejilla. Isabel se toma un tiempo para sentarse, mientras deja la cartera y recorre la terraza con una mirada depredadora. Se mueve con amplios ademanes, como si quisiera llamar la atención.

—Ella, la fotógrafa, se va a casar con un *sannyasin*, esos que se visten de rojo y hacen orgías —comenta apenas se deja caer en la silla con música de pulseras.

—¿Cómo lo sabes? —pregunta Laura investida de seriedad. Desea ponerse por sobre el plano de la maledicencia donde acostumbra a merodear su hermana.

—¿Cómo, cómo? —exclama, levantando el teléfono celular por respuesta—. El novio es hijo adoptivo de un hippie californiano, los padres de ella están desesperados. —Y, sin transición, inquiere—: Dime, ¿cómo te fue ayer?

—Increíble, estaba todo el mundo.

—Quiero detalles.

Una joven de aspecto angelical se acerca a tomarles el pedido, momento que Isabel aprovecha para inclinarse sin disimulo hacia la mesa vecina.

—Bueno, no sé por dónde empezar, había tanta gente. Creí que me iba a sentir como una pueblerina, pero estaba como en mi casa.

—Son unos farsantes.

—¿Quiénes?

—Estos de aquí —indica a los vecinos con una deformación de su boca—, están hablando de no sé qué pintor, uno que nadie conoce.

—Isabel, no vinimos a hablar de la mesa del lado.

Intenta aplacar sus contradictorias emociones. Detesta la incapacidad de su hermana para concentrarse en su propia vida, pero al mismo tiempo se ve arrastrada hacia ese vicio común que han compartido en el pasado.

—Por Dios que te pones pesada, a ti te gusta hablar de la gente igual que a mí —replica Isabel en un tono neutro, sin darle importancia al reproche.

—Te puedo hablar de gente mucho más interesante que esos tres. A ellos no los convidan a ninguna gala.

—¡Huuy! De verdad se te fueron los humos a la cabeza —exclama Isabel, realizando una mímica de mujer aristocrática que le resulta particularmente bien. Ríen. Laura con verdadero placer. Llegan los platos y con toda calma relata las imágenes que ha conservado de la noche anterior.

Isabel interrumpe cada vez que un chisme se le viene a la mente:

—Pero si ese viejo la engaña desde el primer día de matrimonio.

—Se nota —concuerda Laura—, no la tomaba en cuenta, ni siquiera la presentaba. Y ella se veía tan indefensa, tan encantadora, vestida como una monja.

—Y qué quieres, se hacía puta o tomaba los hábitos. Es bien poca cosa la pobre; de monja se ve mejor.

—Ayer conocí a un cliente de Manuel. Me dio la impresión de que es un mujeriego.

—¡Uf! Son los mejores. ¿Cómo se llama?

—Diego Lira.

Le basta pronunciar su nombre para arrepentirse de haberlo hecho. Sin duda fue el personaje más atractivo de la noche, pero si le transmite a su hermana el entusiasmo, la intensidad y el placer, puede arruinar la magia. No recuerda haber vivido una situación similar en muchos años y quiere conservarla para sí misma.

—Diego Lira, Diego Lira, me suena... Cuéntame algo más.

En esos momentos, el trío vecino se levanta y la ceremonia de despedida absorbe la atención de Isabel. Los pensamientos de Laura continúan rezagados en la noche anterior. Decidieron caminar hasta el Restaurante Da Carla, ella en medio de los hombres, sintiéndose pequeña junto a Diego. Él parloteaba sin cesar desde la altura de su metro noventa. La ópera lo había conmocionado y también ellos habían caído bajo su influjo. Laura fue educada en un régimen ascético, el cual no admite los entusiasmos pasajeros ni las inflamaciones idealistas que impulsan a tantos a «vivir la vida». Cree que la vida es un asunto práctico, difícil, trabajoso, que requiere de cierta frialdad, donde no hay cabida para los ardores del corazón. Sin embargo, la suma de la ópera a la presencia de Diego Lira rompió las trabas. Tuvo deseos de aventurarse, no al punto de saltar del Castel Sant'Angelo, como la atormentada Tosca, pero sí de experimentar sensaciones más intensas y placenteras.

Anoche, ella deseó irse a la cama con Diego Lira y no tiene remordimientos al evocarlo ahora que su cabeza se ha enfriado. En el Da Carla lo contempló gesticular con armonía, contar de un mundo brillante al cual ella desea pertenecer, desarrollar con lucidez y elocuencia un argumento sobre el peso que tiene el arresto de Pinochet en las próximas elecciones. Se prendó de sus cejas gruesas, realzadas por unas briznas más claras, de su piel mate, de la marcada línea de su mandíbula donde ya asomaba la sombra de la barba. También admiró su soltura cuando fue a la mesa de la diva y le arrancó un sonoro beso, y la simpatía con que improvisó unas palabras en italiano. A medida que transcurría la noche, cada vez con mayor fuerza, anheló que ese hombre le enseñara a disfrutar de la vida. No culpó a Manuel de ser tímido o aburrido, sino que simplemente Diego irradiaba un entusiasmo difícil de resistir. Llegó a creer que él apreciaba y gozaba de cada instante en un grado superior al resto de los mortales.

—¡Isabel! —protesta al salir de sus recuerdos.

—El arquitecto le dio un beso en la boca —le informa su hermana, con los ojos muy abiertos.

—¿A quién?

—A la fotógrafa. Ese chico se las trae.

—¿Pero no se iba a casar con...?

—Por eso te digo.

—Bueno, ¿qué sabes de Diego Lira? —inquiere, entregada a su curiosidad.

—No sé, estoy tratando de acordarme. ¿Qué hace?

—Es abogado, se dedica al periodismo, tiene un diario en Internet.

Isabel se demora un rato mientras rebusca en su memoria.

—¿Ese Diego Lira? —exclama de pronto. Se echa hacia atrás en su asiento y despliega una sonrisa vulgar—. Tendremos que tomarnos otro café, este cuento es sabroso.

Levanta el brazo para llamar a la joven y mientras bate la mano en el aire, el cascabeleo de las pulseras atrae más de una mirada de repudio. Laura advierte que su hermana no ha dejado de observarla. Ha olfateado su interés en la historia. Debe controlarse o ella comenzará a hurgar en sus emociones. Isabel misma se lo ha dicho: «Cuando estoy contando algo que al otro le importa, trato de fijarme en cómo reacciona. Y créeme, siempre saco algo en limpio».

—Diego Lira era algo así como el príncipe de su generación —comienza a relatar Isabel mientras se lleva la taza humeante a los labios—. Era el mejor alumno de Leyes, pololeaba con la más virginal y bonita, ésa... cómo se llama... —chasquea los dedos— la Luz María Ossa, ¿te acuerdas de ella? La que está metida en los Legionarios de Cristo...

—Estaba dos años más arriba que yo en el colegio y tres más que tú —dice Laura, procurando sonar indiferente.

—Bueno, cuando él salió de la universidad se puso a trabajar en Carey y Compañía, creo, le regaló anillo y cuando faltaba menos de un mes para el matrimonio, se arrepintió. Me acuerdo de la cantidad de historias que corrieron. Eran la pareja perfecta. Nadie podía explicárselo. Decían que él andaba con una mujer mayor —Laura percibe la excitación que ha invadido a Isabel—. También dijeron que se habían acostado antes de casarse y que él se había defraudado y... bueno, no sé cuántas cosas más. El asunto es que este Diego Lira, que parece ser súper buen mozo... —se detiene y espera el asentimiento de su hermana.

—Sí, es buen mozo —concede Laura.

—La cosa es que empezó a ponerse raro, renunció a su trabajo, que es como pegarse un tiro si eres abogado, se fue a vivir solo y se dedicó a un negocio extraño... Debe ser ese que tú dices —apunta hacia Laura como si se tratara de un detalle sin importancia—. Y aquí viene la mejor parte de la historia: corrió el rumor que se había vuelto maricón.

—Eso es imposible —refuta Laura, impulsando el cuerpo hacia atrás como si algo se quemara sobre la mesa—. No tiene el más mínimo... —se interrumpe. Su vehemencia la ha traicionado.

—Sí —conviene Isabel, dejando arrastrar la voz—, dicen que no se le nota, pero ya es un cuento oleado y sacramentado. Incluso me han dicho que tiene una pareja, un roto.

—Isabel, estás hablando de más, ese hombre no puede ser maricón. No porque sea soltero... Incluso me coqueteó durante la cena.

—¿Cenaron juntos?

Sólo cuando Isabel despliega una sonrisa desbordante de placer e ironía, Laura se sabe derrotada.

—Tus amigas son capaces de inventar cualquier cosa con tal de hablar de la gente. Me habría dado cuenta, mujer.

—Bueno, no importa —las palabras reverberan en la boca de Isabel—, tú misma podrás averiguar si es cierto o no, pero no te olvides de contarme.

4

La noticia toma a Manuel por sorpresa. Laura la desliza en el silencio nocturno del dormitorio, sin siquiera desviar la mirada de la revista que tiene ante sus ojos, como si fuera un asunto sin importancia:

—Isabel me contó que Diego Lira es maricón.

Manuel levanta la vista de la novela que Diego le regaló —*Los detectives salvajes,* de Bolaño— y en el televisor se encuentra con el reflejo distorsionado de ellos dos en la pantalla. No quiere preguntar nada. Los chismes de Isabel ya han amenazado la tranquilidad de la casa en otras oportunidades.

—Yo le dije que era una estupidez —agrega Laura.

—La estúpida es tu hermana.

Isabel es la madrina de su hija y no es una mala persona, pero considera que su debilidad por las habladurías es nefasta y una mala influencia para su mujer.

—Manuel, ¿qué estás diciendo? —se mueve en la cama para encararlo.

—Nada, mujer.

—¿Cómo nada?

—Tu hermana debe haberlo inventado —alza la novela y se dispone a seguir leyendo. Laura se la quita de las manos.

—¿Tú sabes algo?

—Pero qué voy a saber yo, Laura, cómo se te ocurre —se mantiene sumergido en las sábanas, en estado de alerta, como si presintiera una amenaza. La posibilidad de que el chisme sea cierto lo inquieta. Diego entró en su vida como si trajera velocidad y ahora teme que pronto pueda cruzar su campo visual para desaparecer sin regreso.

—Este tipo de rumores corre por todas partes, en especial en los bancos. A los hombres no les gustan los homosexuales y tu banco está lleno de hombres.

—Puede ser, pero a mí no me ha tocado escuchar nada —replica mientras intenta recordar si entre las decenas de argumentos que se esgrimen en un comité de crédito, alguna vez surgió uno de esa índole.

—Bueno, si se supiera, no le hubieran dado el préstamo —dice ella.

—Yo se lo hubiera dado de todas maneras. Me da lo mismo que sea lo que sea.

Se queda pensando si está convencido de lo que afirma o es sólo una frase de buena crianza. Nunca ha tenido contacto con homosexuales, al menos que él sepa. Tiene claro que cada vez que surge el tema no experimenta la misma crispación que el resto. Sencillamente no lo asustan, ni le provocan rabia; incluso la idea de dos hombres besándose o tocándose, tan repulsiva para la mayoría, no le parece chocante. Y desde luego están los juegos sexuales de adolescencia con su primo Juan, en la casa de campo en Curacaví, juegos que a los diecisiete años habían dejado de ser inocentes y se habían acercado a lo que él imagina como una conducta propiamente homosexual. Recuerda esos encuentros con placer y no ve nada de malo en ellos. En buenas cuentas, no le molesta la idea de que Diego sea gay, aunque teme que la amistad se vea entorpecida por los escrúpulos. Si la historia de Isabel es cierta, espera que Diego se lo confíe pronto para sacar el asunto de en medio.

—¿Y de verdad no te importa que sea gay? —indaga su mujer. Nota cierta malicia en la pregunta y en la forma que pronuncia la palabra gay, como si fuera una g distinta a las demás, una g más vibrante.

—Parece que me educaron sin ese prejuicio.

—¿Ni tampoco te importa que te vean con él? ¿Ni que se hayan hecho amigos así, de repente? Dicen que tiene una pareja no muy presentable.

—Pero Laura... Incluso me dijiste que era un coqueto empedernido con las mujeres. En el Da Carla estuviste feliz con la atención que te dio. Ahora que tu hermana te dijo que era maricón, ¿tenemos que dejar de verlo? Yo voy a seguir siendo su amigo. Hace tiempo que no conocíamos a un tipo tan simpático. Y no creo que sea gay —concluye, ridiculizando de paso la manera en que Laura pronunció esa palabra que parece incomodarla tanto.

—Se puede enamorar de ti —sugiere ella con picardía.

—Laura... —la mira con ojos risueños— ¿Estás celosa?

—Me daría unos celos tremendos si te prestara más atención a ti que a mí —admite al tiempo que se apega a Manuel y se recuesta en su pecho.

—Es un tipo genial, la noche de la ópera nos alegró la vida —le acaricia el pelo mientras habla—. Y fue encantador con los dos. Me llamó al día siguiente para felicitarme por estar casado contigo.

—Tal vez sea más fácil que nos hagamos amigos si es homosexual.

Laura levanta la cabeza y besa a Manuel en el cuello. Siente los músculos de su marido tensarse. Continúa besándolo y pocos minutos después hacen el amor. Manuel no consigue quedarse dormido. La imagen de Diego se resiste a abandonar su mente, como si la noticia le hubiera dado una mayor definición, y sus rasgos y su figura resaltaran contra el fondo oscuro de sus pensamientos.

5

Las reuniones periódicas que Manuel y Diego mantienen a propósito del crédito afianzan la amistad. Una coincidencia contribuye a ello: viven a tres cuadras de distancia, en el barrio El Golf. Diego es dueño de un departamento en los edificios de estilo francés que se despliegan en los cuatro vértices de la esquina de Renato Sánchez con Gertrudis Echenique. Acuerdan hacer juntos el viaje al trabajo. Ambas oficinas quedan en las cercanías del Palacio de la Moneda, en el viejo centro de la ciudad. Es Manuel quien propone la idea: no le importa esperar a que Diego pase en las mañanas y, en caso de que éste no pudiera abandonar el diario a una hora prudente, tampoco le molestaría regresar en metro y caminar las cinco cuadras hasta su casa.

Para Manuel, la mañana es el mejor momento del día. Se despierta temprano, con entusiasmo. Esas horas se deslizan libres de cualquier brote de angustia. Desde hace algún tiempo los padece, especialmente en las tardes, sin que exista una razón aparente. Recién levantado, esas inquietudes le parecen ajenas, rezuma confianza en sí mismo, cree que la suya es una vida buena y una especie de paz existencial aligera sus pensamientos y observaciones. En particular, goza del aire fresco, del silencio, de que las mujeres de la casa aún duerman. Todo confluye en una sensación de libertad. Mira por la ventana del living hacia el oriente; el sol saldrá dentro de poco. Es el inicio de un espléndido día de primavera, con la cordillera cubierta de nieve. Piensa que su estado de ánimo se asemeja a la luz sin insidia que dibuja la línea de las cumbres. Una luz diferente a la que se cuela por las tardes en las quebradas, dándole un aspecto más inquietante al panorama.

En esa disposición espera en la esquina de Alcántara con Callao. Poco después de la hora acordada ve el auto de Diego venir. Apenas cierra la puerta se siente absorbido dentro de una cápsula. El perfume, la barba recién afeitada y la mano derecha de Diego en la palanca de cambios, colman sus canales de percepción, los mismos que tan sólo un minuto atrás absorbían el panorama más amplio y caótico de la calle.

—Vas a tener que perdonarme, pero en las mañanas tengo un genio de perros. ¿No te importa si hablo poco? —dice Diego sin mirarlo.

—No importa, hablo yo. No hay hora del día que me guste más. Oye, con lo que ganas en el diario no te alcanza para un Audi —el grado de confianza que han adquirido le hace pensar que un comentario de esa clase no será considerado una impertinencia.

—¿Lo quieres como garantía del crédito? —replica Diego sin hacer un esfuerzo por ser divertido.

—Si está a tu nombre, ya es garantía —exclama, soltando una risa para alivianar el asunto. Desea que Diego baje la guardia.

—Es herencia de mi época de abogado.

—Te veo tan feliz en el diario que me cuesta imaginarte revisando escrituras o redactando contratos.

—Ahora redacto noticias.

—No te hagas la víctima. He visto cómo te brillan los ojos cuando una noticia importante llega a la sala de redacción. Creo que tienes más pasta de periodista que de abogado.

Nota el esfuerzo que realiza Diego por seguir la conversación. Decide permanecer en silencio y granjearle a su amigo la tranquilidad que necesita para comenzar el día. Bajan hacia el centro por Eliodoro Yáñez. Busca entretención en los árboles. Se mantiene atento. Sabe que en una de las esquinas todavía es posible ver un añoso magnolio en flor.

—Mira, mira el magnolio —dice, palmeando el hombro de Diego—, lo estaba buscando, es como si en la punta de las ramas tuviera tazas en equilibrio —esperan la luz verde.

—Amaneciste poético.

—Sí, amanecí chino, amanecí chinamente poético —y sólo tiene que sonreír para que sus ojos se conviertan en dos líneas.

—Es bonito.

—¿Bonito? No te quedes corto con los adjetivos, es lo mejor del camino. En dos o tres días más quedará sin flores y habrá que esperar hasta el próximo año para verlo de nuevo así. Fíjate en los troncos retorcidos...

Dan la luz verde y el árbol desaparece del campo de visión.

—¿Te gustan los árboles? —pregunta Diego.

—Me gusta «ese»« árbol —remarca Manuel—. Buen augurio para un primer viaje. Lo que estamos haciendo es una verdadera prueba de amistad.

—Dímelo a mí. Anoche estuve a punto de llamarte y decirte que lo olvidáramos. Pero después pensé que el problema era otro.

—¿Cuál?

—No quería que me vieras así.

Avanzan lentamente en medio de un río de autos con seis pistas de ancho. Pasado un rato, agrega:

—Con la mayoría de la gente siento la obligación de ser simpático, contigo no —mira a Manuel durante un largo instante y prosigue—: Creo que a ti no te importará ver el otro lado.

—Desde el principio supe que tenías otro lado —dice Manuel con vehemencia, cambiando de posición en el asiento para ver mejor a Diego— y creo que eso es lo que más me gustó. Esa habilidad para mantener cientos de tazas en equilibrio al mismo tiempo no es gratuita.

—Y el árbol tenía metáfora. No es para tanto, Manuel.

—No puedes negar que el árbol se presta a la comparación. Incluso los troncos retorcidos —dice, riendo.

—¿Sabes lo que pienso? Si tuviéramos esta conversación en otro momento, podría participar de esas visiones que tienes, pero ahora me parece que estás desvariando.

—A otra hora no tendríamos esta conversación.

Diego lo mira a los ojos, continúa manejando con seguridad, lo vuelve a mirar y dice con un atisbo de pudor:

—Es cierto.

El último tramo del viaje transcurre en silencio. Manuel se siente satisfecho. Una acumulación de conversaciones en esa tónica bastará para que Diego se abra con él. Ha descartado hacer una pregunta directa. Teme que le responda con violencia, como lo hizo con Laura la noche de la gala respecto a su soltería, o, peor aún, que vea amenazada su privacidad y tenga el impulso de alejarse.

Se sorprende de la complicidad que han alcanzado, aun cuando provienen de medios diferentes en un país sectario. Por el mismo Diego se enteró de que es el hijo menor de una familia con orígenes latifundistas. Tanto el padre como la madre poseen una larga lista de apellidos tradicionales, aunque nunca fueron particularmente adinerados. Por el lado paterno, la mayoría de las tierras se perdieron con la Reforma Agraria, y, por el materno, recibieron algún dinero como herencia de un abuelo, pero insuficiente para liberarlos del trabajo. De modo que el padre se vio en la necesidad de ganarse la vida como ingeniero, a diferencia de la mayoría de sus afortunados ancestros. El de Diego fue un hogar estricto, en sintonía con su educación en un colegio Opus Dei de tendencia elitista. En numerosas oportunidades, Manuel se ha preguntado cómo fue posible que un hombre como él surgiera de ese medio. De lo que ha podido inferir de sus pláticas, al ingresar a Leyes en la Universidad de Chile, Diego se dio cuenta de que su clase, más que un cenáculo donde se resguardaban la cultura y los valores, era un círculo restrictivo en cuanto al futuro y las ambiciones de sus miembros. Con el tiempo llegó a sentirse atrapado dentro de un repertorio de reglas tácitas, que al desafiarlas se volvían explícitas en boca de sus padres, hermanos y amigos. La progresiva desafección se hizo manifiesta cuando decidió separarse de la novia que los demás juzgaban apropiada y renunció a su puesto en Carey y Compañía.

Manuel ha detectado algunas grietas en esta justificación. A pesar de ser un tipo de pensamiento liberal, agnóstico, poco predecible en sus costumbres y con una orientación política por completo opuesta a la imperante entre los suyos, Diego no se ha desprendido de ciertos guiños de clase: una leve afectación al hablar, frecuentes alardes de una urbanidad algo anticuada, la presunción de formar parte de un círculo de gente selecta. Esto prueba que su alejamiento, al menos en un principio, debió ser producto de una necesidad más que de una convicción. Sólo así es posible comprender el largo tiempo —pasaron diez años entre su llegada a las aulas universitarias y su renuncia— que le tomó consolidar una nueva identidad. Según afirma, una distancia insalvable lo separa ahora de su familia. Incluso más, para hacer frente al cambio de valores, en su casa han abrazado todavía con más ardor los rancios códigos de la aristocracia rural. En tales circunstancias, ha pasado a ser un paria y sus relaciones se reducen a unos cuantos llamados de la madre durante el año y un trato casi inexistente con sus dos hermanos, un hombre y una mujer, esta última soltera, con cuarenta años de edad.

De ser Diego realmente gay, Manuel comprende que detrás del discurso acerca del enclaustramiento existió una razón más profunda y por lo tanto más poderosa para que se distanciara de su medio. La simpatía que le ha tomado no lo obnubila al punto de considerarlo una especie de héroe, alguien que tuvo el valor de renunciar a todo por vivir la propia vida. En tal caso sería explícito respecto de sus preferencias sexuales y Manuel habría recibido hace tiempo una señal al respecto. Es probable que no se exponga por miedo al rechazo, a enturbiar el prestigio que le ha conferido el diario, o, en su caso específico, a no recibir el préstamo; o puede que tal vez las medias tintas se deban a una estrategia deliberada: si bien se presenta como un hombre emancipado, sigue la vieja escuela del silencio cuando se trata de su vida íntima. De esta forma puede ganar espacios que el cerco familiar dejaba fuera, sin tomar el riesgo de ser objeto del rechazo social que implicaría ir de cara contra los prejuicios.

Lo asaltan estas ideas al llegar a la oficina, en un esfuerzo por descifrar quién es Diego Lira a fin de cuentas. No es una tarea fácil. Tiene el presentimiento que en él conviven varios personajes y, según sea la ocasión, el estado de ánimo o la idea de sí mismo que por esos días predomina, adopta uno diferente. El Diego de las mañanas, frío y reconcentrado, no tiene nada que ver con el Diego festivo de las tardes, un personaje voluptuoso al hablar, dueño de un humor fino y mordaz, de una intensidad que pareciera desafiar los límites de las buenas costumbres. Y éste a su vez difiere del Diego que negocia con el banco, cuyos actos están atravesados por la cortesía, la precisión de sus juicios y la claridad en sus intenciones. Cada uno de ellos tiene además una expresión física acorde. Hasta se podría decir que es un hombre temperamental. Pero más que una razón para desconfiar o para tildarlo de impredecible, sus dotes camaleónicas constituyen para Manuel uno de sus principales atractivos. Le gusta presenciar sus interpretaciones llenas de fuerza interior y convencimiento, al punto de conferirle a cada personaje un grado de verdad que para un tipo con menos talentos sería inalcanzable.

6

Diego piensa dar una fiesta. Cumple treinta y cinco años. Lo ayudará su amiga Idana, de quien Manuel ha escuchado hablar en numerosas ocasiones. Según cuenta, posee una belleza rara, casi masculina, se mantiene soltera y es capaz de divertirlo día tras día con sus anécdotas y ocurrencias, junto con hacer las veces de dueña de casa y hasta de novia cuando es necesario.

—Idana se va a hacer cargo. Podría organizar una fiesta para mil personas si quisiera. Es productora de una revista de decoración, imagínate. Conoce a la mayoría de los chefs y floristas de Santiago. Además tiene los teléfonos de todos mis amigos. Van a ser alrededor de cien invitados, no sé si el departamento dará abasto. También les dije a los vecinos que vinieran, así podremos usar las escaleras del edificio. Sólo amigos, no voy a invitar a nadie por mis compromisos en el diario.

A Manuel la perspectiva de la fiesta lo amedrenta. Abre la ventana del auto y el viento alborota su pelo.

—Vas a ir, ¿no es cierto? —pregunta Diego, alzando la voz para hacerse escuchar.

Hace tiempo que Manuel no participa de una celebración tan concurrida y prevé que, más que una posible diversión, será casi un examen. Su carácter tiende de forma natural a situaciones más íntimas, mientras menos personas en el grupo, mejor. La sola idea de sonreír a diestra y siniestra, de hacer el esfuerzo de hablar y caer bien entre los amigos de Diego, se le hace cuesta arriba. Y eso de «sólo amigos» suena como un estricto tamiz. Le agrada que Diego, por el entusiasmo con que le habla de la ocasión, lo considere como uno más de ese club exclusivo. Pero sospecha que la membresía requiere de una serie de códigos de conducta y de lenguaje que él no conoce. Ni a través de su familia, ni de Laura, ni menos de su trabajo ha tenido acceso al mundo que Diego parece reunir en torno a sí. Se lo imagina como una combinación de abogados, intelectuales, artistas, una reunión de quienes se han ganado el título de «personajes» entre la joven sociedad.

Desde que recibió la noticia, Laura se halla en un estado de excitación tal, que, en medio de cualquier frase, sin mediar una secuencia lógica de ideas, se refiere a la fiesta y a los preparativos, o le hace prometer que indagará con el mayor disimulo cuál sería un atuendo adecuado. Así las cosas, no le queda otra posibilidad que aceptar la creciente expectación que proviene de uno y otro flanco, al tiempo que oculta sus aprensiones bajo un disfraz de alegre comparsa.

Al llegar a su casa, la nana Mireya, vestida con un viejo delantal que deja ver sus kilos de más, le informa que Laura debió ir donde su madre por un asunto de última hora.

—Dejó dicho que apenas llegara fuera a la farmacia a comprar un remedio para Martina que está resfriada.

Va hasta el cuarto de su hija. La encuentra en su cama a medio tapar, en un estado de decaimiento que le encoge el corazón. El contraste con su natural vitalidad la hace ver más enferma de lo que sostienen las mujeres de la casa.

—Tiene un poco de fiebre, pero es sólo un resfrío —asegura Mireya, que ha venido tras él.

—Hola, mi amor. ¿Cómo estás? —dice, acariciándole la frente.

—Papá...

—Sí, Martina.

—Tráeme un helado.

—¿Y puede tomar helado? —pregunta, volviéndose hacia Mireya.

—Claro que puede, es bueno para la fiebre, yo siempre les daba helado a mis chiquillos cuando tenían gripe.

—Bueno, mi amor, te voy a comprar un remedio y un helado. Ya vuelvo.

Va en busca de las llaves del auto al dormitorio. Concibe la insólita idea de pedirle a Diego que lo acompañe. Imagina la cara de sorpresa que pondría su amigo si recibiera una invitación a la farmacia. Pero a medida que lo piensa crece su entusiasmo. La amistad se ha afianzado lo bastante para compartir una situación de esa naturaleza. Le basta apreciar cómo Diego lo llama a cualquier hora del día para contarle lo primero que se le viene a la mente, o su disposición para ir a almorzar con él, o su molestia cuando algún imprevisto en el diario no les permite regresar juntos por la tarde. Manuel suelta un resoplido de risa contenida. ¿Es posible que Diego albergue algún tipo de sentimiento romántico? Lo descarta de inmediato, no lo considera ningún iluso que vaya por ahí alimentando ideas impracticables. Pero no puede negar que Diego ha desarrollado por él una predilección que una mente retorcida podría malinterpretar.

A pesar de la cercanía, tiene conciencia de que ambos dejan fuera de sus conversaciones una parte primordial de su existencia. Diego no menciona su vida amorosa y Manuel relega a Laura a un segundo plano. Comprende las razones de Diego para no acercarse a los temas de pareja. Y agradece que no se haya inventado una intimidad con mujeres, que hubiera sido lo más fácil. Su caso es más complejo: no tiene una explicación de por qué soslaya la importancia de Laura. Se le viene a la memoria una ocasión en especial, cuando se lanzó a relatar las vicisitudes de su boda. Se hallaban en el restaurante que se convertiría en su lugar de encuentro, La Buena Hora. Sus platos apenas cabían en un mostrador recubierto de formalita al cual se arrimaban los clientes como en un bar. Primero le habló de las discusiones que habían surgido a propósito de si casarse o no por la Iglesia —al final cedieron a la presión de los padres de Manuel, apoyados por la madre de Laura, para que los casara un sacerdote amigo de la familia—, luego, acerca del lugar donde casarse —eligieron una capilla en la cima de un cerro de Curacaví, no muy lejos de la casa de campo de sus padres donde se realizó la fiesta—, y después, de las pequeñas minucias que se vuelven grandes problemas con ocasión de un matrimonio. Mientras su mente iba de una cosa a la otra, convencido de que a Diego esa embriaguez burguesa le divertiría, no se detuvo a analizar la expresión en el rostro de su amigo. Lo que en un principio era una mirada divertida, se había ensombrecido hasta proyectar algo semejante al fastidio. No es sólo esa la razón de postergar la figura de Laura. Hay algo más, una extensión de un sentimiento propio, o quizá debería llamarlo una intuición: no desea a Laura en medio y menos que se convierta en un referente importante entre ellos. Marca el número de Diego.

—Baja. Te paso a buscar.

—¿A buscar? ¿Para ir adónde?

—A la farmacia.

Diego suelta una carcajada.

—Qué panorama tan irresistible —no para de reírse. Manuel refrena el acostumbrado eco con que acompaña la risa de su amigo.

—Bueno, también te puedo invitar un helado.

—Qué cómico. ¿Me tengo que cambiar?

Manuel permanece en silencio, en espera de una respuesta.

—¿Manuel? ¿Estás hablando en serio?

—Por supuesto.

—Bueno —accede, bajando la voz hasta un nivel práctico—, en cinco minutos estoy abajo.

No bien cuelga, Manuel se reprocha su estupidez. Un escalofrío de vergüenza le recorre el cuerpo, para luego transmutarse en una sensación de triunfo. Debe llevarle un regalo. Va hasta el clóset en busca de algo a qué echar mano. Se detiene a medio camino. Está yendo demasiado lejos. No comprende qué le ocurre.

Diego lo espera junto a la calle. Una pareja joven pasea un perro por la plaza, un rectángulo de césped dominado por un haya roja, sembrado al cobijo de las dos alas perpendiculares del edificio. Cualquiera que se asomara a una ventana en alguno de los tres pisos, podría contemplar la escena: Diego sin chaqueta y sin corbata, con las manos en los bolsillos, ataviado con una camisa de un celeste llamativo, y más atrás la pareja de jóvenes moviéndose al ritmo dispar que les impone el perro.

—Qué especial eres, Manuel, en nuestra primera cita no hallas nada mejor que llevarme a la farmacia —dice apenas cierra la puerta del auto.

Manuel se ruboriza. Considera la posibilidad de mostrarse distante. Diego no debe confundir sus intenciones. La desecha de inmediato. Se siente alegre: no es una salida a tomar un trago, es cierto, pero es una invitación a hacer algo después de la oficina, en otro plano, un plano más íntimo, que incluya las horas libres, los fines de semana, la vida que Manuel considera verdadera y sin duda más agradable que los días en el banco. Ya no serán buenos amigos sólo por razones de trabajo. Diego se convierte en el compañero con quien pasar un buen rato en un viaje a la farmacia o tumbados viendo televisión, alguien, un hombre, con el cual hablar de cualquier cosa y brindarse compañía. Entrevé en las primeras palabras de Diego el germen de un sentimiento semejante y juzga la palabra «cita» como una expresión de su natural seductor: no es extraño que la ampliación de los márgenes de la amistad estimule a su amigo a dar indicios de lo que hasta ahora ha permanecido en secreto. Para estar a la altura, replica:

—Está bien para una primera cita, de día y sin alcohol. Martina tiene fiebre; le compro un remedio y después vamos a tomarnos un helado.

Diego inspecciona el auto.

—No me había puesto a pensar en qué auto tenías: un Volkswagen Golf... Te viene a la perfección.

—¿Sí? ¿Por qué?

—No sé, un auto bonito pero recatado.

—Es decir, un tipo con buen gusto pero sin vuelo. A mí tu Audi me parece una farsantería.

Diego ríe. Le encanta verlo reírse, se quita la coraza del hombre de mundo y se vuelve un niño gozador, recupera la ingenuidad que su desparpajo y su apostura mantienen a raya.

—¿Y Laura?

—Está donde su madre.

—Tengo la impresión de que ella no te suelta ni a sol ni a sombra.

—No es cierto —niega sin saber por qué miente.

—¿Y por qué me invitas a la farmacia, como si fuera la única oportunidad que tuvieras de salir conmigo?

—Porque se me ocurrió.

No entiende qué motiva a Diego a enrostrárselo, aunque admira su sagacidad. A continuación, agrega:

—Lo que pasa es que a Laura le gusta ir a todas partes; si le digo que voy a la farmacia, viene conmigo. Pero no lo hace para controlarme. Yo creo que es una entusiasta patológica. Si le cuento que voy a salir contigo, no me dejaría venir solo, estaría aquí, sentada en el medio. Y más por ti que por mí.

—Ella debería saber que a los hombres nos gusta salir por nuestra cuenta de vez en cuando.

—Sí, claro, pero a ella le gusta salir sólo con hombres, y no ve la diferencia.

—Es decir, quiere ser la presidenta del club de Toby... Me parece sospechoso.

—Una vez le dije algo por el estilo y me respondió que no entendía que fuéramos de una manera cuando estábamos delante de una mujer y de otra cuando no. Me hizo prometerle que con o sin ella presente sería siempre igual. Y que si tenía algo que decir, contar o confesar, que se lo dijera antes que a nadie.

—Perdóname que te diga, ese discurso lo he escuchado antes. No quiere perderse nada y de paso te tiene agarrado del cuello. Puras ansias de dominación —sentencia sin llegar a sonar pedante.

Llegan a la farmacia. Manuel abre su puerta y, antes de bajar, dice:

—No vamos a decir que te guardas tus impresiones.

—¿Te molesta? —pregunta Diego en un tono que no trasunta arrepentimiento.

Ya fuera del auto, Manuel responde a través de la ventana abierta:

—En verdad, no. Creo que tienes razón.

Va hasta un vendedor y le entrega la receta. Ha incurrido en una nueva deslealtad. Discute consigo mismo mientras espera: no es traición creer que el diagnóstico de Diego es acertado. Entonces, una idea que hace tiempo busca un resquicio para aflorar, se le presenta con claridad: la convivencia plena en un matrimonio es una utopía del mismo calibre que la pretensión de ser consecuente en todas y cada una de sus acciones.

De regreso en el auto le propone a Diego que vayan a una heladería ubicada no lejos de ahí. En medio de los buses y los demás automovilistas enervados por el tráfico y el calor, les toma más de veinte minutos. También resulta demoroso encontrar un estacionamiento. Sólo cuando ingresan al aire refrescante de la heladería, Manuel cree que el esfuerzo ha valido la pena. Compra helado de piña para su hija, su sabor preferido, como lo fue de él cuando niño. Con sus conos de barquillo en las manos caminan hasta una plaza cercana. Es un lugar que ocupa el encuentro de dos calles en diagonal, tiene un espacio de maicillo al centro, circundado por una franja de tierra donde crecen árboles y arbustos. Manuel se sorprende de que no haya nadie más. Ningún niño ni menos un anciano que quiera aprovechar la sombra. Sólo sombra, porque obtener solaz es imposible debido al fragor de la avenida Las Condes que corre a sus espaldas. Una vez sentados en un escaño, se ven exigidos a alzar la voz para hacerse escuchar.

—Gracias por el helado —dice Diego, levantando su cono, como si ofreciera un brindis.

Manuel responde con el mismo ademán. No sabe qué decir. Presiente que junto a él está el personaje llano y bienintencionado, con un toque de pureza infantil, que a veces Diego ha exhibido en La Buena Hora. Está contento de estar con él, aun cuando el lugar no sea todo lo hospitalario que hubiera deseado. Alberga la sensación de haber realizado un largo viaje para llegar hasta ahí. Esa plaza, ese banco en particular, es su destino final. Han almorzado juntos muchas veces, tenido reunión tras reunión y, sin embargo, Manuel se halla por primera vez sentado junto a Diego sin tiempo, sin deberes, abiertos al placer de estar juntos. Mira a su amigo con una sonrisa en los ojos, en el convencimiento de que está pensando algo semejante.

—A veces cuesta hacerse un espacio —es lo que dice.

—Jamás había hecho algo así —replica Diego, levantando el cono otra vez.

—Debes pensar que estoy medio loco.

—Ojalá yo fuera igual. Me habría servido en la vida —toma del helado con ansiedad.

—Yo creo que eres lo suficientemente libre para hacer lo que te plazca.

—No creas; estoy lleno de miedos y prejuicios.

—No es cierto —protesta Manuel—, te saliste de una oficina prestigiosa para crear un diario en Internet, lo que en su momento era poco menos que una locura. Abandonaste un camino conocido, seguro y bien pagado. Además vives solo, no le das explicaciones a nadie. ¿Qué más quieres? Te encuentro más libre que yo y que la mayoría.

Manuel dedica un instante a tomar de su helado. Diego ha hecho desaparecer la parte superior del suyo y no le resta más que el cono.

—Se nota que me tienes cariño —dice, acompañándose de un suspiro de resignación—, no sabes lo que me ha costado.

—No te tocó fácil —comenta Manuel con sequedad. Diego lo encara con una expresión inquisitiva.

—¿Tú sabes de lo que estoy hablando?

Hace una rápida evaluación del tono empleado por Diego. No es descalificador, ni suspicaz, tampoco expresa aprensión o alarma. El tono ha sido de sorpresa, tal vez una manifestación del anhelo de que la respuesta sea afirmativa.

—No lo sé exactamente, pero puedo imaginármelo.

—No lo creo —dice desilusionado.

A Manuel no le resulta extraña su manera de pedir atención, se asemeja a la de Laura cuando espera que él le asegure que ha superado sus debilidades de carácter.

—Me has contado muchas cosas de tu vida —dice Manuel, seguro de haber entendido los deseos de Diego—, de tu familia, por ejemplo, de tu trabajo; sin embargo, hay otras que no me has contado y que su omisión es tanto o más elocuente.

Es el turno de Diego para ruborizarse. Con un par de mordiscos termina lo que le queda del cono. Mira a Manuel a hurtadillas. Al cabo pregunta:

—¿Lo sabes hace tiempo?

—No tanto. Fue por acumulación.

—A veces pensaba que lo sabías y en otras que no tenías la menor idea.

—Nunca estuve totalmente seguro, tú no me habías dicho nada. Ahora me lo dices, ¿no? Ahora puedo estar seguro.

—Ahora te lo digo.

—Bien.

—¿Y no te molesta?

—Para nada.

—Ahora tú tienes que aclararme algo.

—Pregunta.

—¿Y tú?

A Manuel le desagrada la interpelación. Si la suma de las conversaciones que han mantenido hace obvia la respuesta, no entiende por qué Diego cree necesario realizar la pregunta. Y sin embargo ahí está, a la espera, como si realmente le cupiera la duda. Va a lanzar una risotada para esquivarla, pero algo recóndito lo contiene, una especie de rigor ético. Jamás se ha cuestionado en este sentido y Diego lo obliga a hacerlo por primera vez. La obviedad de la respuesta sigue presionando para que festine el asunto y no puede dar con otras palabras que no sean:

—Yo no, no creo —palabras que salen sin burla ni cinismo, dichas con expresión neutra.

—¿No creo?

—Bueno, es difícil saberlo, nunca he conocido a alguien así... A cada uno le toca lo suyo... Eso es lo que quiero decir.

Nota que en el rostro de Diego impera una seriedad inconmovible y sus tupidas cejas se enarcan para darle acento a su expresión.

—A mí me conoces y yo soy «así» —dice de un modo rotundo, confiriéndole un toque sarcástico a la última palabra.

Lo desafía a dar una respuesta precisa. Busca en su mente algo que lo deje satisfecho. No encuentra nada apropiado, sólo cierta confusión que le incomoda. Él no debería insistir.

—No hay problema, Diego, me caes mejor ahora que hace dos minutos. Me gusta que sepamos quién es cada cual.

La desilusión cambia las facciones de Diego. Lo observa ponerse de pie, llevarse las manos a la cadera y lo escucha decir, como si le hablara a una tercera persona:

—Me alegro que hayamos aclarado esto, me tenía preocupado, especialmente por la fiesta. Te vas a encontrar con personas «así» y no quería que te llevaras una sorpresa.

Manuel se aproxima y le pasa un brazo por los hombros.

—Es la primera vez que me invitan a una fiesta en años.

Mantiene la mirada en los ojos de Diego en busca de un contacto que selle la revelación con un sentimiento de confianza. Piensa que en el futuro recordarán ese momento. Diego se limita a asentir y se separa de él, sin llegar a ser descortés. Manuel se siente en falta y a la vez se rebela contra la indocilidad de su amigo. Su manera de dejar atrás el asunto es preguntar por más detalles de la fiesta. El anfitrión se deja llevar por el interés de Manuel y pronto le está relatando los distintos grupos de amigos que confluirán, incluso describe las rivalidades que existen entre ellos. El tema se desvanece y en medio de un silencio abierto por una momentánea ausencia de tráfico, Diego pregunta:

—¿Qué va a pensar Laura?

Manuel está a punto de soltar un bufido, pero al reprimirlo se transforma en una sonrisa comprensiva.

—Laura no es ninguna ingenua, ya lo sabe o lo intuye. El problema es que no vas a poder sacártela de encima.

—¿Estás seguro?

—Imagínate, serás su primer amigo hombre sin que el hecho de serlo sea un impedimento.

—Ni me digas, con Idana ya tengo suficiente.

—¡Laura! —grita Manuel, y mira su reloj—. Son las nueve.

Da un vistazo a su alrededor y comprueba que ha anochecido. La bolsa con el remedio para Martina y el pote con el helado, de seguro en vías de derretirse, le enrostran su olvido. Emprenden el regreso, sin necesidad de explicaciones.

7

Laura se toma del brazo de Manuel mientras ascienden las escaleras que llevan al departamento en el tercer piso del edificio afrancesado. En cada peldaño arde una vela dentro de un cambucho de papel. Grandes flores de bulbo, dispuestas en los descansos, inundan la caja de escalas con su perfume. La puerta del departamento debe estar abierta, especula Manuel. La grabación de una voz gruesa de mujer, acompañada por una orquesta de vientos, desciende hasta sus oídos. Después de una interminable deliberación, Laura dictaminó que él usaría una chaqueta azul y ella un vestido negro de escote curvo, sin mangas, de un estilo que la dueña de la boutique denominó «Jackie O». Cuando venían en camino, él confesó que sentía un vacío en el estómago. Laura lo calmó argumentando que no había razón para estar nervioso: Diego los acogería y se preocuparía de presentarlos a los demás invitados. Pero al momento de entrar, una especie de vértigo la impulsa a retener a su marido del antebrazo para exigirle: «No se te ocurra dejarme sola». Se asoman hacia el interior del departamento y no encuentran a nadie. Manuel no da fe a lo que se presenta ante sus ojos: las paredes están pintadas de un naranja apagado, el piso de parquet fue teñido de negro, una piel de cebra se despliega sobre un sofá y un imponente cuadro abstracto en tonos de ocre va prácticamente de piso a cielo. Una profusión de velas de té en pocillos de colores destella sobre las cubiertas de los muebles y un sofisticado arreglo de flores impera sobre un arcón chino. Desde una de las puertas que se abren hacia la sala principal, surge la figura de una mujer que no hace más que aumentar su impresión de estar en un mundo trastrocado. No puede ser otra que Idana. Su metro ochenta y seis de estatura la delata.

—Hola, pasen, todavía no ha llegado nadie —los recibe con un suave acento italiano y se inclina para darles un beso en la mejilla a cada uno.

La diferencia de altura con Laura despierta en Manuel cierta intranquilidad, parecen provenir de tribus que habitan extremos distintos del planeta. Estudia a Idana en busca de los rasgos masculinos que Diego mencionó. Le llaman la atención sus grandes ojos oscuros y su boca llena. Tal vez su altura y sus pechos exiguos, insinuados apenas bajo la blusa de seda, sumados a las escasas sinuosidades de su cuerpo, son los culpables de esa injusta descripción. Sería más apropiado decir que tiene la estampa de un muchacho y el rostro de una mujer sensual.

—Hola, soy Manuel, y ella es Laura. Diego nos dijo a las diez —adelanta la cabeza en un gesto de disculpa. Idana les brinda una sonrisa amistosa y les asegura que la mayoría no llegará hasta después de las once.

—Costumbres de los esnobs. Así que tú eres Manuel —dice a continuación, mientras lo examina.

También él sigue adelante con su examen. Se detiene en la prominencia de sus pómulos y de su nariz que nace recta desde la frente. El aire extranjero que le dan sus años en Italia atenúa hasta cierto punto la impresión causada por sus inusuales rasgos y medidas. Diego tiene razón, si se privara a ese rostro de sus ojos voluptuosamente femeninos y de la boca, Idana podría pasar por un hombre. Le gusta que ella no se interese en disfrazar su apariencia. Lleva el pelo tomado en una cola y más abajo de la blusa gris trae puestos un par de pantalones negros y mocasines. Sólo los aros de brillantes resaltan como un único toque propiamente femenino.

—Sí... Y ella es Laura —añade, consciente de que se repite. Una especie de sexto sentido le advierte que Idana lo privilegiará con su atención y no quiere que desatienda a su mujer.

—Conocimos a Diego no hace mucho en una gala del Municipal —le informa Laura, haciendo vibrar su voz de contralto, para compensar las obvias desventajas. Piensa que la mujer quiere afirmar su propiedad sobre Diego. Su aparición desde lo que parece ser el dormitorio principal, como si fuera la dueña de casa, es una prueba de ello.

—Sí, Diego me contó. Aún está en el baño. Ya deben saber lo pretencioso que es.

Laura advierte una leve indecisión en sus movimientos y en sus palabras. Incluso su acento va y viene. Tal vez se trate de una mujer insegura. A pesar de sus treinta centímetros menos, se siente más adulta, más dueña de sí misma.

Diego se presenta vestido de negro, los pantalones de corte impecable y la camisa entallada. Laura se sorprende imaginando su cuerpo desnudo.

—¿Qué les parece?

—Te ves irresistible —clama Idana entre cariñosa y burlona. Entonces, Laura dice:

—Pareces cantante de boleros.

Diego pierde la sonrisa.

—Te ves muy bien —interviene Manuel con un ceño censurador dirigido hacia su mujer. Una parte de la boca de Idana sonríe y la otra cae mustia.

—¡Qué pesada eres! —le espeta Diego a Laura sin matizar la réplica con un tono jovial. Ella exhibe una sonrisa victoriosa al preguntar, llena de coquetería:

—¿Me vas a ofrecer un trago?

Idana llama a un mozo y le indica los tragos que cada uno beberá. Como Manuel vislumbró, se forman dos parejas: Idana con él en un cuestionario mutuo acerca de sus vidas, y Laura con Diego que parecen no guardarse resentimiento. No obstante conocer a su mujer y su oposición a dejarse arrastrar por la corriente, y pese a tomar por lo general con buen humor sus golpes de malentendida honestidad, se ha molestado con ella. Desea tener un momento a solas con Diego para disculparse. ¿Por qué Laura fue descortés? Bajo ciertas circunstancias reacciona de ese modo, lo tiene claro, cuando una situación la pone nerviosa, o cuando se siente en una posición incómoda o desmedrada. Cree que Laura no está dispuesta a ser una más entre las aduladoras de Diego, como Idana parece serlo, y se presenta con una embestida para no desorientarse a causa del fulgor que el anfitrión y su entorno dejan escapar.

Idana resulta ser una mujer simpática, de risa a flor de labios, dueña de una batería de gestos y expresiones que colman su plática de vivacidad. Esa mujer será para él una tabla de salvación en caso de sentirse abandonado en medio de la gente.

La fiesta alcanza su apogeo a medianoche. El palabrerío desborda por las ventanas hacia la plaza y la calle. Manuel ha perdido a Laura de vista y está solo, apoyado en uno de los alféizares, el único sitio donde se puede respirar algo de aire fresco en ese departamento sin terrazas. Al contrario de lo que había temido, lo está pasando en grande. El estudio de los invitados es una inesperada diversión. Hay un número importante de mujeres y hombres que despiertan su curiosidad, ya sea por su belleza, su manera de vestir, sus gestos expresivos o por tener rostros de marcado carácter. Es un espectáculo nuevo para Manuel y ha elegido a sus protagonistas. Uno de ellos es una mujer especialmente atractiva. Está a un par de metros de su punto de observación. La cabellera rubia acaricia su espalda al descubierto y encuadra una cara de niña, con unas pestañas tan largas que parecen postizas. Tiene una copa de champagne en la mano, ríe y gesticula con una gracia ingenua, como si no estuviera consciente del efecto que su cuerpo provoca en los hombres que la rodean. En sus recorridos visuales, Manuel se detiene una y otra vez en sus largas y bien torneadas piernas y admira la agitación de las ondas del vestido en torno a sus muslos. Llegado un momento la ve mirar hacia la puerta de entrada y la escucha decir:

—Esa mujer es un peligro.

—¿La Martita? A mí me cae bien —dice el más bajo e insignificante de sus consortes—. Es bonita e inteligente. Un poco intensa, pero... —su voz se pierde en el palabrerío.

—¿Inteligente? Es un basurero de desechos culturales —protesta con voz estentórea un tipo cuya única particularidad es usar anteojos de marcado estilo intelectual—. Repite todo lo que lee y escucha, no tiene ni una sola idea propia. Y lo peor es que se cree una eminencia. Pobrecita.

—Que ella repite, repite —dice la bella mujer—. Me ha contado las historias más escandalosas y las escucha todas en el café de Alonso de Córdova. Cada vez que voy a almorzar está sentada en una mesa sacándole la vida a alguien.

Le impresiona la crueldad de los juicios, pero se siente a salvo. Nadie ahí lo conoce, aparte de Diego y Laura. Tiene la sensación de ser una gota de líquido que no se mezcla en el destilado homogéneo que forman los demás. Cree que la mayoría se conoce desde la niñez y las obvias semejanzas en su manera de moverse y de hablar demuestran cuán apegados se mantienen a ciertos modales. Cuando pasa junto a un grupo, o bien están hablando de otro miembro del clan o de política, un tema que a muchos parece incomodar. Percibe que en ese ambiente, que presume liberal al ser congregado por Diego, aún no existe un acuerdo con respecto a las elecciones de diciembre —no queda más que un mes—, en particular a la conveniencia de votar por el socialista Lagos. Uno de los primeros en arribar, un hombre de pelo rubio y lacio con las mejillas sonrosadas, discutió el tema con Diego:

—No me convence tu candidato —dijo con voz engolada—. No porque haya apuntado a Pinochet con el dedo en televisión significa que vaya a hacerlo bien.

—No hay nadie mejor que él. Es inteligente, preparado y con agallas —replicó el dueño de casa—. No me vas a decir que preferirías a Zaldívar con sus sermones democratacristianos.

—Cómo se te ocurre. Pero mira los truhanes que tiene Lagos en el comando. Imagínate a ese doctorcito amargado como ministro de Salud. Se robaría hasta los mamógrafos.

Manuel supuso que el tipo era médico, por lo presumido y las manos bien cuidadas.

—No se puede negar que algunos son turbios. Los necesita para los votos, pero no los pondrá en el gobierno.

—Mira, yo detesto a Pinochet, el viejo es un hijo de puta —cuando dejó escapar el garabato, el engolamiento de su voz alcanzó su máxima viscosidad—, pero a Lavín lo encuentro bastante decente y criterioso.

Y ante tal aserto, Diego soltó una carcajada que llenó de asombro a su interlocutor.

Otro de los preferidos de Manuel es un hombre bronceado, de talante varonil, que lleva una polera ajustada al cuerpo y unos jeans que exhiben un trasero prominente. Le llaman la atención sus hombros anchos, los brazos abultados, un estómago plano donde se insinúa el dibujo de sus abdominales. En televisión por cable vio un documental que trataba de la moda imperante entre los gays de Estados Unidos por desarrollar músculos y exhibirlos como una mujer muestra sus piernas. Es la primera vez que le toca ver a un hombre de ese estilo en persona. Mientras lo estudia con cierto descaro, el tipo se vuelve hacia él y le sonríe. La sorpresa lo hace salir del marco de la ventana e internarse entre la gente. Al instante se recrimina por su actitud y trata de establecer contacto visual con el musculoso, casi como un imperativo de buena educación, pero se encuentra con las miradas curiosas de otros miembros de su camarilla. Baja la vista y en un giro divisa a Laura con Diego y otras personas, cerca de la puerta de la cocina. Decide no acercarse y va en busca de Idana. Ella lo recibe en la biblioteca con los brazos abiertos y procede a presentarlo a quienes están a su alrededor.

—El nuevo amigo de Diego —el acento italiano hace

confuso el matiz dado a la frase; para Manuel hay dos posibilidades: entusiasmo o ironía.

Quienes lo acogen le parecen más amistosos de lo que había imaginado. No hay narices levantadas ni conversaciones en clave; por el contrario, se muestran abiertos y alegres de recibir a un nuevo integrante. Las primeras preguntas giran en torno a su trabajo y a su universidad. La Católica y el resonante nombre del banco tienen una recepción entusiasta. Uno de ellos, de cuerpo enjuto y ademanes nerviosos, inquiere por su colegio, como si necesitara encontrar un punto en común con Manuel. Al mencionar a su querido Saint George's, asoma en el rostro macilento una sombra de desilusión.

En el salón se encuentra Laura. Se ha impuesto un objetivo para esa noche: permanecer el mayor tiempo posible junto a Diego. Se le va la vista cuando pasan a su lado personas con quienes desearía trabar amistad. Entre los invitados están la fotógrafa, el arquitecto y la pintora que vio en el café al día siguiente de la ópera. Pero tiene una idea clara: Diego es la puerta de entrada a ese mundo y lo primero que debe hacer es ganarse un espacio junto a él. No tiene dudas de que su comentario acerca del atuendo no fue bien recibido. Dijo lo primero que se le vino a la cabeza y no ha cambiado de opinión. Le complace desafiarlo. Sabe manejar ese tipo de acercamiento agresivo para llegar más rápido a la intimidad. Es su costumbre usar esa estrategia para establecer relaciones —con Manuel, por ejemplo— y conoce sus complejidades. Sólo una duda la inquieta: no saber cuán amigos se han hecho Diego y Manuel en el banco y en sus viajes hacia y desde la oficina. Por lo poco que su marido menciona al dueño de casa, se diría que no son más amigos que lo que ella apreció durante una salida a cenar, pero algo en el trato que se brindan, más el episodio del remedio y el helado, la inquietan. La explicación del tráfico no la satisfizo. Es raro pensar que Manuel pudiese o quisiese engañarla en cuanto a su cercanía con Diego. Si se sintiera atraído hacia él, sería lo mismo que pensar que es homosexual. Cuando llega a este punto sus aprensiones se desvanecen, no guarda ninguna duda al respecto. Va nuevamente tras el dueño de casa, perdido en medio de los saludos de bienvenida a los rezagados. Mientras intenta obtener cierta perspectiva entre los cuerpos vecinos, una nueva idea la detiene. Tan absurdo como pensar que Manuel es gay es creer que Diego pueda caer en los juegos de seducción que pretende desplegar. Está en un punto que no le resulta cómodo, uno donde no maneja las claves. Por primera vez se enfrenta a incertidumbres que hacen de su estilo agresivo una herramienta torpe. Para infundirse seguridad, piensa que Diego no puede ser ciento por ciento homosexual. Exuda virilidad por cada poro y sus gestos están libres de cualquier amaneramiento. Hay algo más, el modo en que trata a las mujeres, a ella en especial, cómo le habla y la observa. Está convencida de que conoce la intimidad femenina y las repercusiones que su actuar tiene en ella.

Diego se dirige a su dormitorio a dejar un regalo. El paquete de papel rosado es un lunar en medio de la sofisticación reinante. Ella se decide a seguirlo hasta el cuarto. Se cuela en el espacio dejado por la puerta a medio entornar y es recibida por un remanso de calma. Observa a Diego poner orden a los regalos desperdigados sobre la cama. Después la vista recorre la gran cantidad de retratos en blanco y negro que cubren una pared y las revistas apiladas sobre una mesa.

—Jamás en mi vida recibí tantos regalos —musita

Laura, causando un sobresalto al dueño de casa, que no se había percatado de su presencia.

—Con esa simpatía —dice, sobreponiéndose—, no creo que den muchas ganas de hacerte regalos.

Regresa a su orden, sin mostrarse cohibido, como si el estilo frontal de tratarse respondiese a un acuerdo tácito entre ellos.

—Te gusta que te lleven el amén en todo. Ya era hora de que encontraras a alguien que no sólo te sirva de eco.

—¿Y tú eres esa persona?

—Conmigo nunca te vas a equivocar.

—Está claro que tienes un concepto muy elevado de ti misma —dice él con una risa irónica hilvanada en la voz.

Durante unos minutos se dedican a juzgar la belleza, utilidad, simpatía y originalidad de cada regalo. En muchos de ellos, Diego percibe una flagrante ausencia de delicadeza, un automatismo al minuto de comprarlo, pero hay un par que despiertan sus elogios. En especial un grabado al aguafuerte. Para admirarlo, Laura se acerca hasta que sus cuerpos están a punto de rozarse.

—Es bonito —comenta.

Diego retrocede de un modo imperceptible y en su cara asoma cierta confusión. Ella lo mira con fijeza y no dice nada para despejar sus dudas en cuanto a lo que ocurre. Entonces, él sugiere bajando la vista:

—Será mejor que volvamos a la fiesta.

Da un paso al lado y está a punto de perder el equilibrio al tropezarse con una esquina de la cama. Se recompone, levanta la mirada hacia Laura y en sus ojos ella percibe una nueva luz.

—¿Y Manuel?

Laura se encoge de hombros y, como si encontrara de pronto algo que decir, señala:

—Ya es un hombre grande. Debe estar bien acompañado.

O bien Diego se deja llevar por la algarabía de la fiesta o quizá finge porque alguien lo observa, el caso es que su rostro se ilumina con una sonrisa al agitar la mano en señal de despedida. Laura se queda un momento más en la habitación. Vuelve la mirada hacia los regalos y repara en el pulso de la sangre en las sienes. Recurre a la artimaña de alisar el vestido para calmarse. Sale al living y toma la primera copa de champagne que se cruza en su camino.

Diego va al encuentro de Idana y Manuel. Están inmersos en un cara a cara, apoyados contra las repisas de la biblioteca. Lo ven acercarse y lo esperan con una expresión radiante en el rostro.

—Tu mujercita es un encanto —dice al llegar.

—No sabes los problemas en que me ha metido —bromea Manuel, llevándose una mano a la frente; es una manera liviana de referirse a Laura, que se suma a las que se ha permitido en el último tiempo—. En mi familia la adoran. Cada vez que están juntas, mi madre tiembla.

No siente culpa por su ligereza. Al contrario, hablar de Laura en esos términos le provoca una sensación de alivio. Es su forma de disculparse con Diego. Nota el interés que despierta y se anima a continuar:

—Con su madre se lleva a la perfección y eso que ella es la mujer más comedida que he conocido. Cada vez que Laura le dice alguna de sus verdades, ella la mira seriamente y le responde —y aquí hace una breve imitación, entrelazando las manos a la altura del pecho—: tienes toda la razón, m'hijita.

—Yo nunca digo lo que pienso —declara Idana, y apura su copa de champagne con un gesto teatral.

Los hombres celebran su histrionismo. Manuel está contento de tener a Diego a su lado.

—Ríanse no más, no saben reconocer un consejo valioso. ¿Y cómo está el dueño de casa? —pregunta, haciendo sonar los tacos.

—Cansado de tanto saludar. Será lo mismo que todos los años, al final voy a sentir que no estuve con nadie. Una hora saludando, una hora de aquí para allá y después comienzan las despedidas.

—No, no, no —interpone Idana, tomando a Manuel del brazo—, esta vez no puede ser así. Traje un antídoto para espíritus abatidos.

—No te puedo creer —exclama el dueño de casa. Manuel no sabe de qué hablan.

—Es mi último regalo de cumpleaños. Ya te he hecho varios. Síganme.

Diego se abre paso adelante y Manuel se deja llevar por Idana.

—Son un par de locos —dice Manuel, conmovido por la intimidad que se respira entre los tres cuando se encierran en el baño.

Diego se sienta en el escusado, Idana aprovecha de mirarse al espejo y Manuel se apoya contra la puerta. A cada tanto alguien hace el intento de entrar. El lugar resplandece y una vela lo colma de un aroma exótico. El ajedrez de mármol verde y blanco en las paredes y el piso hacen pensar a Manuel en el contraste de ese recinto con el modesto baño de su departamento.

—¿Y bien? —dice Diego.

—No vaya Manuel a pensar mal de mí —replica Idana, bajando la cabeza en un falso gesto de embarazo.

A esas alturas, él cree saber de qué se trata.

—No se hagan problemas por mí.

—Ya tenemos la bendición del señor cura —profiere Diego.

Idana blande un papelillo del tamaño de una hoja de afeitar y se lo entrega al dueño de casa. Éste vierte parte de su contenido en un espejo de mano con un movimiento rápido y con ayuda de una tarjeta de crédito despliega tres líneas de cocaína.

—Las damas primero —dice, extendiendo el espejo con un billete enrollado hacia Idana.

—No, primero las visitas.

—Yo no quiero, gracias —dice Manuel, negando con una mano. Idana se dobla sobre el espejo y aspira. Manuel se siente tentado de imitarla. Lo más inesperado es que tiene una erección. Diego va hasta el espejo y también aspira su línea.

—¿Estás seguro de que no quieres?.

Manuel no desea defraudarlo y menos romper la complicidad que se ha creado entre los tres.

—No la he probado nunca.

Idana se excusa:

—Voy a dejarlos tranquilos. Necesito un cigarrillo y un trago —va hasta la puerta y, mientras Manuel le abre paso, le dice cariñosamente—: El único problema con esta delicia es que me pone claustrofóbica.

Manuel le echa llave a la puerta.

—Tengo miedo de probarla y volverme adicto —dice apenas vuelve la vista hacia Diego. No le avergüenza pasar por ingenuo. Es más, desea que él insista o lo exima.

—Yo jalo desde hace años y me gusta sólo para las fiestas.

—Pero tú y yo somos distintos. Yo soy, no sé como decirlo... más vulnerable.

—¿A la cocaína?

—En general. Tomo Ravotril para andar tranquilo y creo que esto te pone justo al revés.

—Esto te exalta, pero también te provoca placer.

—Bueno, la voy a probar, qué más da —se dice en voz alta para armarse de valor.

En un primer momento no siente nada. Está ante el espejo de pared, escrutando una eventual metamorfosis de su rostro. Por el rabillo del ojo ve a Diego mantenerse atento, abrazado a una pierna recogida, como si él también estuviera a la espera de algún cambio. Experimenta un cosquilleo placentero en el cuerpo. Sólo entonces comprende cuántos deseos tenía de jalar y cuán contento está de que Diego se halle presente.

—Qué rico.

—Así me gusta —celebra Diego al tiempo que se pone de pie. Viene hasta él, lo toma de la mandíbula y lo besa en los labios. El estupor de Manuel dura tan sólo un instante y enseguida le corresponde.

Cuando se separan, el corazón le retumba y no quiere perderse nada de la expresión de Diego. Están serios, con los rostros sin gestos y los ojos cargados de emociones.

—Aquí no podemos...

—Ven —demanda Manuel y lo besa otra vez. Le causa placer sentir el roce de las barbas. Diego se separa, lo toma de los hombros y con una mirada significativa dice:

—No he pensado en otra cosa en todo este tiempo. Lo único que quiero es estar contigo. Pero no ahora. Tu mujer está afuera, además de cien pares de ojos. Mañana.

Se dan un fugaz beso antes de salir. Un hombre joven, en vías de quedarse calvo, saluda a Diego efusivamente. Éste lo presenta a Manuel como el gurú de las punto com, quien más sabe de Internet en Chile. De inmediato se enfrascan en una espiral de loas a la nueva tecnología, a las infinitas posibilidades, a la probabilidad de que en pocos años el cincuenta por ciento de las transacciones comerciales se realice a través de la red. En otras palabras, llevan a cabo un repaso del evangelio para fanáticos. Manuel queda en llamarlo y a cambio recibe una invitación a las reuniones que tiene cada jueves con otros pioneros. Se reúne con Idana cuando Diego es abordado por alguien que desea despedirse. Se enfrascan en una conversación de la cual no recordará gran cosa al día siguiente, pero le parece la más íntima que ha tenido en mucho tiempo. Se mantiene unido a Diego a través de breves contactos visuales. En medio de alguno de los barridos en su busca se cruza con la mirada de su mujer. Está sola, sentada en un extremo del sofá con la piel de cebra. Manuel cae en la cuenta de que se había olvidado de ella. En sus códigos, la mirada fija de Laura entraña un llamado perentorio. Manuel duda si acudir a él. Desea continuar experimentando el placer que le brinda Idana y la libertad de cruzar guiños con Diego. Nada de eso sería posible junto a Laura. Culpa a la cocaína del desapego con que analiza la situación, de la ausencia del instinto solidario que siempre se impone cuando se trata de su mujer. La mirada de Laura se mantiene fija en él, como si intuyera sus vacilaciones. Ya no tiene escapatoria.

—Te vi entrar al baño con Idana y Diego —reclama en un tono áspero apenas Manuel se sienta a su lado.

Él no tiene preparada una respuesta. Invoca una sonrisa persuasiva sin éxito, como si sus transmisores nerviosos se negaran a obedecer. O tal vez se deba a un contagio con el rostro petrificado de su esposa.

—Fueron a jalar, yo los acompañé.

—¿Y tú jalaste?

Le dirá que sí, la invitará a que la pruebe. Desea que ella experimente la misma plenitud de los primeros instantes y la aceleración de la mente que vino después.

—No.

—No me mientas, es cosa de verte los ojos, los tienes abiertos como platos. Te vi cómo gesticulabas con Idana. Jamás has hablado de esa forma.

En vez de sentirse amedrentado al ser descubierto en su mentira, se enfada.

—Es verdad, hacía rato que no me daban ganas de hablar —apoya los codos en los muslos, entrelaza las manos y fija la vista en ellas.

—¿Y soy yo la culpable? —la voz de Laura llega hasta él con un fondo amenazante que reconoce y teme desde los primeros tiempos.

—No peleemos, por favor —se vuelve hacia ella—. Estoy contento y con unas copas de más, eso es todo.

Diego va pasando y le hace una morisqueta a espaldas de Laura. Manuel intenta contener una explosión de risa, pero ella se encarga de hacerlo al exigir:

—Quiero jalar.

Manuel sólo es capaz de un débil llamado a la cordura:

—Laura...

Su esposa se levanta, va hasta Idana, le dice algo al oído y un momento después las ve marchar rumbo al baño. Diego sigue la escena a un par de metros.

—¿Y ella es virgen como tú?

—Eso creo.

Se quedan mirando.

—Mañana. Invéntale algo a tu mujer.

—No sé mentirle.

—Dile que vamos a jugar tenis.

Se ríe con ganas. Sería el peor de los pretextos. Argumentará algo relacionado con su familia. Percibe el deseo recorrer su cuerpo, el avance de la sangre en las arterias. Se imagina desnudo junto a él. No sabe exactamente qué harán, pero se siente libre de ir todo lo lejos que sea necesario.

Las mujeres salen del baño y se acercan a ellos.

—Así que no jalaste —le espeta Laura a Manuel, con la vista puesta en Diego.

—Ahora estamos empatados.

Dando un giro hacia él, lo reprende:

—¡No vuelvas a mentirme!

Y recobrando la sonrisa y el aire jovial, como si su agresión fuera un interludio sin importancia, toma la mano de Diego, la alza un palmo sobre su cabeza y, dando un giro sobre sí misma, propone:

—Deberíamos bailar.

Lleva a Diego de la mano hacia un sector sin muebles que a esa hora, las dos y media de la madrugada, se halla más despejado, y comienza a bailar. Diego apenas se mueve. En su rostro contrasta la estupefacción que surge de sus ojos con una sonrisa fingida para quienes se han vuelto a contemplar la escena. Idana se encoge de hombros, se disculpa con Manuel y se pone al frente del equipo de música, asumiendo el trabajo de dj como si fuese una misión fijada por anticipado. Poco a poco, los demás se van sumando hasta que la mayoría se agita en la pista improvisada. Manuel se queda de pie junto a Idana, sumido en el desconcierto, sin saber qué pensar acerca de lo que acaba de ocurrir ni de los impúdicos avances de Laura mientras baila. Tiene sólo una idea clara: quiere estar con Diego.

La fiesta termina pasadas las cinco de la mañana. En una incursión rápida al dormitorio, Manuel y Diego se besan por última vez. Mientras caminan de regreso, Laura no deja de hablar, critica a Idana por frívola y a Diego por tener los amigos que tiene, unos farsantes de última categoría, dice, una forma consciente de aplacar el deseo de pertenecer a ese mundo. Se deshace del vestido nada más entrar al dormitorio. Se abraza al cuello de Manuel y lo besa. En él se debaten emociones contradictorias: el enfado que siente hacia ella y la culpabilidad de liberar el deseo con una persona distinta a quien lo ha provocado, por mucho que esa persona sea su mujer. Diego y la cocaína han enardecido a Laura y no está dispuesta a esperar que su marido tome la iniciativa. Las caricias conmueven el cuerpo vulnerable de Manuel y su mente se ve inundada por la fantasía de hacer el amor con Diego. Laura cierra los ojos e imagina que es Diego con quien se va a la cama. Tienen un sexo fuerte, especialmente físico.

Tendidos uno junto al otro, Laura susurra:

—Estuvo increíble.

—Mejor que nunca —concuerda Manuel mientras ve a Diego flotar entre sus pensamientos, una ampliación del cuadro mental que contempló la noche en que Laura le contó que era gay. Deseoso de apreciarla en sus variaciones, permanece despierto hasta que sale el sol.

8

Desde ese sábado en adelante se encuentran en el departamento de Diego, al menos una vez por semana, después de la oficina. No más de una o dos horas en que se entregan el uno al otro con una pasión que parece acumulada desde hace años. Por algún arreglo interior que no ha llegado a interpretar, Manuel no sufre golpes culpables ni cuestionamientos de identidad. Es como si la alternativa de desear a un hombre hubiera estado desde siempre alojada en él y ahora se manifestara. A veces experimenta un sentimiento contrario a lo esperado, una especie de plenitud, como si su cuerpo ascendiera, del modo que lo puede hacer una mente, a un nivel mayor de conciencia. Tanto es así que se ha volcado hacia Laura con más ímpetu que antes y le entrega su atención cada día al regresar y durante los fines de semana. Hacen el amor con frecuencia y se atrevería a decir que su fogosidad también se ha inflamado. No juzga su aventura como un engaño, cree más bien que será un sazonador de su experiencia como hombre e impulsará su vida hacia adelante.

Tampoco tiene mayores problemas para acomodarse a las variaciones del sexo entre hombres y Diego alaba su libertad para experimentar. Ha tenido un buen guía, atento y cuidadoso. Además, ha descubierto en él ciertas virtudes que permanecían ocultas hasta ahora. Si antes hizo gala de su inteligencia, de su buen carácter, de su extraordinaria capacidad para gozar cada momento, Manuel no había advertido que también era un hombre sentimental y bastante abierto respecto a su intimidad. Después de hacer el amor, cuando no se ha hecho tarde, suelen mantener una conversación donde se cuentan sucesos importantes de sus vidas. Cuando le toca el turno a Diego, por lo común da con una buena historia para contar. En ellas no busca exhibir un ángulo de su personalidad que lo favorezca. Tiene a orgullo mirarse a sí mismo con ojos ecuánimes. Se reconoce como un hombre poco inclinado al perdón, a la grandeza de espíritu y a los sentimientos altruistas. De lo que sí le gusta ufanarse es de su facultad para identificar las motivaciones de sus protagonistas. A menudo se detiene en el detalle o la actitud que le dio la clave para interpretar la conducta de alguno de ellos. Manuel ha sido testigo de su talento. Es rara la vez en que no da con la pincelada justa para retratarlos de cuerpo entero. Ha llegado a creer que Diego se ve a sí mismo como una larga suma de historias. El resultado final es un hombre de una extraordinaria sensibilidad, que tiende a ocultarla la mayor parte del tiempo. Necesita sentirse en confianza; incluso más, pareciera requerir que su cuerpo entre en confianza para abrir paso a esa fuente de recuerdos. Es en ese único escenario —la cama, la desnudez, el tacto, la calma que los bendice— donde se muestra mejor dispuesto. La familia, sus andanzas amorosas, las traiciones que ha sufrido y sus bajezas, son sus temas preferidos. En cuanto al primero, el más recurrido de todos, ha dicho que se trata de un ejemplo perfecto de la familia disfuncional: un padre ausente, una madre voluble, unos hermanos con manifiestos estigmas psicológicos. En uno de sus primeros encuentros en el departamento le contó la reacción de sus padres cuando decidió revelarles su homosexualidad. Manuel preguntó por qué lo creyó necesario y la respuesta fue que ya no soportaba seguir mintiendo. A partir del quiebre de su compromiso matrimonial en adelante, las mentiras se habían acumulado hasta transformarse en una carga abrumadora. Una noche se presentó ante ellos y no se guardó nada de lo que creyó fundamental revelar. Quería que su vida fuera una sola, no una constante fricción entre la que le tocaba vivir y la que inventaba para darles en el gusto. Describió la escena con especial detalle. La vieja casa en Providencia, el comedor ascético y mal iluminado, la frigidez de sus semblantes, la creciente percepción de que los perdía para siempre. Su padre no esperó a que terminara. Lo repudió y, mientras no abjurase de su condición, le prohibió la entrada a la casa. El rechazo no había constituido una sorpresa para él, lo había experimentado desde niño y sólo representaba la culminación de una historia malhadada. Su madre no se atrevió a hablar. Al día siguiente lo llamó para decirle que lo quería tal como era, para contradecirse más tarde, atormentada por sus reparos católicos. A la pobre mujer —así la llamó Diego— le costó renunciar a quien había sido su principal apoyo. Desde pequeño, ella jugó a que era su pareja, le preguntaba qué vestido ponerse, caminaba por la calle tomada de su mano, lo hacía parte de su intimidad y le hablaba mal del padre valiéndose de cualquier pretexto. «Con razón mi padre me odiaba», había concluido.

Esa tarde han hecho el amor y yacen en la penumbra del cuarto. Pronto estarán hablando y puede que Diego le cuente una de sus historias. Para capear el calor de principios de noviembre mantienen las ventanas abiertas y los postigos de madera entornados. Transpiran y aún tienen la respiración agitada. Permanecen abrazados. Manuel cree por un instante que los retratos en blanco y negro les sonríen en señal de aprobación.

—¿Cuándo te fijaste en mí? —pregunta aún conmovido por el apasionamiento que Diego ha demostrado un momento atrás.

—¿Vamos a tener la típica conversación de...?

—Sí, ¿por qué no?

El rostro de Diego se llena de una expresión risueña.

—Me gustaste incluso antes de que nos saludáramos por primera vez.

—¿Cómo?

—Cuando me presenté a tu secretaria tenías abierta la puerta de tu oficina. Estabas hablando con alguien. Yo no sabía cuál era cuál; lo único que esperaba era que el subgerente con quien me iba a entrevistar fueras tú.

—¿Amor a primera vista? —pregunta Manuel, burlándose.

—Así debió ser. Me gustó como estabas parado. Me acuerdo que estabas sin chaqueta, con las mangas de la camisa recogidas y la corbata suelta.

—Con lo perfeccionista que eres, no debería haberte llamado la atención.

—Al revés, eso fue exactamente lo que me gustó... que fueras medio desordenado, bien hombre. Y te estabas riendo de algo. Tenías la cara iluminada y los ojos chinos.

Diego lo punza con un dedo para obligarlo a soltar la risa que tiene atrapada en el gesto. Deja escapar una carcajada, alentado por la vanidad. Jamás se había puesto a pensar que podía ser atractivo para otro hombre y menos a primera vista.

—¿Y en qué más te fijaste?

—En todo. Durante la reunión no hice otra cosa que mirarte. Me puse como un tonto, ¿no te acuerdas?

—Al contrario, me impresionó la soltura con que te referías al diario como si fuera el mejor negocio del mundo.

—Tenía el corazón en la boca.

—Debes tener bastante experiencia para que no se notara.

—Eras tú el ciego. Yo te coqueteé descaradamente.

—Entonces, ¿desde el principio te dedicaste a conquistarme? —se asombra de su candidez. Nunca se percató de que era sujeto de un asedio.

—Desde ese mismo día.

—¿Pero cómo sabías que iba a corresponderte?

—A veces me arrepentía. Pero no podía pensar en otra cosa. Me bastaba ver cómo te ponías cuando nos encontrábamos para que se me pasaran las dudas.

—Yo soy simpático con todo el mundo.

—Hubieras visto tu cara... Igual a la que tienes ahora. Te fascina que te diga que me moría por ti —Manuel se escabulle de las cosquillas y se enreda entre las sábanas—. Reconoce que también te gustaba.

—¿Cómo se te puede ocurrir? Me caías bien, nada más —le place ser el conquistado.

—Quizá no te dabas cuenta. Pero eras hasta posesivo.

—No es cierto.

—Claro que sí. Por eso en la heladería creí que me ibas a decir que te pasaba algo conmigo.

—Tan despistado estaba que me molestó que me preguntaras si era gay.

—Y yo tan seguro que en la fiesta me puse de acuerdo con Idana para llevarte al baño.

—¿Idana lo sabe? No deberías habérselo contado.

Manuel experimenta un intenso pudor. Si bien está obligado a admitir que le gustan los hombres o, dicho con mayor precisión, que goza teniendo sexo con un hombre, el hecho de que otra persona también comparta esta novedad lo desazona.

—Idana es la mujer más discreta que conozco.

—Da igual.

—Perdona.

No hablan durante un rato. La atmósfera de intimidad que los envuelve pronto le regresa a Manuel la calma. Diego lo hace sentir protegido y la idea de que Idana esté enterada pierde el filo amenazante. Cree que llegarán a ser buenos amigos, con la ventaja de que no habrá tema que no se pueda tocar.

—Laura me llamó ayer —dice Diego con un matiz indagatorio.

—¿Laura? ¿Y qué te dijo?

—Que saliéramos a tomar un café.

Manuel percibe cierta inquietud en su amante. Agita una pierna que ha recogido y de su mirada ya no brota la placidez que la alumbró después de hacer el amor.

—A ella también le gustaría ser tu amiga. Deberíamos salir más seguido los tres, o los cuatro, con Idana.

—No es eso lo que ella quiere.

Observa a Diego salir de la cama y pasearse desnudo por el cuarto. Las franjas de luz provenientes de los postigos cruzan su cuerpo. Inspirado por esta visión, inquiere:

—¿Le preguntaste si te quería hablar de algo en especial? —desea demostrar genuino interés por comprender lo que intenta transmitirle.

—Por supuesto.

—¿Y? —se incorpora en la cama y cruza las piernas en posición hindú.

—Me dijo que tal como nosotros éramos amigos y nos veíamos sin incluirla, también ella y yo podíamos vernos sin estar tú presente.

Manuel deja escapar un resoplido. Es una idea tan propia de su mujer.

—Laura y sus cosas.

—¿Te parece normal que ella quiera salir conmigo?

—Piensas que Laura te quiere seducir, ¿no es cierto? —se empeña en emplear un tono cariñoso.

—No lo pienso, estoy seguro.

No puede negar que Laura se siente atraída hacia Diego. Ha sido testigo de sus avances. Hasta ahora tenía la esperanza de que la noticia de la homosexualidad aplacara su entusiasmo, pero es obvio que no surtió efecto. La plenitud de las últimas semanas en el hogar tampoco fue suficiente para complacerla. Aun así, su instinto le aconseja proteger a Laura, justificarla, cuidarla de una agresión, como lo ha hecho por tantos años.

—¿Qué te dijo exactamente?

—No es necesario decirlo con todas sus letras para darse a entender, basta con el tono de la voz.

—¿Deduces eso por el tono de su voz? —no permite que la crudeza de la afirmación lo golpee—. Qué perdido estás. Laura habla de ese modo hasta para pedir un pedazo de carne en el supermercado.

Diego parece dudar antes de decir:

—Me preguntó por qué no la invitaba al departamento.

Manuel deja de ser razonable.

—Quiere conversar contigo, es una mujer sin amistades y tú le caes bien; no es tan difícil de entender.

—Bueno... Es tu mujer, no la mía.

Se pregunta por qué defiende a Laura si sus intenciones son manifiestas. ¿Culpa? Él la engaña, goza de Diego y que ella quiera hacerlo, aunque le duela, le parece comprensible, incluso equitativo. No se permite condenarla por desear lo mismo que él desea y que tiene la suerte y el descaro de consumar. Pero sabe que su reacción sería otra si no se tratara sólo de elucubraciones. Diego se sienta en la cama para decir:

—¿No será que tienen un problema?

—¿Cuál?

—No sé. ¿No te molesta que ella quiera...?

Manuel medita su respuesta por un momento. Se extraña de su impavidez. Las mismas palabras, en otras circunstancias, lo hubieran hecho explotar de indignación.

—Sabes lo que me pasa... la entiendo —y dándole un puntapié en la espalda, le reprocha en tono de broma—: Y tú eres un farsante que piensa que todo el mundo quiere acostarse contigo.

Diego guarda silencio. Manuel tiene la impresión de que la frase anida en su mente. Se acerca a él y, acariciando uno de sus brazos, se pregunta en voz alta:

—¿Intuirá lo que está pasando?

—¿Tiene manera?

—Quizá lo sienta en mí, en mi cambio de ánimo, en cómo hacemos el amor, no sé, puede que de alguna manera inconsciente lo perciba.

—¿Y la forma que encuentra su inconsciente de solucionar tu infidelidad es meterse en el medio?

—Puede ser. No sería raro en una mujer como ella.

9

Luego de una semana sin verse a causa de la reclusión que la primera vuelta de las elecciones presidenciales ha impuesto sobre Diego y sus periodistas, agravada por los interminables giros del arresto de Pinochet en Londres, Manuel concibe la idea de invitarlo, acompañado de Idana, a la casa de campo de sus padres en Curacaví. Dejarán a Martina con la madre de Laura. El cierre de la campaña el jueves previo a las elecciones libera a Diego de la necesidad de permanecer al mando de la sala de redacción. El domingo regresarán durante la mañana a votar. En el corto viaje, a instancias de Manuel, acuerdan no hablar de política. Nadie cambiará su voto a esas alturas y ya han sido muchas las discusiones en las que ha tenido que participar. Su objetivo es prevenir un choque entre Diego y Laura. Desea que el fin de semana se convierta en un punto de partida para una nueva forma de relación entre ellos. Por un lado, Laura podrá desmitificar a Diego, conviviendo con él, percibiendo de un modo más directo su homosexualidad. Y él podrá tratar a Laura en circunstancias menos álgidas y asistir a una demostración de que, satisfecha su ansiedad, puede ser una mujer encantadora.

Llegan con la última luz del viernes. Es una parcela de unas treinta hectáreas consagrada al cultivo de nogales.

El camino de acceso se interna entre los troncos blanquecinos sobre los que flota una masa compacta de grandes hojas. La casa se halla en medio de la plantación. Es de estilo chileno, muros de adobe, techo de tejas y corredores con pilastras de madera en su perímetro. Idana ha parloteado sin cesar acerca del paseo durante los últimos días. Por alguna razón, ella es la más entusiasta con la idea. Ha preparado un cheesecake, trae flores y chocolates. Diego, en cambio, se había mostrado renuente —«¿no iremos a tener un problema con tu mujer?»—, pero después se sumó al entusiasmo de su amiga, ofreció su auto y una caja con doce botellas de un vino tinto, según él, muy especial.

La cena de la primera noche cumple con las expectativas de Manuel. Su mujer se ve contenta: su necesidad de protagonismo está satisfecha por ser la dueña de casa y la privilegiada con la atención de los hombres. Idana desborda simpatía, pero cuando la conversación se torna más culta o informada, se queda un tanto atrás. El buen humor les alcanza para hacer una apuesta: Diego promete invitar a Laura a cenar si Lagos no gana en primera vuelta.

A la mañana siguiente salen a caminar. Manuel les enseña un viejo pozo en desuso donde acostumbraba a pasar largas horas cuando niño. A los ocho años creía que debajo de la superficie de la tierra existía un mar, tan grande como los océanos, y se dedicaba a mirar hacia el fondo a la espera de alguna evidencia que lo confirmara. En dos o tres oportunidades estuvo a punto de ir a llamar a su madre para que atestiguara que allá abajo había peces, pulpos o incluso ballenas. Sin embargo, para su desilusión, la quietud del espejo de agua siempre terminaba por imponerse. Cuando la calma era total y permanecía así por largo rato, se inventaba que no era agua lo que veía, sino una membrana que se había aglutinado para impedirle detectar el paso de un enorme cardumen.

Por la tarde visitan la capilla donde Manuel y Laura se casaron. Está construida en la punta de una colina, la única que se alza en todo su contorno desde el plano del valle. Es un edificio construido en madera, pintado de blanco, con un techo a dos aguas y un portal sencillo. Se dirigen hasta un mirador desde donde contemplan el valle y las estribaciones montañosas que descienden abruptamente hacia él. El viento alborota las cabelleras de las mujeres. Diego exclama:

—Este lugar es una maravilla.

—Es tan ordenado, mira las alamedas —comenta Idana, despejándose el rostro con una mano e indicando hacia un punto indefinido con la otra.

—Parece un valle de Inglaterra.

Laura ríe. Manuel percibe un punto de exageración: es probable que le enrostre a Diego su esnobismo. Pero ella se limita al silencio de una sonrisa. Más que la llanura parcelada, a Manuel le gusta contemplar las montañas que flanquean la entrada del valle. Se ven más cerca de lo que realmente están, como si a medida que se asciende se contrajeran las distancias horizontales. Rodean el edificio. Está cerrado.

—No importa. Adentro no hay nada que ver —les informa Laura.

Se encaminan hacia el auto. Durante la visita no se ha hecho mención al matrimonio. Manuel cree que Idana olvidó que lo trajeron a cuento durante el desayuno y que Diego esquiva el asunto a propósito. Esta idea le arranca las palabras de la boca:

—Cuando nos casamos, la gente no cupo en la capilla y más de la mitad se quedó afuera, a pleno sol.

—¿Y había tanto viento como ahora? —pregunta Idana, marcando el acento italiano. Una preocupación comprensible viniendo de una productora de revistas, piensa Manuel.

—No, fue a la una de la tarde, a esa hora todavía no sale el viento —responde Laura.

—¿Y cómo estabas vestida? —es Diego quien pregunta ahora.

Están los cuatro detenidos por el comentario de Manuel, a medio camino entre la iglesia y el auto, distanciados un par de metros uno de otro. El viento insiste en despeinarlos y arranca sonidos extraños de los hierbajos que crecen en las laderas más allá de la explanada.

—De blanco. Era un vestido muy bonito.

—No sé por qué me imagino que tenía una cola muy larga —continúa Diego. Su voz se ha vuelto un tanto afectada.

—Ay, Diego, las colas no se usan hace veinte años —interviene Idana, con ademán de seguir caminando. Manuel se vuelve hacia Laura para estudiar su reacción. Se recrimina por haber abierto la boca.

—Sí, era una cola de cuatro metros —no se ve amedrentada.

—¡Mira tú! —exclama Diego con una sonrisa victoriosa.

—Era el vestido de matrimonio de su mamá —explica Manuel, para darle a entender que se pondrá del lado de Laura en caso de una disputa. Las próximas palabras de Diego hacen patente que no ha comprendido su intención:

—¿Y eras virgen?

Idana se acerca a él y le da un pellizco en el brazo.

—Esas cosas no se le preguntan a una mujer.

Laura se rodea de un aire orgulloso para decir:

—¿Me lo preguntas por lo del vestido blanco? Eso sí que es anticuado. No, no era virgen. En cambio, Manuel sí... cuando nos conocimos.

—Laura, no es necesario entrar en detalles —protesta el aludido, intentando desbaratar la conversación, con un grito, un acceso de tos o un llamado a la cordura.

—Se me acercó en una fiesta de la universidad —prosigue ella como si no lo hubiera escuchado—, y me lo llevé a la cama esa misma noche.

Diego e Idana permanecen en silencio, a juicio de Manuel, estupefactos. Su mujer le dirige una mirada y percibe con irritación que lo contempla como si fuera un objeto de su propiedad.

—No iba a dejar que un hombre como éste se me escapara y menos siendo virgen.

—Tengo hambre —interviene Manuel, e Idana profiere un sonido gutural a modo de asentimiento, un claro indicio de que reprueba el giro que ha tomado la conversación.

—Es una buena presa —Diego está de nuevo al mando de su ironía.

Laura sonríe y se toma del brazo de Manuel. Se mueven en dirección al auto. Con la vista al frente, ella hace retumbar su voz para hacerse oír en medio de una ráfaga de viento:

—Es una lástima que no puedas cazarla.

Aún conmovido por el encuentro de la tarde, Manuel percibe el aire refrescante del mar que sube por el valle.

Esperan la noche en una amplia terraza de piedra laja, sentados en sillones de mimbre que pronto necesitarán una refacción. Desde ahí se contempla un prado entre macizos de arbustos y más atrás la pared formada por los nogales. Al regresar de la iglesia, Diego había sugerido recorrer la plantación y Manuel fue el único dispuesto a acompañarlo. Avanzaron con premura entre los troncos blanquecinos y tan pronto estuvieron seguros de estar fuera de cualquier línea de visión, sin haber cruzado una sola palabra, hicieron el amor apoyados en un tronco. El modo violento y furtivo, sin ningún tipo de preámbulos, ha excitado a Manuel más allá de lo imaginable. Que haya ocurrido en la parcela de sus padres y de su niñez no ha hecho más que exacerbar sus sentidos. No piensa en nadie más que en Diego, en su cuerpo, en la imagen de los dos semidesnudos haciendo el amor entre los nogales. Quiere encontrar otra oportunidad. Laura tiene el sueño liviano, lo que descarta una escapada durante la noche.

Diego avanza hasta el límite del piso de piedra. Con un trago en la mano, levanta la vista como si hubiera un horizonte para contemplar y no la línea que forman las cimas de los árboles. Manuel advierte que Idana y Laura han encontrado una persona en común. Aprovecha el momento para reunirse con él. El sol se ha hundido tras los árboles y en el cielo subsiste un azul vibrante. Quiere decirle algo, pero la agradable sensación del silencio termina por imponerse. De pronto, en medio de la placidez del paisaje, irrumpe un sentimiento de angustia. Se vuelve hacia Diego en busca de una explicación para ese repentino desasosiego. Se detiene en su perfil. Desea que los murmullos de Idana y de Laura se extingan. Y no es un sentimiento momentáneo, es sólo el primer atisbo de uno que puede ser cada vez más incisivo y abrumador. Ha pensado en separarse de Laura, ahí está la razón de su angustia. Por primera vez ha cruzado su mente, aunque haya sido de manera fugaz, el deseo de hacerlo. Su manera de recomponerse es regresar donde está ella, sentarse en el apoyabrazos del sillón y acariciarle el pelo. Ni la voluptuosidad de la cabellera ni tampoco el familiar aroma que despide logran apaciguarlo.

Durante la cena beben vino en abundancia. Es Laura quien habla. Relata las dificultades de la última edición a su cargo. El autor es un viejo cascarrabias, un profesor de historia que escribe a mano con una letra infernal. A pesar de lo atractivo del tema —los rasgos psicológicos de los próceres de la patria—, el tipo se empecina en enturbiar cada perfil con sus extravagantes y aburridas teorías. No está contenta con el resultado. No le fue posible depurar el libro de un tufillo aleccionador. Manuel contempla la escena con los ojos entrecerrados: Laura se balancea en la silla mientras habla, Diego la escucha con interés e Idana está al acecho de cualquier oportunidad para dar con un giro gracioso. Se encuentra más sereno. En esa tranquilidad prospera la indulgencia del vino. Diego deja caer unas miradas provocativas y él a cambio celebra cada uno de sus chispazos de ingenio.

El cheesecake y los chocolates no sobreviven a la larga sobremesa. El entusiasmo decae y Laura sugiere una retirada general. Ella y Manuel apagarán las luces. Diego se despide y lo observan alejarse por el pasillo de los dormitorios con paso inseguro.

Ya en la habitación, Manuel se pone su pijama celeste y se mete entre las sábanas. Está a la espera de que Laura salga del baño. Desea ir a darle un beso de buenas noches a Diego. Ella sale vestida con una enagua de seda negra con encajes. Lo toma por sorpresa. Pensaba verla en su inofensiva camisa de dormir. Sin distraerse de su propósito y haciendo un esfuerzo por sonar natural, dice:

—Voy a ver a Diego. Está tan borracho que debe estar durmiendo encima de la cama.

No le dirige la mirada a Laura para no enfrentar la reacción de su rostro. Rumbo a la puerta, la escucha decir:

—Voy contigo.

—No te preocupes, yo voy.

Laura da la impresión de no presentir nada sospechoso en su maniobra.

—Tendrías que ponerte una bata —le advierte como último recurso, mientras la observa venir hacia él.

—Debe estar durmiendo y con él no hay de qué preocuparse.

El tiempo que les toma ir de una habitación a otra es suficiente para que Manuel se sienta arrastrado a su propia emboscada. Quiere tomar a su mujer por los hombros desnudos y decirle que es una mala idea, que Diego reaccionará mal. No hay de qué asirse en ese pasillo torrentoso. Laura abre la puerta de la habitación sin golpear. Diego está metido dentro de la cama de dos plazas con el torso desnudo, las piernas encogidas y un libro entre las manos.

—Perdona, pensamos que... —comienza a decir Manuel.

—¡Qué susto me dieron! —protesta Diego.

Un pequeño velador sustenta una lámpara con pantalla de mimbre. Las superficies se ven invadidas de segmentos de luz y sombra que crecen en tamaño a medida que se alejan de la fuente.

—Creímos que te habías quedado dormido con ropa

—dice Laura sin mostrarse compungida—. ¿Qué libro estás leyendo? —pregunta luego, tendiéndose a los pies de la cama. Se lo quita de las manos y lee el título con su voz teatral—: *Pálida luz en las colinas.*

Manuel intenta estudiar el rostro de Diego, pero se halla invadido de luces y sombras.

—Es un bonito título —comenta Laura mientras pasa algunas páginas.

—Perdona —repite Manuel. Ha visto a Diego subir el reborde de la sábana para taparse el pecho y ese gesto de pudor lo ha mortificado.

—¿Acostumbran a cuidar con tanto esmero a sus invitados?

La ironía que rezuma la pregunta lo tranquiliza. Es el Diego de siempre.

—No hemos invitado a nadie antes, sólo venimos a esta casa cuando están los padres de Manuel —explica Laura sin levantar la vista del libro—. Ven, Manuel, siéntate para que hablemos un rato.

—¿No les parece que es hora de dormir? —se resiste.

—Nadie quiere dormir.

Se sienta en una punta de la cama. Ella se mueve para darle espacio, acercándose a Diego.

—Tiéndete.

Él busca una señal, pero la expresión de Diego está amansada por el alcohol. Laura exterioriza un aplomo que ha admirado desde que la conoció y que ahora detesta. De no ser tan llevada de sus ideas no estarían en esa situación absurda. Uno de sus pies pequeños y delicados lo toca y recibe el contacto con un escalofrío. Tiene miedo y sin embargo se siente llevado por el juego de Laura: teme que todo en él se desate. ¿Será también el juego de Diego? Si no, ¿cuál es la razón de callar y aceptar que se les una? Está borracho, se dice, estamos los tres borrachos, ninguno actúa con premeditación. Siente deseos de besar a Diego en presencia de Laura. Le daría en el gusto y a la vez sería una confesión. Se desencadenaría una crisis, qué duda cabe, pero de seguro se ahorraría un cúmulo de explicaciones. De pronto vuelve a sospechar que nada es casual. Laura busca romper su unión con Diego, quiere dejar de sentirse excluida, quiere recuperar el centro de atención al cual está acostumbrada. «Si ustedes desean continuar con su cortejo, deben incluirme, no hay otra salida», pareciera decir con sus actos. Manuel ha caído en la cuenta de que ella percibe cuán unidos se han vuelto Diego y él; por cierto no conoce los detalles sexuales, pero advierte la dedicación mutua que se dan. Se reprende por su falta de precaución durante las comidas, los paseos, los momentos de ocio. Ese fin de semana ha sido un extenso y tácito diálogo entre él y su amante, con su mujer e Idana interpretando unos pobres papeles secundarios. Se pregunta por qué ella no lo desbarató con un escándalo, por qué no se lo gritó a la cara. Lo normal sería que se sublevara llevada por los celos, que terminara con la farsa invocando la lealtad del matrimonio. Entonces, ¿por qué han llegado hasta ahí, hasta ese cuarto donde Diego espera desnudo el asalto de una pareja casada? Manuel se demora un instante en darle forma a la respuesta. Laura está de acuerdo con lo que está pasando, lo auspicia, pero con una sola condición: ella ha de recuperar su protagonismo. En medio de la claridad de sus pensamientos se presenta otra lectura posible, una más difícil de tolerar. Resentida por la preferencia que ha mostrado Diego, busca la manera de vengarse, de doblegarlo, de finalmente derrotarlo usando la única arma que lo puede dañar. Por un segundo se imagina que Laura declara, mientras se acomoda en la cama, «si quieres tener a Manuel, deberás tenerme a mí».

Hablan de sus libros favoritos. Ella confiesa no tener tiempo para leer todo lo que desearía debido a la carga de manuscritos que le envía la editorial. Lo mismo le pasa a Diego con la marea inabarcable de palabras que arrastra el periodismo de actualidad. Manuel hace el esfuerzo de pensar. Hasta ese minuto sólo ha considerado las razones de Laura para llegar hasta ese punto y no se ha detenido en las propias. Lo que ocupa su conciencia inmediata es que no quiere estar ahí, debería levantarse, decir buenas noches y cerrar esa especie de grieta que se ha abierto en la realidad. No lo hace, sin embargo. Un encuentro sexual entre los tres lo excita más allá de lo que está dispuesto a aceptar. Culpa de su indecisión al temor de contradecir a Laura. Si él se niega, ella abandonará su actitud permisiva y exigirá que Diego salga de sus vidas. Esta reflexión lo lleva a cuestionarse cómo enfrentarían cada uno de ellos la mañana siguiente si se dejaran llevar. Perdería la intimidad que Diego y él han ganado. Con Laura en medio no habría esperanza de que prosperase. Su mente ya no alberga ningún género de dudas acerca de cuál es la mejor alternativa, pero su cuerpo se niega a obedecer. Entonces su atención regresa al cuarto, a los trazos de luz. La pacífica escena que se desarrolla ante sus ojos no parece dar cabida a las intrigas y mezquindades que nublan su pensamiento. En su terapia, el psiquiatra le hizo presente más de una vez su paranoia. Nunca lo dijo de un modo literal, pero frente a ciertos conflictos indagaba: «¿Qué lo hace pensar eso?», y a continuación decía: «No me parece que haya suficientes elementos para creer una cosa semejante». Si su mujer no pretende más que platicar antes de dormir, su estado es grave. Pero un gesto de Laura le demuestra que no está en vías de enloquecer. La ve acariciar distraídamente una pierna de Diego a través del cobertor. Es el momento de reaccionar.

—Mañana, antes de irnos, deberíamos recorrer el camino de María Pinto —improvisa. Se obliga a pensar en el día siguiente, a salir de ese vórtice que lo absorbe, a despejar el embotamiento que quiebra su voluntad.

—Es muy bonito por esos lados —coincide Laura mientras su mano sube por la pierna de Diego.

Manuel se da cuenta de que él mira fijamente los pechos de su mujer. La excitación le sube por el cuerpo. Ella sabe que los está exhibiendo. La ve desplazarse en la cama. Está a punto de estirar la mano para detenerla. Laura se tiende junto a Diego y apoya una mano sobre su pecho. La imagen, y más que la imagen, la idea de la mano de su mujer en contacto con los pelos del pecho de su amante, vence sus resistencias y se incorpora para unirse a ellos. Desea hacer el amor con ambos.

—Mañana nos vamos directo a Santiago —dice Diego, retirando la mano de Laura con brusquedad e irguiéndose en la cama. Manuel se inmoviliza a medio camino—. Saca a tu mujer de aquí —le ordena—. No sé qué idea se les ha metido en la cabeza, pero conmigo no cuenten.

—A mí no me tienen que sacar de ninguna parte, imbécil —le espeta Laura como si le echara un conjuro.

Diego mantiene la mirada fija en él, ignorándola. Ella abandona la cama y se dirige a la puerta. Manuel no es capaz de moverse. Se siente repentinamente desesperado.

—No lo tomes a mal, estamos un poco borrachos.

—No me des explicaciones, ándate de una vez.

—Diego, por favor.

—¡No le ruegues a ese idiota! —grita Laura desde el umbral.

Todavía no se decide a salir. Quiere que su mujer se vaya para implorarle a Diego que lo perdone, explicarle que no es su culpa, que fue idea de ella, que él no sabía, que se dejó llevar, que verlo desnudo lo turbó, que el deseo de estar con él lo confundió. Pero comprende que el violento contraste de lo que acaba de ocurrir domina la mente de los tres y que ningún razonamiento podrá atenuarlo.

Antes de apagar la luz de vuelta en su cuarto, Manuel dice:

—No sé qué hicimos, Laura. Nunca pensé...

—Yo tampoco.

—No te creo.

—Da lo mismo. Y no te hagas el inocente.

—¿No sientes vergüenza?

Laura se demora en contestar:

—¿Debería? Creo que soy la más sana de los tres.

El domingo en la mañana emprenden el regreso. Minutos antes de partir, mientras ordenan la cama, Laura le dice a su marido:

—No quiero que lo veas nunca más.

—Pero Laura...

—No quiero que lo veas ni que le hables.

Se miran con una sábana tensada entre las manos de uno y del otro.

—Lo tendré que ver por el banco.

—Tú no recibes a todos tus clientes.

Manuel comprende que no vale la pena discutir. Laura está empecinada y, hasta que las emociones no decanten, razonar con ella será inútil. Lo asalta una determinación parecida a la de su mujer con respecto a Diego. No se dejará dominar nunca más por Laura.

En el viaje a Santiago, Diego evita su mirada, a pesar de que Manuel la busca mientras cargan las maletas, a través del espejo retrovisor una vez en el auto, cuando le ofrece dinero para pagar el peaje. La angustia cala más hondo a medida que se acercan a la ciudad. Lo llamará apenas esté solo y resolverán el problema. Se citarán en el departamento y harán el amor. Mientras cruzan el túnel de Lo Prado, Idana rompe el silencio para decir:

—¿Y esa encuesta es imparcial? —refiriéndose a un sondeo que Diego mencionó la noche anterior y que da por ganador a Lavín.

—Les quiero ver las caras cuando gane —interviene Laura.

Manuel odia a su mujer y la rebate:

—Lo peor que nos podría pasar sería tener a esos pinochetistas de mierda sobre la cabeza durante seis años.

Diego actúa como si tuviera la mente puesta en otros asuntos. Manuel desea asegurarle que nunca más hará concesiones a Laura. Ella lo mira sorprendida, es primera vez que lo escucha hablar de política en términos tan enfáticos. El silencio vuelve a imperar mientras el auto se entrevera en el tráfico de las calles atestadas. Cuando se despiden a los pies del edificio de Alcántara, Diego no les dirige ni la mirada ni la palabra, a ninguno de los dos.

Segunda Parte

1

A Manuel, poco le importan las discusiones políticas que brotan por combustión espontánea en medio de cualquier plática —Lagos no ha obtenido la mayoría absoluta y deberá enfrentarse a Lavín en una segunda vuelta—. No puede sacarse a Diego de la cabeza. Lo ha llamado día tras día a lo largo de la semana. Una sola vez le salió al teléfono para decirle «no me llames más». Le ha escrito numerosos correos electrónicos para explicarle cómo ocurrió lo que ocurrió y rogarle que lo perdone, que olvide. «No puede ser un impedimento para que estemos juntos. Mi mujer no tendrá nada más que ver contigo». No sabe si los ha leído. De lo que está cierto es que Diego es un hombre obstinado y por orgullo es capaz de renunciar a él. O peor aún, es un coqueto empedernido y sus declaraciones apasionadas no fueron más que trucos de ilusionista. Cuando analiza la situación bajo ese prisma cae presa del desaliento y sus esfuerzos por saltar al otro lado de la realidad, hacia otro concepto de sí mismo, le parecen vanos y malgastados. Pero está harto de ser cauteloso. La vida que ha llevado hasta ahora ha eludido peligros y amenazas. Cuando se casó con Laura creyó que no sería de ese modo; sin embargo, con los años, la convivencia adormeció lo que fue una estimulante zona de fricción.

Quiere huir de la civilizada cautela, como un hombre que huye de la ciudad hacia la naturaleza.

Un lunes en la tarde decide esperarlo a la salida del diario. Se encuentra ubicado en el sexto piso de un edificio cuya fachada de vidrio se despliega hacia la calle Moneda y un paseo peatonal llamado Almirante Gotuzzo. Manuel no sabe de quién se trata, ninguna hazaña o descalabro marítimo le evoca ese nombre. Se sienta en el escaño más cercano a la puerta por la que Diego saldrá. Un farol de hierro se alza junto a él como un custodio. El lugar está inundado de sombra, a causa de los edificios circundantes. Son pasadas las seis y media de la tarde. Diego no deja su escritorio antes de las siete, a excepción de algunos días en que se iba con él al departamento. Del pórtico trasero del Ministerio de Hacienda ve salir a los últimos funcionarios. En pocos minutos, piensa, el edificio estará vacío. Levanta la mirada hacia las ventanas del diario. Hasta ellas alcanza un prisma de sol que las hace destellar en lo alto. Teme la reacción de Diego, presentarse ahí es una forma de acoso. No puede evitarlo, los días sin él se han vuelto cada vez más tristes y difíciles de sobrellevar. En su casa no cruza palabra con Laura y en el banco no ha podido sacar su trabajo adelante. El sábado y domingo últimos los pasó echado en la cama, con el diario entre las manos o la televisión encendida, y sólo emitió palabra para responder alguna pregunta de Martina en sus visitas al dormitorio. Se desespera ante la perspectiva de pasar el Año Nuevo alejado de él. Habían hecho planes para ir a Valparaíso a ver los fuegos artificiales. Incluso habían reservado habitaciones en un hotel de la cercana Viña del Mar. La celebración se presenta ahora como la asfixiante cena familiar en la parcela de sus padres. Un golpe de brisa fresca lo saca de sus cavilaciones. Mira de nuevo hacia las ventanas. Han perdido el ángulo de sol. Fantasea que Diego lo ve, se excusa en medio de una reunión y sale a su encuentro. ¿Por qué no pueden ser las cosas de ese modo? Comprende que jamás lo serán. Y se pregunta a continuación si su empeño por volver ha tomado en cuenta la incapacidad de Diego para mantenerse cerca cuando hay dificultades. A medida que Manuel avanza, que sus sentimientos avanzan, el otro se ha tornado cada vez más distante e impenetrable. El hombre persuasivo y sexual de los primeros días, el Diego lleno de historias y de argumentos, pleno de humor y seguridad, de pronto, por la intrusión de una mujer, brutal sin duda, pero sin éxito, se ha convertido en un ser imposible de sensibilizar. Si ha leído sus correos y no lo ha llamado significa que prefiere huir a enfrentar la fuerza de los sentimientos que los unen. Y a medida que reflexiona y vuelve atrás, recuerda que Diego había manifestado antes su renuencia. Dos frases elocuentes, la primera: «Enamorarse de un hombre casado es una complicación estúpida habiendo tantos hombres gays solteros y asumidos»; y la segunda, un corolario de la primera: «Los hombres casados son buenos para tirárselos, son calientes, no exigen nada a cambio y uno los puede dejar cuando quiera», se le vienen a la memoria. Con razón Diego no confía en él: lleva ocho años de matrimonio, es padre de una hija y asegura no tener un pasado homosexual. Lo ha escuchado contar historias de otros tipos en la misma situación y llegado el momento ninguno tuvo la valentía de separarse. Y le ha dicho por qué: además de las obvias dificultades de una separación, deben enfrentar el rechazo social y sus propios prejuicios, que suelen ser los más difíciles de superar. «Imagínate, se casaron sabiendo que eran gays. Cómo serán de prejuiciosos». Manuel le juró que no estaba consciente de su atracción por los hombres y que no tiene ningún prejuicio enquistado; Diego se rió de él y le aconsejó que viera un psiquiatra.

La proyección de Laura en su interior ha cambiado. La desastrosa noche en la casa de Curacaví alumbró una cara oculta y la visión de ese espectáculo sórdido ha alterado su manera de juzgarla. En vez de su valentía ve su crudeza, en vez de su atención hacia él ve una forma de encarcelamiento, en vez de su iniciativa ve una ambición sin medida. Acostumbrada la percepción a esta nueva luz, resulta imposible conservar una mirada ingenua sobre el pasado: en cada una de las acciones memorables de su mujer detecta el germen de su corrupción. Sólo el espacio en torno a Martina parece no estar contaminado.

Diego sale por fin. Advierte la presencia de Manuel cuando éste se pone de pie. No hace ningún gesto ni movimiento. Enseguida deja ir a quien lo acompaña y viene hacia él. No se acerca del todo. En una mano carga el maletín de cuero y se lleva la otra a la cintura. No dice nada. Manuel quisiera tener una idea clara de lo que Diego siente para decidir qué camino tomar: acercarse y darle un beso; decir alguna trivialidad para romper el hielo; hablar sin preámbulos de sus sentimientos; sólo sonreír. No encuentra una guía en el rostro inexpresivo. Pero lo inspira un repentino optimismo: no detecta alarma en su mirada y sus gruesas cejas parecen reposar tranquilas sobre sus arcos.

—¿Has leído mis correos? —pregunta.

—No creo que sea buena idea que nos sigamos viendo —dice Diego, como si le hubiera puesto palabras a un quejido.

Su frase no es otra de sus órdenes a la realidad, piensa Manuel esperanzado, sólo demuestra que busca un lugar donde guarecerse. Se acerca y le habla a corta distancia. El perfume se le cuela adentro y despierta el deseo de golpe: el pelo sobre la frente, la sombra de la barba.

—No sabrás más de Laura, no hablaré más de ella, no tendrás que volver a verla —es una declaración que ha repasado con insistencia y la dice como si confesara: por mi culpa, por mi culpa, por mi gran culpa.

—No es sólo por ella. Es por nosotros —lo dice con cariño—. Fue agradable, fue más que agradable, pero no quiero enredos.

Si tan sólo pudiera invertir el signo de sus anhelos. No habla de lo que desea, sino de lo que no desea. Pero es un consuelo que Diego no haya recurrido a su personaje altanero e imperturbable, ese que juzga a los demás desde un pedestal, sin ponerse nunca a sí mismo en tela de juicio, el que dictamina como si la interpretación de la realidad fuera una ciencia exacta.

—Te prometo que no habrá más enredos —dice, llenándose de firmeza. Enseguida apoya una mano en el hombro de Diego—. Lo que nos pasa no es un enredo.

—Vamos a terminar en un drama —es evidente que se niega a tomar las palabras de Manuel en consideración—. Tú no eres el hombre más razonable del mundo y de tu mujer ni hablar. Esto ya dejó de ser una aventura para ti y también para mí. Me gustaba que fuera sólo una aventura. Si podemos terminar ahora, mucho mejor. Quizá, Laura nos salvó a tiempo.

Nuevamente, Manuel lee el sentido inverso de ese razonamiento: no es posible sino lindar con el drama si hay amor; y una clara evidencia de que lo hay es que ya no sea una aventura.

—Diego —pronuncia su nombre con afecto—, piensa en lo bueno que ha sido. No por las locuras de Laura vas a desestimar lo que sentimos. Yo estaba feliz, tú también. No se olvida por imposición. Acéptalo y verás que todo es más simple.

—Por favor, no insistas, es mejor que cada uno vuelva a lo suyo —se da la vuelta con intenciones de marcharse.

—Diego, Diego —lo llama Manuel.

Se detiene para escucharlo, pero no se vuelve.

—No hagas esto, te estás haciendo daño y me estás haciendo daño a mí.

—Adiós, Manuel.

Verlo desaparecer en la esquina lo llena de impotencia. No tenía previsto un curso de acción en caso de ser ése el resultado. Sólo acierta a regresar al escaño. Creía que un encuentro bastaría para romper las resistencias de Diego. Le parece incomprensible que no vea la trampa que se ha tendido a sí mismo. Mira a su alrededor, ya nadie cruza los arcos del Ministerio de Hacienda, han cerrado las puertas. Siente el impulso de llorar. No por el rechazo, o al menos eso piensa, se trata más bien de un sentimiento por el cual, tarde o temprano, cree que todos llegan a llorar: por ser quienes son.

2

La ciudad está convulsionada por Navidad y el fin de año. La gente camina aprisa bajo un sol inclemente, con bolsas de regalos a lado y lado. Los bocinazos se elevan al cielo desde las esquinas y los atascos. Imploran una tregua que no llegará hasta que el siglo XX haya terminado. Manuel siente una enorme presión sobre él. A la locura de las calles se suma el ajetreo que se vive en el banco para cerrar el año con mejores cifras. En los pasillos se miran unos a otros con recelo y se lanzan reproches con el gesto; ha sido un año desastroso. La economía se despeñó en forma inesperada. Se han visto obligados a repactar la deuda de muchos clientes y a otros pedirles la quiebra. Manuel quisiera detenerse, ya no tiene fuerzas, sin Diego cada acción se vuelve ardua y penosa. Si tan sólo pudiera verlo. El sol lo revitalizaría en vez de abrasarlo contra el pavimento. La agitación del paseo Huérfanos lo llenaría de efervescencia y no le pondría los nervios de punta. Y el trabajo en el banco sería el de siempre, con sus éxitos y sus reveses, no una lucha diaria contra la voracidad de un ogro numérico.

Ha invitado a Idana a almorzar. Tal vez pueda decirle algo que lo tranquilice. Considera cuáles son las posibilidades: «pronto te llamará» o «dale tiempo», y comprende que cualquier frase por el estilo no le traerá ningún alivio. Se encontrarán en Le Due Torri, un restaurante ubicado en una galería interior de la calle San Antonio, una de las tantas que entrelazan los zócalos de los edificios del centro. Fue sugerencia de Idana, siempre preocupada de la buena mesa y el ambiente. Ella considera que La Buena Hora y la mayoría de los restaurantes del sector no son más que unos comederos. Manuel está contento de que haya sugerido ese sitio. La atmósfera pacífica y el servicio atento de los mozos alivian en parte la carga que lo doblega y contribuyen a acallar por un rato el barullo que se vive afuera.

—Me encanta venir aquí —dice Idana al sentarse—, me gustan estas mesas, son muy acogedoras.

La apariencia física de la mujer no termina de ser desconcertante. Ocupan una mesa circular junto a la pared, rodeada en la mitad interior de su contorno por un butacón curvo. El respaldo de madera, que se alza hasta la línea de las cabezas, les brinda una sensación de intimidad.

—Me da gusto verte —dice Manuel con una vehemencia que va más allá de lo que podría considerarse apropiado para un primer saludo. Nota como ella se sobrepone a un brote de incomodidad para coincidir:

—A mí también, qué buena idea tuviste, no he tenido tiempo de ver a nadie desde las elecciones.

—¿Tampoco a Diego?

—Ni siquiera a Diego, qué horror. Tengo una lista de ciento veinte regalos por hacer. He hablado con él casi todos los días, eso sí. No puedo pasar mucho tiempo sin saber cómo está.

El restaurante ha comenzado a llenarse de hombres por sobre los cuarenta años, vestidos de traje y corbata. Manuel reconoce el tipo: gerentes y directores de las grandes empresas que aún quedan en el sector y que se han resistido a emigrar hacia barrios más altos como la mayoría. Si obviara la diferencia de edad, debería hallarse a sus anchas en ese ambiente de hombres con el dinero o el poder suficientes para almorzar a menudo en uno de los restaurantes más caros de la ciudad. Pero no es así. Resulta ser una extraña manera de constatar cómo su relación con Diego lo ha cambiado. Ha adquirido una conciencia más clara de sí mismo, como un ser único, particular y, al mismo tiempo, sin desearlo, marginal. En ese minuto, tal vez debido a la pérdida, no puede sino juzgar ese entorno desde el margen.

Un mozo de pajarita, mejillas hundidas y expresión solícita se presenta para tomarles la orden. Idana pide ravioli y le recomienda a Manuel plateada con fetuccini.

—Me lo vas a agradecer —le advierte—. ¿Cómo has estado? —pregunta enseguida. Él reconoce el objetivo de la pregunta. No desea que vierta sobre la mesa una apreciación fidedigna, quiere un «bien» o un «lleno de trabajo», o, en el peor de los casos, un «más o menos». La suya es sólo una señal que da por iniciada la conversación. Pero Manuel no está dispuesto a perder el tiempo.

—Las cosas con Laura se han puesto difíciles y con Diego también. No ha querido verme más.

Los grandes aros circulares de Idana se agitan en señal de contrariedad. Toma la servilleta con lentitud y la despliega sobre su falda con la parsimonia de quien ordena sus pensamientos antes de hablar. La mujer que levanta la cabeza y le dirige la mirada es diferente a la de un comienzo. Hay censura en las marcadas líneas de su rostro.

—El día que volvimos de Curacaví estaba furioso —dice sin abandonar del todo el aire frívolo. Quiere conservar la posibilidad de retomarlo, cree Manuel—. Me llamó esa tarde para protestar contra ti y contra Laura. Dijo que los dos estaban locos.

—¿Qué decía de mí? —hace la pregunta con seriedad, pasando por alto a su esposa, sin permitirse ninguna fluctuación en el gesto de sus ojos que le ofrezca a Idana una escapatoria.

—No me pidas que te cuente —ella responde rápido, ha comprendido su intención—. Además, no es lo que piensa. Cuando está enojado es capaz de decir las cosas más atroces de la gente. Siempre me dijo que eras adorable. Algo pasó allá que lo sacó de quicio. Yo soy tan despistada. Le pregunté si había alguna razón para ponerse así y me dijo que ninguna, que simplemente se había dado cuenta de que Laura y tú no valían la pena.

Hace una pausa e indaga:

—¿Qué pasó, Manuel? —su mirada demanda una recompensa por haberse abierto a la posibilidad de tocar esos temas.

—No sé qué pasó, Diego es tan especial —dice, apartando el violento recuerdo de su rostro cuando los echó del cuarto a Laura y a él—. Nos habíamos hecho tan cercanos y de repente deja de responder mis llamadas, mis correos... No sé qué hacer.

Reciben sus platos. Manuel apenas prueba el suyo. Hasta una mesa similar a la que ocupan llega un reconocido empresario, rodeado de su séquito. Son cuatro en total. Parecieran exhibir orgullosos su corpulencia mientras saludan a los mozos con familiaridad.

—¿Quieres que te dé un consejo? —Idana, que los ha seguido con la mirada en su recorrido hasta la mesa, vuelve a dirigir sus ojos expresivos hacia Manuel—. Primero tienes que prometerme que nunca se lo dirás a Diego. Si lo haces, te vas a ganar una enemiga.

—Tú sabes que no soy ningún intrigante.

—Esto te lo cuento por tu bien y el de Diego.

Ha escuchado decenas de veces ese tipo de preámbulos y está convencido de que necesariamente vienen acompañados de una cuota de insidia o de traición. Quien considere imprescindible realizar una advertencia de esa clase, es porque está a punto de cometer una imprudencia, o un acto malintencionado.

—Sí, claro —asiente él, molesto consigo mismo por aceptar.

—Creo que estás enamorado de Diego y por eso me atrevo a decírtelo. Él es un encanto, buen amigo, cariñoso, apasionado, no me cabe duda de que debe ser un amante sensacional, pero es un hombre veleidoso.

—No sé a qué vas con esto.

Se trata de un último subterfugio para no escuchar lo que se ha mostrado dispuesto a escuchar.

—Ha tenido una sola pareja desde que asumió que era gay y le duró apenas seis meses. Con las mujeres era aún peor. Le gusta seducir, ir detrás de alguien y hacerlo caer. Tú has sido su mayor desafío, para él fue un triunfo conquistar a un hombre heterosexual.

—Él está tan entusiasmado como yo, sólo que no quiere reconocerlo —se defiende.

—Te lo voy a decir una sola vez y nunca más saldrá de mi boca algo parecido —como si reuniera fuerzas, yergue el pecho para continuar—: Diego es un hombre inseguro y vanidoso y mientras no supere esas taras no podrá querer a nadie. Es más fuerte su necesidad de seducir que de amar.

—Todos somos iguales hasta que encontramos a la persona adecuada —replica displicente.

—Por favor, no seas ingenuo, soy su mejor amiga —y,

posando una mano sobre la suya, añade—: No tendría por qué mentirte, no te ilusiones con Diego porque vas a sufrir.

Se reprocha por ser tan necio, por incitar a Idana a aclararle algo que no deseaba oír, por permitir que sobre él y Diego se descargue el juicio ignorante de los demás.

—No soy ningún ingenuo —dice, encarándola mientras retira la mano—. Me doy cuenta, por ejemplo, de que tú eres parte interesada.

Ella se balancea como si la hubiera golpeado. Arranca la servilleta de su falda y se limpia la boca sin delicadeza.

—No te desahogues conmigo, por favor.

—Prefieres que no haya nadie más cercano a Diego que tú, quieres ser la confidente, quien le soluciona los problemas, la que va en su ayuda cuando está enfermo o angustiado. La eterna novia. Si Diego se enamorara de alguien, te quedarías sin nada que hacer.

—Dejemos esto.

Manuel está a punto de perder el control. Levanta la mano y pide la cuenta.

Se separan en la puerta del restaurante sin darse un beso de despedida. Camina por el paseo Huérfanos en medio del gentío y se esfuerza por controlar un temblor que amenaza con hacerle perder el equilibrio. No debió atacarla. Tenerla como enemiga es darle a Diego una razón más para separarse de él. Lucha por acercarse y en vez de eso se aleja. Toma el celular y marca el número de Idana.

—Perdona, no pienso lo que dije —miente.

—Está bien, quédate tranquilo —ella suena aliviada de volver al plano convencional de las cosas; los exabruptos no son bienvenidos en su acontecer plácido y cortés. «¿Quédate tranquilo?», se repite Manuel, como si el consejo fuera poco menos que una burla despiadada.

—No le cuentes nada a Diego, por favor.

—Tú tampoco —ruega ella.

Mira a su alrededor y no encuentra dónde ir. No desea volver al banco, teme ponerse a llorar en la oficina. Se deja arrastrar por el tumulto enardecido por el sol y las compras, hasta que se ve a sí mismo pagar la entrada en uno de los pocos cines rotativos que todavía quedan en el centro. Hay tres personas en la sala. Ahí podrá desahogarse sin que nadie lo importune.

3

Manuel despierta antes de las seis. No ha dormido bien. Anoche cenaron en casa de Isabel, la hermana de Laura. Tiene el olor del curry impregnado en el pelo y la cabeza abombada por el alcohol. No sabe cuánto llegó a beber, no menos de una botella de vino y dos whiskies. Ir donde su cuñada le ha provocado desde la primera visita un brote de ansiedad: la infaltable perorata de vanagloria del marido, determinado a causar la impresión de que es un empresario de fuste, y las gárgaras de Isabel con las vidas de parientes y amigos, le resultan cada vez más inaguantables. Está claro que en su reducto ambos se permiten extremar el grado de sus majaderías. Viven en un sector de La Dehesa aledaño al cerro Manquehue, un proyecto residencial que prospera en la humedad causada por la falta de sol. No hay nada noble en esa casa: ni la mezcolanza de estilos arquitectónicos —el empinado techo rebosante de buhardillas le parece lo peor de todo—, ni el piso imitación madera, ni los muebles de cuero sintético, ni menos los cuadros chilenos de dudosa firma, comprados no por gusto sino para aparentar. Isabel se ha brindado a esa vulgaridad con un entusiasmo difícil de comprender, como si nada hubiera aprendido de lo que vio y escuchó durante su infancia. Manuel se mantuvo ausente a lo largo de la cena, a excepción de un solo episodio. Al recordar el diálogo, se molesta consigo mismo por no haberlas hecho callar.

—Oye, Laura, ¿y qué ha sido de Diego Lira? No te escucho hablar de él hace tiempo.

—Fuimos a la casa de Curacaví con él y con Idana Moletto —responde con indiferencia.

—¿Ella también es...? —la cara de Isabel se ilumina ante un posible descubrimiento.

—No creo —Laura remarca su desinterés con una mueca de desprecio: párpados a media asta, labios en arco descendente.

—Tiene treinta y tantos, es para pensarlo —un movimiento bascular de la cabeza de Isabel pretende causar la impresión de que en su interior maduran nociones valiosas.

—Son unos esnobs —sentencia Laura como si dijera «sáquenmelos de encima».

—De veras que a ti no te gusta la gente esnob.

Es un punto que debe concederle a Isabel: ocupó el tono preciso para que su hermana se sintiera acogida en su fingido desdén al tiempo que se burlaba de ella.

Es vísperas de Navidad. Debe ir al banco a cumplir con los compromisos de cada año. A las nueve asistirá a una reunión con el gerente general y el resto de los integrantes de la plana mayor. Se trata de una junta de camaradería que intenta transmitir la falsa idea de que en la empresa aún vibra una cuerda humana. Luego se reunirá con Aresti, los subgerentes y los jefes de departamento del área comercial, con la misma finalidad. La mañana concluirá con la entrega de regalos en su sección. Cada año juegan al amigo secreto y esta vez le ha tocado ser el anónimo benefactor de su secretaria. Le ha comprado un pañuelo de seda de colores llamativos. No sabe por qué lo hizo, ella es una mujer recatada y el precio excede con mucho los límites tácitos que se han impuesto para que el juego no resulte oneroso. Sólo la entrega de ese pañuelo a Teresa parece justificar el arduo camino que le queda por delante.

Laura se encuentra a su lado. Cuántas veces experimentó placer al contemplarla dormir. En la penumbra del cuarto, los filos del amanecer asoman en los extremos de la cortina y le permiten distinguir su silueta, un mechón de pelo espeso, una escena plana, un rostro sin vida. Años atrás podía vislumbrar en ese rostro impasible las formas que podía adquirir: la risa, la preocupación, la coquetería, el deseo y tantas otras expresiones que la volvían una mujer atractiva de observar. Le daba gusto verla moverse, hablar, escribir, arreglarse para una cena. No le queda nada en reserva. Tal como se le hizo evidente la corrupción de su espíritu, ahora es capaz de anticipar en ese cuerpo todavía joven las señas de la futura corrupción de la carne. La mira y la percibe vieja, mañosa, embustera, desarreglada, una vieja que atormenta a los que ama con sus demandas y achaques, una anciana en camisón deambulando por la casa, atenta a cualquier brote de suciedad, a la espera de que la limpien también a ella de la superficie de la tierra.

Se pregunta cuál será la rutina de Diego durante el día. De seguro no irá a cenar a la casa de sus padres. Hace siete años que no lo hace. Le contó una vez que la Navidad en su familia era una excusa para que su hermano y su hermana dieran rienda suelta a sus miserias. La una hallaba la manera de sentirse menoscabada y el otro de pelearse a gritos con su mujer. Lo imagina en su departamento, sin permitir que nadie mitigue su soledad.

Manuel le tiene un regalo. Ha recopilado sus canciones favoritas, las que Diego celebraba al escucharlas en la radio del auto o que tarareaba en la cama cuando se sentía contento después de hacer el amor. Se ha permitido licencias tales como grabar algunas canciones latinas de tono romántico que lo hacen pensar en él. Una de ellas le resulta particularmente significativa, *Cálido y frío*, de Franco de Vita, un cantante venezolano de voz desgarrada. No sabe cuál es la mejor hora para ir a dejárselo. No podría soportar el desgaste emocional que le ocasionaría verlo. Se lo entregará al portero y regresará a casa para sumergirse en su propia rutina navideña. Reconoce que se engaña. Espera una respuesta, desea conmoverlo, tiene la ilusión de que una vez que lo escuche, Diego levantará el teléfono y lo llamará. Si no se obliga a un cambio de idea, la espera podría ser tan abrumadora como enfrentarlo. Se le presenta la escena: toca a la puerta del departamento y Diego abre. No se ve bajando resignado las escaleras, sino que lo invade la sensación de un abrazo y las promesas que éste traería consigo. En la carátula del disco ha escrito en letras grandes «Diego y Manuel» y, más abajo, en la esquina inferior derecha, «Diciembre, 1999». Teme que ese título pueda ser motivo de burla por parte de Diego. Quizá ya está pensando en otros proyectos, en otro hombre. Le duele que un sentimiento que, en su caso, posterga todos los demás, pueda ser ahogado por él a fuerza de voluntad. Esta aprensión se vuelve aún más desoladora con Laura tendida a su lado. Por momentos ya no es la persona más importante de su vida. ¿Podrá el tiempo corregir esta injusticia?, se pregunta, y la idea del tiempo por delante, sin Diego y con Laura, lo agobia. No consigue imaginar cómo revertir la impresión de que algo en él cambió para siempre. Martina surge en medio de sus pensamientos. Ella es y seguirá siendo importante. Por lo pronto, ese día atravesado por la melancolía aún constituye para su hija una cima de esperanza y gozo. Recuerda los preparativos de Navidad cuando era niño, mientras montaba con su madre y sus hermanos el pesebre de grandes figuras de greda en el interior de la chimenea: primero piedras y objetos en desuso para dar el relieve, encima una alfombra dispuesta por el revés, luego virutas de madera para cubrir y, como coronación, un nido de paja, la cama vacía a la espera del Niño Jesús. Los mayores se mostraban alegres, los niños corrían excitados y Manuel vuelve a ver la cálida luz de la casa familiar desbordando hacia el jardín por los grandes ventanales. En cada una de las cinco navidades anteriores que le ha tocado vivir a Martina, él se ha propuesto rodearla de la misma sensación de amor y pertenencia que en él despierta el recuerdo de esa luz.

A las siete de la tarde irán al departamento de la madre de Laura a pasar un rato con ella, Isabel y su familia. Después seguirán a la casa de Vitacura, donde se reúne la familia de Manuel. Cenarán alrededor de las diez y media de la noche. A sus padres les gusta asistir a una misa que cada año se alarga más y más debido a las representaciones que preparan los niños de la parroquia. La Navidad ya no es la misma en esa casa. A pesar de que los adultos se congregan con la determinación de renovar la alegría de su niñez, los sentimientos puros de entonces se han enmarañado a tal punto que la disposición predominante es la cautela. No vaya a ser que alguien se ofenda, que las cicatrices que ha dejado la vida adulta les hagan olvidar ese pasado feliz que aún los reúne. Manuel se pregunta si le quedan muchos años a esa tradición: cree que no, tal vez sea el último año que pasa la Navidad con sus hermanos y sus familias. Así de frágil considera el vínculo que los une.

El día ha llegado a su fin sin mayores sobresaltos. Dejó el regalo con el portero a primera hora de la tarde y no ha recibido llamada alguna. Ha sido un largo y estricto ejercicio de resignación. Cree que ha logrado sobreponerse a las acuciantes expectativas. Está de nuevo con Laura en la cama. Acaban de disponer los regalos en la sala para que Martina los encuentre cuando despierte.

—Gracias por la lámpara —dice ella, pasando los dedos sobre el metal de la pequeña pantalla. Es una lámpara de lectura Ptolomeo. Ha preferido ponerla sobre el velador y no en el escritorio, como era la idea de Manuel. El artefacto niquelado, con su sencillo diseño, pone de manifiesto el mal gusto que predomina en el resto de la habitación. Manuel arrancaría cortinas y botaría cojines para provocar una sensación de mayor espacio y simplicidad.

—Espero que te sirva —dice con la intención de sonar cariñoso y auténtico y, de paso, aplacar el sentimiento de culpa. Tiene conciencia de que le compró esa lámpara costosa como una forma de encubrir el desamor.

—Has estado triste hoy —Laura le acaricia una de sus mejillas llenas.

—Mmm, no particularmente.

La preocupación por su estado de ánimo es una novedad. Ha pasado más de dos semanas sin preguntarle qué siente, cómo se está tomando lo de Curacaví.

—Antes la Navidad te alegraba.

Le queda claro que Laura lo sondea. A ella la Navidad no le interesa y menos los sentimientos que otro pudiese albergar al respecto. «Navidad igual a cosas por hacer», es la ecuación que sigue y cumple fríamente. Para Manuel es difícil hablar. Fue un día de silencio, sólo interrumpido por sus réplicas a una que otra interpelación en las casas de sus familias.

—Es una fecha triste —dice por fin. Hunde la cabeza en el pecho y entrelaza las manos sobre el cubrecama.

—¿Echas de menos a Diego?

Laura se incorpora, ademán que denota la importancia que le confiere a su pregunta. Es primera vez que menciona su nombre desde Curacaví y su repentina invocación agita la mente de Manuel en oleadas sucesivas. Lo invade la rabia que parece hervir bajo el diafragma y al mismo tiempo surge una especie de agradecimiento hacia ella por detenerse a pensar en él.

—Sí, claro que sí.

Tanto el significado de la frase como la inflexión de la voz son genuinos. No le ha escamoteado ninguna vibración o fondo para hacerle creer que le importa menos de lo que en realidad le importa. Respondería con el mismo matiz si ella estuviera enterada de todo.

—Creí que lo verías.

Laura ha hecho uso de esta habilidad relativista desde que se conocen. Cuando un asunto le escuece o mina su orgullo es inflexible, pero tan pronto recupera la seguridad sus advertencias pierden la condición de mandamientos y pasan a ser sólo palabras lanzadas al calor de la discusión.

—Él no quiere verme.

Si bien su tono todavía es sincero, oculta parte de la verdad. Debería decir algo como «hemos terminado».

—Perdóname, no sé qué hice, perdí el control.

No se miran. Manuel se ha percatado de que está emocionada. Algo nuevo en las palabras de Laura lo conmueve. Están desprovistas de orgullo, son sencillas, implican un arrepentimiento sin argucias. El gesto noble se le impone como un reproche. Es él quien todavía engaña, es él quien arteramente engañó. El terrible juicio lo ahoga y le hace buscar excusas y atenuantes. Laura está planeando algo, su arrepentimiento no puede ser genuino; ahora que Diego no está en el horizonte, quiere resucitar la sensación de un hogar bien avenido; Laura siempre tiene un propósito.

—¿Sabes lo que me preocupa?... No entiendo por qué pasó lo que pasó —tantea después de un dilatado silencio.

—No es un misterio, no creo que sea necesaria una explicación —ella frunce el ceño y aguza la mirada en señal de sorpresa—. Tú estabas ahí... Y dispuesto a participar.

—No es cierto —exclama, y cree que no miente. Recuerda cómo se resistía. Es su mente y no su cuerpo la que recuerda.

—Mi amor —ella se arrima cariñosa y lo abraza—, dejémoslo en lo que fue, un minuto de exaltación, un coqueteo, una calentura, una borrachera, lo que tú quieras. Quién no ha tenido un momento de locura en la vida, éste fue el nuestro y ya pasó.

Se ve tentado a refrendar la interpretación de Laura, a barrer la suciedad bajo la alfombra. Si tan sólo pudiera entregarse, dejar a Diego confinado a una época de desvarío, a un interregno en la tranquilidad matrimonial. Laura ha encendido en él un deseo que estaba narcotizado por otro más fuerte. Decide unirse a ella.

Su paso es el de un hombre que recién camina después de meses de postración.

—Pensaba que era mucho más complicado —dice con la voz entrecortada. Tristeza y esperanza se han fundido en un imprevisto golpe de emoción.

—Si lo era, ha dejado de serlo. Quiero que estemos juntos, Manuel.

—Yo también —desea confortarla, creer en lo que dice.

Se abrazan. Las lágrimas le devuelven la percepción de su piel, la que creía perdida a manos de Diego. Lo recuerda riéndose, sentado en medio de ellos en el Restaurante Da Carla, la noche de la ópera. Laura dice:

—Un día de estos vamos a encontrarnos con él y será como si nada hubiera pasado.

Manuel se entrega a los besos de su mujer, la misma que ha querido por tantos años. Implora que Diego salga del primer plano de su mente y pueda abrazarla sin pensar en él.

4

Como una manera de celebrar el inicio de esta nueva etapa, irán a Valparaíso para esperar el cambio de milenio. Será una fecha memorable para un matrimonio que ha recuperado su pretensión de ser para toda la vida: no matará el recuerdo con una cena aburrida en esa casa que se hunde en medio de una plantación, sin vista a ningún espectáculo de fuegos artificiales. Grandes buques flotando en un mar abierto es lo que desea ver. Martina irá con ellos. Manuel quiere tenerla en sus brazos cuando crucen la barrera del tiempo.

Para que sea un fin de semana agradable y contribuya a su cercanía con Laura, no quisiera pasarse el día preocupado de un posible encuentro con Diego. Averigua en el hotel si la reserva de la otra habitación sigue vigente y, con una mezcla de alivio y ansiedad, comprueba que fue cancelada. No es un hotel lujoso: mira a los cerros donde se fundó la ciudad, el único disponible cuando hicieron los planes. Los hoteles con vista al mar se hallan copados desde hace un año.

Salen de Santiago el viernes 31 al mediodía. A esa hora la carretera ya está repleta de autos. Después de las cinco de la tarde la congestión hará penoso el avance. Como una manera de reparar su ausencia en la cena familiar, almuerzan con los padres de Manuel en

Curacaví, a mitad de camino. Desde el primer minuto de su llegada, el ahogo de un claustro se cierne sobre él. Quiere salir de ahí cuanto antes. Culpa al tráfico y a la necesidad de llegar pronto a Viña del Mar. Debe organizar el traslado a Valparaíso, argumenta. Los diarios anuncian que un millón de personas invadirá el contorno de la bahía. Antes de la llegada del postre levanta a su familia de la mesa. Promete a sus padres pasar a darles un abrazo al regreso.

El hotel ha dispuesto un bus a las nueve de la noche para llevar a sus huéspedes hasta las cercanías del puerto. Luego tendrán que caminar hasta el lugar elegido por cada uno para contemplar los fuegos. Manuel está decidido a verlos desde la plaza Sotomayor, la explanada que se abre hacia el mar, el corazón mismo de la fiesta. En un comienzo pensó montar a su familia en una de las pequeñas embarcaciones que se adentran entre los barcos mercantes y los buques de guerra. Laura desechó la idea: Martina no es una niña asustadiza, pero si al gentío y las explosiones le agregasen su primera experiencia sobre un cuerpo flotante, su natural aplomo podría flaquear.

El bus los deja a unas diez cuadras de distancia. El tráfico está cortado de ahí en adelante. Manuel carga una mochila con sándwiches, manzanas, vasos de plástico, Coca-Cola para Martina y una botella de champagne para ellos. Caminan por el amplio paseo Errázuriz junto a cientos de personas que avanzan sin apuro. Goza del momento. Se desprende del pudor que le causa sentirse parte de una procesión que concurre a celebrar los avances de la humanidad. Para él esa fiesta no es otra cosa que un voto de esperanza en el futuro, particularmente en el progreso. Los miedos que ha desatado lo atestiguan. El área de informática del banco lleva años preocupada de enfrentar el crash computacional del año 2000. Alguna vez se predijo que los computadores fallarían, que se transformarían en un montón de máquinas inútiles y el progreso se detendría. Hace no más de tres días se encontró con el subgerente de informática del banco, quien le dijo que era un embuste, que no pasaría nada, que al final sólo significó cautelar el manejo de unos dígitos. Tomado de la mano de Laura y de Martina, recuerda la frase leída en alguno de los innumerables reportajes respecto al tema, «los computadores perderán la orientación en el tiempo», y no puede dejar de pensar que, hasta el día de Navidad, él mismo estaba perdiendo la orientación en el tiempo y creía que el nuevo milenio sólo traería caos a su existencia. Ahora anida la esperanza en él y a medida que marcha en medio del optimismo de la gente, ese sentimiento crece hasta desbordarlo: junto a su familia va rumbo a un destino mejor.

Entran a la explanada, pero no consiguen acercarse a la orilla del mar. Están a unos cien metros de distancia, cerca del monumento a los héroes del Combate Naval de Iquique. Le parece que hasta Arturo Prat, el mártir de la patria, se ve lleno de confianza, como si estuviera a punto de saltar hacia el futuro y no a un abordaje fatal. Se sientan en el suelo, como la mayoría, y dejan pasar el tiempo. Comentan lo que está al alcance de la vista, comen, Laura lleva a Martina a los baños públicos. A eso de las once la gente comienza a ponerse de pie y a compactarse debido a una presión invisible que pareciera provenir de todas partes. Llegado cierto punto, Manuel debe tomar a Martina en brazos. Minutos antes de la hora, la multitud los ha hecho avanzar y no están a más de cincuenta metros de la orilla. Miles de cabezas proliferan a su alrededor. Los cuerpos no se ven. El suelo no es más que una idea. Se oyen carcajadas. Hace calor. Martina mira seria hacia el mar asida al cuello de su padre. Él toma a Laura de la mano. Las ama, piensa, lo aman, tienen un futuro juntos, son la mejor de las familias. Olas de rumores recorren la muchedumbre. De pronto las cabezas se orientan en un sentido y luego en otro, como si de esa dirección fuera a provenir la primera luz del nuevo milenio. Manuel se siente deseoso de existir, es Diego quien ha muerto en su corazón. El griterío que acostumbra a despertar una riña concentra las miradas en un punto. Sólo unos cuantos alcanzan a ver lo que ocurre. Ha llegado la hora, los gritos se mezclan con silbidos, todos miran hacia el cielo, un tiro explotará sobre sus cabezas y les dará la bienvenida a una nueva época. Todos se unen a la algarabía, Manuel y Laura gritan, Martina bate su mano en el aire. Un grupo más allá rebota como un enorme pistón. Las sirenas de los barcos rompen a sonar. Se oye el primer disparo. Un gigantesco paraguas se expande y desciende sobre los rostros iluminados. Un espasmo recorre la multitud y se inician los abrazos, los descorches. Manuel abraza a Laura y a Martina, convencido de su amor; se besan, Laura suelta un par de lágrimas. Es el turno de abrazar a quienes los rodean. Las explosiones se suceden y una cascada de luz se precipita al mar desde el molo principal. La oscuridad del siglo anterior ha desaparecido y ahora es pleno día entre ellos. Beben champagne, la comparten con un grupo de jovencitas vocingleras que se agitan a su lado. Martina parece estar ausente de la escena mientras sigue con un dedo la trayectoria de los cohetes. El asombro contenido de su rostro hace pensar a Manuel que la idea del futuro que ella tiene es más pura que la risotada y el abrazo vulgar.

Los fuegos continúan a buen ritmo y cada vez se torna más álgida la secuencia de explosiones. Manuel se une a Martina en su contemplación. Una nube de humo impide ver con la misma nitidez de un principio. Siente que su alto espíritu ha perdido pie y hace un esfuerzo por dejar afuera las imágenes que puedan minar su tranquilidad. La quietud del aire nocturno no contribuye a despejar la visión y el ondear de las aguas adquiere un aspecto ominoso bajo la luz enrarecida. Se percata de que las jóvenes están ebrias y coquetean con un par de extranjeros. ¿Dónde estará Diego? La pregunta ha franqueado su control. Un nudo le sube a la garganta de sólo pensar que pudiese estar entre el gentío, o en una de las embarcaciones que cabecean en el mar, o asomado a una ventana, que desde ahí es sólo un destello más de los que cubren los cerros de Valparaíso. Sobreviene el *finale struendoso*. La bóveda celeste se ilumina a tal punto que por un segundo cree que podrá descubrir a Diego donde sea que esté. Pero la oscuridad regresa y termina por imponerse. Las risas y los gritos se apagan en medio de un murmullo creciente. Y todo parece viejo una vez más.

Pequeños espacios se abren entre la gente. Pueden moverse con independencia. Martina languidece en brazos de Manuel. A medida que la multitud se disgrega inician un lento avance en dirección al bus. Tienen tiempo de sobra. En el hotel los esperan una orquesta, champagne y algo de comida. Laura toma su teléfono celular e intenta llamar a su madre.

—La red debe estar colapsada —comenta Manuel ante sus intentos infructuosos—, no podrás llamar hasta pasadas las tres. El año pasado fue igual.

Sólo por la costumbre toma el suyo y lo levanta ante sus ojos. Tiene una llamada perdida. La pantalla reza: Diego, 23:46. El corazón le da un tumbo. Se desprende de Martina para posarla sobre sus pies. La niña está adormilada, al punto que Laura debe sostenerla para que no pierda el equilibrio. Marca el número y sale ocupado; vuelve a marcar, ocupado.

—¿No era que los celulares no funcionaban a esta hora? —dice su mujer mientras lo observa extrañada.

Se siente desenmascarado, cree que su rostro no puede ocultar su conmoción. Responde con una mirada, como si no pudiera emitir palabra hasta que consiga hablar con Diego. Ese calmoso paseo por la avenida Errázuriz hacia el norte adquiere los tintes de un suplicio. Quiere correr hasta el bus, adelantar la hora, desligarse. Mientras tanto, su dedo se ha vuelto diestro en la secuencia de botones para repetir la llamada.

—¿Manuel? —lo llama Laura con alarma en la voz. No acostumbra a salirse de sus notas bajas.

Despierta de pronto, siente vértigo mientras guarda el celular. Piensa rápido y explica:

—Tenía una llamada perdida del papá. Si la suya pasó...

—Qué raro, nunca llama... —comenta ella, todavía observándolo—. Debe haberse emocionado. Para los de su edad es una proeza llegar al siglo XXI. A la mamá le gustaba decir que no llegaría.

Continúan la caminata. Manuel no pierde en ningún momento conciencia del peso del celular en su chaqueta. Quiere marcar, leer una vez más el registro de la llamada. ¿Cambia esto las cosas?, se pregunta. Tal vez fue Idana quien llamó. Tal vez sea sólo una llamada de cortesía. Intenta moderar la explosión interior —lo piensa en esas palabras—, en su mente vuelve a explotar el primer disparo, su pulso no se apacigua y lo asaltan ganas de sonreír.

Dejan a Martina durmiendo en la habitación. Laura se ha puesto un vestido elegante. La entusiasma la idea de bailar. A escondidas, Manuel inspecciona el teléfono. Sigue adelante con su mímica. Sonríe cuando lo cree adecuado, la escucha con atención en otros momentos, se mueve como un autómata mientras se desplazan. No tiene duda alguna de que Laura percibe que algo sucede. Confía en que ella culpe de su estado a la inédita situación que están a punto de vivir. Se aprestan a entrar en un salón en el subterráneo de un hotel de segunda para bailar entre gente extraña. Es algo que nunca han hecho y que Manuel pensó jamás harían. El panorama que se les presenta cuando cruzan las puertas del salón no es alentador. Sobre un piso recubierto con una alfombra de color ladrillo que pareciera inundarlo todo, incluso los muros hasta unos sesenta centímetros de altura, flotan algunas mesas con manteles hasta el suelo y sillas forradas en género blanco. Éstas exhiben cuerdas azules que acinturan su atuendo. Si pretendían dar con un aire «marino», Manuel juzga que francamente no lo han logrado. A los pies de un estrecho proscenio, donde la banda toca hacinada, han colocado una carpeta de plástico duro con el fin de proteger la dichosa alfombra de la abrasión causada por suelas y tacos. Hay dos parejas en la pista, una de ellas, la más vistosa, está formada por una mujer de carnes y escotes generosos y un tipo con pinta de fantoche arrabalero. En las mesas se distribuye una treintena de personas en parejas aisladas, algunas de las cuales Manuel reconoce del bus. La mayoría mira hacia la orquesta sonriendo apenas, sin hablarse, con un vaso de champagne en las manos como único cabo al cual asirse en medio de ese mar embravecido por el mal gusto. Quiere pedirle auxilio a Laura para que lo rescate, pero lo detiene la idea de que si regresan a la habitación no podrá hablar con Diego. Al mirarla nota que también el entusiasmo ha desaparecido de su rostro y una mueca de desagrado ha ocupado su lugar.

—Vamos —dice Manuel, invitándola a avanzar—, es cosa de no mirar alrededor.

—Si no estuviera tan contenta, me largaría a llorar aquí mismo.

Van hasta la mesa de sus vecinos en el bus, los saludan con falsa cortesía y se sientan a dos puestos de distancia. La música es un solícito impedimento para la plática y las líneas de visión hacia el cantante, vestido con traje de brillos y mangas salseras, no se topan. Pero la mujer de rostro carnoso, que a Manuel le recuerda el de Lucía Pinochet —ha aparecido cientos de veces en televisión desde el arresto de su padre—, se inclina hacia ellos y dice con un vozarrón de hombre:

—Qué lindos estuvieron los fuegos.

La palabra lindo no debería salir nunca de su boca, piensa Manuel. Un mozo se acerca con una bandeja de copas llenas sólo hasta la mitad. Intenta tomar dos copas para cada uno.

—El menú incluye dos copas por persona, nada más —le advierte el mozo.

—Queremos las dos ahora —replica Manuel.

La expresión de ofendida indiferencia del joven le causa indignación. Tiene ganas de volcarle la bandeja en su uniforme de marinerito. Debería tomar a Laura y salir de ahí.

—Manuel, vámonos, esto es grotesco.

—Qué importa, mujer; ven, bailemos.

Laura lo mira atónita mientras él se pone de pie e intenta unos pasos de baile. El champagne ha causado algún efecto y la energía que lo mueve promete una experiencia placentera. Resta media hora para las tres de la mañana y está dispuesto a cualquier cosa con tal de esperar. Arrastra a su mujer hasta la pista. El plástico suena opaco y arrítmico bajo los pies de quienes bailan. Es un desastre, un naufragio, piensa Manuel, y se deja llevar por la música. Dos minutos más tarde, Laura comienza a salir de su desconcierto y él se complace al ver cómo su manera sensual de bailar se apodera de su pequeño cuerpo, un contoneo lento, tan intencionado como cualquiera de sus acciones. Bailan sin descanso, inmersos el uno en el otro. Manuel detiene a un mozo que pasa a su lado, le entrega diez mil pesos y le pide que traiga dos copas llenas. Las vacían de un par de tragos debido a la sed y la ansiedad. Continúan bailando, ahora más cerca, Manuel ha comenzado a excitarse. Transpira de la cabeza a los pies. Laura se ríe con histrionismo cuando se lo hace notar.

—Voy al baño y vuelvo.

—Mejor vámonos y te quitas la ropa en el cuarto —dice ella mientras inicia la retirada. Manuel la desconoce en el tono insinuante de sus palabras.

—No, no. Voy al baño de aquí —busca una excusa para dar—. Tengo ganas de comer algo —aduce, pese a que la mesa de buffet le produjo cierta repulsión cuando pasó a su lado.

—¿Te preparo un plato?

—Bueno, gracias.

Para llegar hasta el baño debe encontrar su camino a través de un laberinto de pasillos ciegos. Es un lugar pequeño, dos casetas, un urinario, dos lavatorios. A simple vista parece limpio, pero el olor delata los orines. El corazón le retumba a tal punto que piensa que el eco del recinto embaldosado lo reproduce a gran volumen. Intenta dos veces, sin éxito. Marca una vez más.

—¡Aló!

Es Diego que grita al otro lado del teléfono en medio del bullicio de una fiesta.

—Diego —responde Manuel con un tono de voz que intenta ser significativo.

—Aló, ¿Manuel?

—Diego —le gusta pronunciar su nombre—, soy yo.

—Qué bueno, tenía ganas de saludarte. ¡Idana! —grita—, es Manuel.

—Felicidades —dice, reprimiendo el «mi amor» que le sube a la garganta.

—Felicidades, gracias por el disco. Te voy a pasar a Idana —cree escuchar. El ruido ambiente por momentos apaga las palabras. Se felicita por el disco. Le gusta el tono de voz con que Diego ha recibido su llamada.

—Espera... espera, Diego.

—Me gustaría que estuvieras con nosotros aquí en Valparaíso.

—¿Fuiste al puerto?

—Nos vemos en Santiago. Aquí está Idana.

—¡Nos vemos en Santiago! —grita.

—¿Manuel?

Idana recurre a un timbre agudo para hacerse escuchar.

—Hola, Idana —no puede evitar cierta desilusión en la voz.

—¿Manuel? Te mando un beso grande.

Ahora hay sólo ruido en la línea y la comunicación se distorsiona hasta extinguirse.

El sudor le corre por el cuerpo. Hace un esfuerzo por no llorar. Se concentra en la tarea de secarse con las toallas de papel que va sacando de una caja adosada a la pared. Debe regresar cuanto antes. Culpará al sudor de la irritación en sus ojos.

Apenas se reúne con su mujer, la escucha decir:

—Ese plato debe estar frío. Sírvete otro y vámonos, este lugar es espantoso.

—Vámonos ahora, me dio asco.

Con la clara conciencia de un traidor, esa noche Manuel busca a su mujer entre las sábanas.

5

Las palabras que escuchó con devoción en el teléfono eran sólo una promesa vana: «Nos vemos en Santiago». En los siguientes días recibe sólo negativas a sus invitaciones a almorzar. Está seguro de que Diego usa la algidez de la elección presidencial como un escudo. De todos modos, lo percibe afable, un cambio que alienta sus expectativas. En equilibrio sobre estas frágiles percepciones, ve aproximarse el domingo 16 de enero, día en que tendrá lugar la segunda vuelta. Cuando pasen las ecos del incierto resultado, Diego ya no podrá negarse.

Es una ocasión de gran incertidumbre para la mayoría. A Laura y Manuel les corresponde votar en colegios contiguos, uno habilitado como lugar de votación para mujeres y el otro para hombres. No les toma mucho tiempo. Enseguida se dirigen a la casa de los padres de Manuel, mientras Martina parlotea excitada en el asiento trasero del auto. Ha acompañado por primera vez a su madre a votar y no para de hacer preguntas hasta que se lanza en carrera por el jardín de la casa de Américo Vespucio. Su primo favorito la espera, asomado a una esquina de la fachada de piedra.

No se habla de política en la mesa de los Silva Leighton: la madre considera a dos de sus hijos traidores a la educación que recibieron, por convertirse en derechistas en el tránsito desde la Unidad Popular a la dictadura de Pinochet. Dentro de la abstención exigida por un desmedido anhelo de concordia, la sonrisa dibujada en los rostros bien afeitados de ambos resulta ofensiva. Laura también exhibe una desenvoltura poco usual —en esa casa nunca se ha sentido del todo cómoda—, mientras la madre refunfuña en la cabecera, con expresión amenazante. Recibe cada bandeja que viene de la cocina con un reproche, ya sea por el aspecto, la temperatura, el punto de cocción o el momento de traerla. Manuel admira su apasionamiento. La ha escuchado decir más de una vez que no concibe otra posibilidad que votar por Lagos y la Concertación; lo contrario sería apoyar a los mismos bárbaros de la dictadura. Sus hermanos están conscientes del peligro y no se arriesgarían a hacer un comentario capcioso: ella sería capaz de usar los cubiertos como armas arrojadizas.

Manuel se levanta al baño. Desea llamar a Diego. Lo encuentra en el diario pesquisando opiniones y preparándose para los resultados. Son las tres y cuarto de la tarde y en menos de una hora comenzarán a conocerse los primeros recuentos de votos. El ajetreo de la sala de redacción circunscribe su voz a través de la línea. Cruzan unas pocas palabras.

—Manuel, si ganamos —dice Diego—, juntémonos a celebrar en la plaza de la Constitución. Lagos va a estar en el Hotel Carrera.

Regresa al comedor, una estancia fresca gracias a la sombra de un ceibo. Se une de manera inconsciente a las sonrisas de sus hermanos derechistas. Su repentina locuacidad arranca de su madre una mirada inquisitiva.

Incluso Laura pierde el liderazgo de la conversación al caer en cuenta que Manuel ha comenzado a opinar de un tema como el jardín, el que nunca antes le interesó.

—¿Supiste algo que estás tan entusiasmado? —pregunta Laura, desencadenando un intercambio simultáneo de miradas. Claramente ha infringido la norma tácita de no rozar temas conflictivos.

—¿Por qué? —Manuel todavía no ha notado su cambio de ánimo.

—Porque no habías abierto la boca —interviene la madre, dotada de una repentina ligereza al hablar. Manuel se percata de que los demás esperan atentos una respuesta.

—Bueno, digamos que en el baño sufrí un ataque de optimismo.

—Sin ninguna razón... —intenta precisar el padre.

—Ninguna —y la idea de quedar como un iluso no le preocupa.

Pasadas las seis de la tarde escuchan el primer recuento de votos. Lagos gana por poco más de un punto porcentual. Manuel celebra a voz en cuello, sin medirse ante Laura que se come las uñas a su lado. Están tendidos en la cama de su dormitorio, rodeados de cojines. Desea abrazar a Diego, estar junto a él cuando la tensión dé paso a la fiesta. Según los analistas, la muestra no es representativa: incluye una mayor proporción de mesas urbanas y de hombres. Habrá que esperar hasta el siguiente recuento para tener una mayor certeza.

—Si gana Lagos voy a ir a la plaza de la Constitución —declara, armándose de valor.

—¿Tú? —Laura deja sentir a través del monosílabo su aguda molestia por el resultado.

—¿Te parece raro? —emplea un tono apenas cínico, por miedo a que sus verdaderas motivaciones sean descubiertas. Desde el borde de la cama, ella blande uno de sus brazos en un gesto exagerado.

—Por supuesto que me parece raro. Nunca has ido a una manifestación.

—No veo el problema de querer celebrar.

—¿Y pretendes ir solo? —Laura no abandona el aire de superioridad, como si una madre incomprensiva negociara un permiso con uno de sus hijos.

—Sí —la mira fijamente a los ojos para transmitir resolución.

—No, Manuel, no vas a ir —dice ella, apagando el televisor con el control remoto. Se pone de pie y, con una mirada torva, lo previene—: Es peligroso, se va a llenar de delincuentes...

—No digas tonterías —Manuel se levanta, va hasta el clóset y comienza a cambiarse de ropa. Se desprende de la cuidada tenida que eligió para ir a votar y decide ponerse blue jeans, polera y zapatillas. Quizás ese desplante de independencia ponga fin a la disputa.

Laura permanece callada mientras lo observa vestirse. Un aire sombrío la rodea cuando sale de su mutismo:

—Manuel, no vayas... Por respeto a mí —emplea su tono de amenaza, con unas notas reservadas a pocas voces femeninas.

—Si hubiera ganado Lavín te habrías pasado la noche arriba del auto tocando la bocina. Voy a ir, quieras o no.

Laura sale del dormitorio. Él enciende nuevamente el televisor. A medida que pasa la hora, en la sala de prensa del canal público se impone la tesis de que ha ganado Lagos, pero las estaciones de derecha —Megavisión y el Canal 13— advierten una y otra vez que el resultado aún no es definitivo porque entre las mujeres Lavín tiene mayor arrastre.

A las siete y media de la tarde, el subsecretario del Interior, irradiando satisfacción dentro de su formalidad, declara ganador a Ricardo Lagos. Manuel da un grito de alegría y lanza sus puños al aire. Va hasta la cocina donde Laura acompaña a Martina a comer. A su lado está Mireya, la empleada, que ha vuelto de votar en Rengo, su pueblo natal.

—¡Ganamos, Mireya! —profiere al verla. Ella suelta una risa tímida y disonante, tapándose la boca a medio desdentar con la mano.

—Por Dios, don Manuelito, harto apretado que fue.

Laura toma la cuchara abandonada por Martina e intenta darle de comer. La niña, unida de manera espontánea a la celebración, se ríe con la boca llena.

—Come, Martina.

Mireya mira a su patrona de reojo y le devuelve a Manuel un guiño de complicidad.

—Yo me voy, no me esperen.

—Chao, papá —escucha a Martina vocear mientras va camino hacia la puerta. Mireya, en cambio, no profiere su habitual y grandilocuente «hasta luego, don Manuel».

Diego no responde el celular y los teléfonos del diario están ocupados. Baja hacia el centro por Eliodoro Yáñez, Providencia, Monjitas y después enfila por Santo Domingo hasta Teatinos. El mismo recorrido que hacía con Diego. Estaciona en la calle, a menos de una cuadra de su oficina. Sale del auto. Se sienta en las escaleras que acceden a un edificio de estilo barco. El aire frío que brota desde el interior lo reconforta. Frente a él pasan grupos de manifestantes con banderas de campaña, cantando himnos que no reconoce. Laura no deja de tener razón, se halla fuera de lugar. La falta de costumbre de estar solo, de salir solo, no recrudece en medio de un escenario desconocido y de mayor envergadura. Por fin suena el teléfono. Se juntarán en diez minutos en la esquina de Moneda con Teatinos. Diego le recomienda que no intente cruzar la plaza de la Constitución, es preferible que dé un rodeo por las calles circundantes; la gente ya se ha agolpado a las puertas del hotel.

No tiene problemas para divisar a Diego entre la multitud, su cabeza se alza íntegra por sobre las demás. Cuando llega hasta él, se dan un largo abrazo. Es presentado a tres personas y con cada uno también se abraza, nada raro en ese maremágnum de seres exultantes, dispuestos a celebrar de cualquier modo el triunfo.

Cuando Lagos sale al balcón del hotel, ya es de noche y no cabe un alma en la gran plaza ni en las ocho bocas de las calles que dan a ella. El griterío se torna ensordecedor. Manuel y los demás saltan mientras se unen a una consigna que se expande hacia ese sector y que luego pareciera rebotar en la fachada relumbrante de La Moneda para desplazarse hacia lugares apartados. Manuel aprovecha la aglomeración para tomarle la mano a Diego. Nadie se percata de lo que pasa de los hombros hacia abajo. No hay espacio, no entra la luz, ninguna mirada intrusa puede colarse en los intersticios privados de la multitud. Trata de imaginar cuántos gestos ocultos de amor estarán teniendo lugar en ese preciso instante; llega a creer que sobre ellos se sustenta el fervor que impera más arriba. Diego le suelta la mano y le pasa el brazo por el hombro. Él le pasa el suyo por la cintura. Nadie los juzgará mal, piensa. En medio de la alegría no se juzga al vecino. Es la amargura la que hurga, la que condena. Y la imagen de Laura intentando retenerlo en la casa lo llena de lástima.

Mientras Lagos habla, el silencio de la muchedumbre pareciera cobijar el estado de gracia en que se halla Manuel. Algunas frases que brotan nítidas de los parlantes repartidos por la plaza arrancan lágrimas a decenas de hombres y mujeres a su alrededor. Por segunda vez en sus treinta y dos años de vida se siente parte del destino de su país, la primera fue durante la celebración de la victoria del No en el plebiscito que precipitó la salida de Pinochet. La posibilidad de celebrar con Diego el advenimiento de un futuro que ambos consideran mejor para Chile, lo hace imaginar una vida junto a él. Inmerso en una multitud similar a la del Año Nuevo, pero con un espíritu por completo diferente, los sentimientos altruistas hacia su familia de esa noche en Valparaíso han sido desterrados. Ahora experimenta una nueva clase de optimismo, que nace de su cuerpo y no de sus ideales.

Regresan en el auto de Manuel. Se besan. Diego lo invita a tomar un trago. No bien entran al departamento, se desnudan y hacen el amor en el sofá con la piel de cebra. Manuel se mantiene atento a las palabras de Diego: «Ya no daba más», «estás más rico que nunca». Son palabras dictadas por el deseo, no por los sentimientos. Mientras Diego realiza una incursión al baño, se deja llevar por un arrebato analítico. Está ante un hombre que no confía en quienes lo aman, ni en sus padres ni en sus hermanos, en nadie cuyo afecto le signifique algún grado de compromiso. Idana le advirtió que Diego era un cazador insaciable. Puede vislumbrar la naturaleza mezquina de su amante, que más bien debería llamar una ingobernable ansiedad. Si fuera prudente, debería alejarse de él. Pero prefiere arriesgarse antes que renunciar a la exaltación que lo invade cuando están juntos.

A la mañana siguiente, Laura no indaga el porqué de su regreso a las cuatro de la madrugada. El castigo no pasa de tres días de rostro inexpresivo y un silencio obcecado. Una vez más se pregunta si es posible que ella intuya lo que sucede. Manuel recuerda la extrañeza que los mantuvo alejados después del episodio de Curacaví. Esa época donde ninguno de los dos sabía a qué atenerse, convencidos de que el otro no era el mismo al que creían conocer. Ha llegado a pensar que bajo la fluida convivencia de cualquier pareja, existe un sustrato que sólo hace falta invocar para que convierta a quienes se aman en extraños. Se da cuenta de que rondaron la separación. De hecho, estuvieron emocionalmente separados y sólo la costumbre hizo posible que continuasen juntos. Hubiera bastado la insinuación de uno de ellos y el otro habría cedido sin protestar. Y al llegar a esa posibilidad temida y fugazmente anhelada, al contemplarla de cerca, al conferirle tintes de realidad, le falta la respiración, como si llegar a ella a través de las emociones fuera cosa fácil, pero inaccesible desde la encrucijada donde se encuentra. No sólo tendría que enfrentar el rencor de Laura, sino también el espanto de su familia, las consecuencias en el trabajo y el miedo de aventurarse a territorios inciertos.

Laura no debe enterarse de la reaparición de Diego, con una llamada telefónica lo pondría en fuga.

Mantendrá las apariencias, actuará como si todavía se moviera impulsado por los buenos deseos de la noche de Navidad. A veces, sólo a veces, a causa de Martina, experimenta el vértigo de ilusionar a su mujer con que su compromiso avanza en una dirección cuando en realidad lo hace en el sentido contrario. Para mitigar la culpa, recuerda las ocasiones en que Laura ha actuado con alevosía. Lo ocurrido con Diego en Curacaví es el mejor ejemplo de ello.

6

El último fin de semana de enero, Manuel va a dejar a su familia al lago Rupanco. El viaje en el auto de Laura les toma un día, y el siguiente lo dedica a dejarlas instaladas y bien provistas. Tiene tres semanas de vacaciones y, como cada año, ha arrendado una cabaña en medio de un bosque de coihues y arrayanes que crece a espaldas de una playa pedregosa. Es una de las quince cabañas que forman una comunidad llamada Curilafquén. Regresará a Santiago por una semana, para luego pasar el resto del mes con ellas. El único consuelo para la pesadumbre causada por el próximo alejamiento de Diego es la posibilidad de pasar las noches de esa primera semana con él.

Regresa en un vuelo que sale desde Osorno, a última hora del domingo. La mayoría de los pasajeros son hombres adinerados que han pasado el fin de semana en sus casas de verano, a orillas de algún lago, junto a sus familias. De piel asoleada, poleras de marca y actitud expansiva, Manuel se divierte al observar cómo se esfuma su arrogancia una vez aborregados al interior de la cabina. La noche está despejada y a medida que el avión remonta vuelo se hace más nítido el resplandor que aún subsiste en el horizonte. El tráfago del viaje en auto y las tareas para dejar a Laura abastecida de lo necesario se disipan y dan paso a una breve ensoñación. Se ve brillar entre esos hombres que han perdido los colores bajo la luz artificial. Desde los primeros encuentros alberga el deseo de pasar toda una noche junto a Diego. No obstante han transcurrido sólo tres meses, para Manuel ha significado una larga espera.

Encuentra a Diego desarreglado, lleva puestos unos shorts y una camiseta deformada por el uso. La única sorpresa agradable es el olor que brota de su cuerpo por haber estado entre las sábanas.

—Es tarde —dice el dueño de casa al cerrar la puerta. El salón se halla sumido en la penumbra. Los débiles resplandores del televisor surgen desde el dormitorio—. ¿Quieres tomar algo? —pregunta luego, dirigiéndose a la cocina. Enciende la luz y el blanco de las superficies enceguece a Manuel, que lo ha seguido.

—Traje vino —dice, alargándole la botella. Se vuelve a asombrar de la pulcritud que reina en ese lugar. No hay ni un despojo que contamine los relucientes mesones de granito, ni un solo plato ni vaso a la espera de ser lavado.

—Yo comí hace rato —le informa Diego mientras estudia la etiqueta.

—Pensé que me ibas a recibir con un banquete —bromea, todavía empeñado en mostrarse liviano de ánimo.

—Te puedo calentar un poco de pollo con arroz —Diego abre la puerta del refrigerador y se encorva para estudiar su contenido, otro reducto de orden.

—No vamos a decir que eres el más entusiasta de los anfitriones —conserva una sonrisa en el rostro, pero ya no es más que una mueca de incomodidad.

—No jodas, come algo y nos acostamos —le espeta mientras se yergue con un envase de plástico en la mano. A Manuel se le cierra la garganta.

—¿No será mejor que me vaya?

—No empieces —reacciona Diego, alzando una mano como si se aprestara a jurar—, quedamos en que dormirías aquí esta semana —y recurriendo a las artes de su cinismo, aunque sin alcanzar el tono exacto que hace de una cruda verdad una broma, observa—: A veces te pones un poco mina para tus cosas.

—¿Mina?

—Sí, mina... —y enseguida precisa en el mismo tono capcioso—: Femenino, complicado.

—¡El único complicado eres tú! —exclama Manuel—. Si te molestaba la idea de pasar la noche conmigo, era cosa de haberlo dicho. Primero me invitas y después me recibes como a un intruso.

Los músculos de la mandíbula de Diego se hinchan, sus tupidas cejas se arquean y la indolencia abandona su expresión.

—Eres tú quien ha armado este lío —y, remedándolo, continúa—: Que nuestra primera noche juntos, que la luna de miel. Quiero dormir —ahora habla con enfado—, mañana tengo que estar temprano en el diario y no me voy a pasar la noche discutiendo contigo. Y déjame decirte una cosa: no es fácil decirte que no.

—Diego...

—¿Qué? —lo mira despectivamente desde la altura.

—No puedes decirme algo así... justo hoy —es un ruego que llega demasiado tarde.

—Cortemos esto. Nos acostamos o te vas.

—¿Me estás echando?

—¡No te estoy echando! —grita al tiempo que se remece de impotencia—. Sólo quiero que no pongas todo el peso en este momento.

Se pasa una mano por el rostro, enseguida levanta el mentón y de sus ojos aflora un brillo desafiante. Manuel percibe el peligro. La desesperación del otro surte el efecto inesperado de enfriar sus emociones. Se obliga a pensar con claridad. No se halla ante ningún personaje que pueda reconocer. Desearía que la confusión de Diego se debiera a un problema sentimental, pero no se engaña. A él los líos románticos lo tienen sin cuidado. Tiene herido el amor propio, vulnerado como jamás lo había visto. De pronto se siente como un idiota que representa un guión equivocado.

—¿Pasó algo en el diario? —es lo que pregunta.

Si su intuición yerra, puede que Diego le pida que se marche. Lo ve colmar de aire sus pulmones y llevarse las manos a la cadera. Como vacila, Manuel se atreve a dar un paso más:

—Dime qué ocurrió.

Diego le da la espalda y va hasta la ventana de guillotina. Apoya sus manos en el alféizar y asoma los hombros y la cabeza hacia la noche.

—Tú eres el banco —la voz llega desde fuera, atenuada y menos grave. Manuel se acerca sin atreverse a tocarlo.

—El banco me da lo mismo.

Diego se encoge para regresar dentro y se vuelve para decir:

—Estoy hasta el cuello.

Las facciones crispadas se han reblandecido para adquirir los declives de un rostro demacrado.

—Quizá te pueda ayudar.

—Los diarios grandes interpusieron un recurso de protección y lograron congelar el permiso para que publicáramos avisos legales —el desaliento está cargado de sorna.

—No puede ser —dice Manuel, tensando el cuerpo.

—No quieren que exista. Presentaron un argumento basado en otros juicios para demostrar que no somos lo que la ley supone como un diario. Lograron sacarlo justo el día antes que los tribunales entraran en receso por vacaciones.

—Te mandaron los matones.

—No puedo pagar el primer vencimiento del crédito.

—Es en mayo.

—Tendría que echar a los periodistas para llegar a mayo. El juicio va a demorar quizá cuánto tiempo.

—Puedes buscar un inversionista. Ya sé que no quieres que se metan en la línea editorial...

—¡No puedo! —lo interrumpe—. Es mi diario, no quiero que un imbécil satisfecho de sí mismo comience a exigirme resultados y me llame en las mañanas para opinar de los titulares. Imagínate si además se entera de que soy gay.

Diego abandona la cocina. Después de un instante de vacilación, Manuel lo sigue hasta el dormitorio. La luz intermitente del televisor enmudecido brinda cuadros de diversa intensidad y le ayudan a distinguir a Diego tendido en la cama con los brazos detrás de la cabeza y el cuerpo rígido, a excepción de uno de sus pies que agita sin cesar.

—He gastado más de lo debido. El balance no cumplirá con las condiciones del crédito.

—No hablemos de eso ahora.

—Perdón, se me olvidaba, es nuestra primera noche.

—No es para la broma.

—Pero cómo no, es divertidísimo —dice, acompañándose de una risa que parece genuina.

—Diego... —implora Manuel.

—Si te vas a quedar, acuéstate de una vez —arrastra aún la jovialidad de la risa.

No tiene dudas acerca de lo que debe hacer. Comienza a desvestirse. La pantalla del televisor se extingue con el murmullo de la estática. Pasa un minuto en que no se hablan ni se tocan. Se arma de valor y le acaricia el pelo. Diego se abraza a él. Es como un ruego, piensa. Recibe una potente descarga de alivio. Ese hombre frágil que se esconde bajo un disfraz altivo y mundano, que en la privacidad de su cuarto se vuelve cariñoso y romántico, es quien le despierta un sentimiento que cree parecido al amor.

7

Sentado en una roca a orillas del lago, contempla el atardecer. Laura y Martina han subido a la cabaña. Todavía está en traje de baño. A pesar de que el sol ha desaparecido tras los altos coihues a sus espaldas, la roca y los guijarros de la playa aún conservan el calor. Está entregado a la contemplación de las cumbres nevadas que se divisan desde ahí: los volcanes Puyehue, Osorno y Casa Blanca, los cerros Puntiagudo y Tronador, que a esa hora adquieren una tonalidad primero ambarina y luego purpúrea. Son cumbres lejanas, intermediadas por sierras boscosas; no alcanzan la imponencia del Villarrica, el volcán de sus veranos de infancia, que se levantaba desde las orillas mismas del lago. No sabe si hizo bien, sólo sabe que tuvo la necesidad de hacerlo. De cualquier modo, se siente tranquilo. Diego obtendrá la ratificación del permiso para publicar avisos legales, o aumentarán sus ventas de publicidad —como ocurre en Estados Unidos con las punto com exitosas—, o, en último caso, conseguirá un inversionista privado que ponga una buena cantidad de dinero sin interferir. Los fondos de inversión de riesgo están cada vez más interesados en sitios Internet y a ellos no les interesa la administración de los negocios donde invierten.

Tenía que hacerlo y no le fue difícil. Aresti había partido de vacaciones y, como es la costumbre, le dejó poder de firma para créditos de hasta veinte mil UF. El único problema que su audacia puede acarrearle es que desoye una orden explícita de su jefe. Pero Aresti no tendrá por qué saberlo nunca. Si a principios de abril no ha cambiado el panorama, Diego se comprometió a tomar el dinero del primer inversionista que se presente.

La semana que termina se vio atravesada por trámites vertiginosos para entregar el dinero a tiempo. Tuvo que tomar ciertas precauciones para que Aresti no lo descubriera a su regreso, como sacar el crédito de los informes de gestión. No fueron más que vicisitudes diurnas, pero que cargaron de intensidad las noches junto a Diego. Apenas él sintió que se levantaba el peso de sus espaldas, volvió a ser el de siempre: expansivo, generoso con su humor, dispuesto a gozar de cada una de esas noches. La del jueves, la despedida, lo esperaba con la casa rebosante de flores y velas, como en su cumpleaños, con una comida exquisita preparada por Idana. «Es para celebrar nuestro primer beso», había declarado al recibirlo. Experimenta por unos segundos el placer que le provocó la desinhibición de esa noche, la vibración en el cuerpo, las fantasías. Nunca se ha sentido así con su mujer. Hicieron el amor sin plan, con descaro, y la desnudez mutua los alentó a dilatar el momento. A esa impresión echó mano cuando Laura lo atrajo hacia sí ayer viernes por la noche, recién llegado. Ya no tiene remordimientos en este sentido. Diego alimenta su cuerpo, lo carga, y ella se regocija tanto como él. Bajo el techo de madera rústica de la cabaña, sintió que Diego se posesionaba de su cuerpo para amar a Laura. No se escandaliza a causa de estos pensamientos. Ya no es al juicio de la ética tradicional al que recurre, sino más bien al mandato de su cuerpo, que le resulta imposible desobedecer. Sufre un escalofrío. La baja temperatura de las aguas del lago se impone a la tibieza de la roca. Se levanta, recoge sus cosas y emprende rumbo a la cabaña.

Llama a Diego cada mañana, cuando va al pueblo de Piedras Negras a comprar el pan y el diario. Utiliza uno de los dos teléfonos públicos disponibles: no hay señal de celular por esos lados. No puede hablar con él todo lo que quisiera, pero le basta para sentirse querido y extrañado. La rutina veraniega le ayuda a moderar sus deseos de regresar a Santiago. Bajan a la playa alrededor del mediodía, almuerzan tarde, duermen siesta y después regresan a la playa a última hora o salen a caminar o van de visita a la casa de algún vecino. Rupanco es el único lugar donde Laura se permite una incipiente vida social. Sólo acepta invitaciones a un aperitivo y de cuando en cuando las retribuye. Así ocurre una tarde cualquiera. Sin consultarle a Manuel, ella ha invitado a pasar por la casa al matrimonio Vergara. Él es presidente de la comunidad, y su esposa le ha dado a entender que está a la espera de una invitación.

—Perdonen —dice la señora Vergara al llegar—, no nos dejan ir solos a ningún lado.

Laura detiene sus tareas y por sobre el mueble de madera que divide el living de la cocina observa a dos perros falderos de largo pelo blanco saltar a un sofá y arrellanarse como si estuvieran en su propia casa.

—Pasen —dice Manuel sin ocultar su sorpresa.

—No se preocupen, son muy educados, no tocan la comida que no es de ellos —explica la mujer, observando el interior de la casa como si realizara un inventario—. Deberías mandar a barnizar los marcos de las ventanas, Lorenzo.

Su marido es un hombre de unos sesenta años, panzón, rostro rubicundo y, según señas que han recibido, socio de un estudio de abogados. Manuel nota algo extraño en el color rubio de su pelo. Va a la habitación de Martina para que salga a saludar y le cuenta de los perros para entusiasmarla.

—Qué linda niña... No, no trates de hacerles cariño. ¡No! —grita la mujer. Uno de los perros amenaza con morder la mano de Martina—. No les gusta que los niños los toquen. No sé de dónde sacaron esa manía —añade en un tono despreocupado, como si justificara su reacción.

Martina se pone a llorar.

—No fue nada —Manuel la toma en brazos y la lleva hacia la cocina, donde está Laura.

—Esta casa debe tener mejor vista que la nuestra —Vergara escruta la oscuridad a través del ventanal, alzando la voz para imponerse a los lamentos de Martina.

—No tiene vista, mira a los árboles —replica Manuel secamente.

—Por Dios, Lorenzo, no sabes dónde estás parado, esta es la casa nueve —la mujer gesticula con unos dedos rechonchos y su pelo, escarmenado sin ayuda de una peluquera, deja pasar la luz a través de él.

—Manuel, ofrece algo de beber —sugiere Laura camino a acostar a Martina. Antes de abandonar la sala, la niña les dirige una mirada hostil a los perros y a sus amos.

—Tenemos pisco sour, vino y cerveza —dice Manuel.

—Un pisco sour, entonces, en vaso grande —acepta el hombre.

170

—Lorenzo come y toma el doble que cualquier persona normal. Es cosa de mirarlo —y un brillo malintencionado brota de la mirada de su esposa. Ese solo gesto reconcilia a Manuel con su invitada y lo hace olvidar por un momento la desagradable presencia de los perros.

—Yo te he visto antes —dice Vergara cuando recibe el vaso de manos de Manuel.

—Puede ser...

—Qué rico está el pisco sour. ¿Lo hiciste tú? —pregunta ella—. Es distinto al que yo preparo. ¿Qué tiene? Vas a tener que decirme el secreto.

—Lo prepara Laura. Le pone ají verde.

—¿Ají? —exclama la mujer y mira la copa con desconfianza.

—Te vi una vez en ese boliche. ¿Cómo se llama?... Ah, sí, La Buena Hora. Estabas con un tipo que trabajó en Carey y Compañía.

—¿Diego Lira? —es Laura quien pregunta, de regreso en la cocina.

—Sí, ese mismo... ya sabrán que es maricón.

—Lorenzo... —lo amonesta su mujer por lo bajo. Manuel y Laura se miran.

—Debe haber sido la semana pasada o la anterior, lo tengo fresco en la cabeza. Ese tipo le hizo una fea a uno de mis clientes, y de paso me jodió a mí.

—¿Usted se tiñe el pelo? —pregunta Manuel. La risa que Laura deja escapar se escucha a sus espaldas.

—¿Perdón?

—Me gustaría saber qué usa para teñirse el pelo.

El hombre busca perplejo la mirada de su mujer, con el labio inferior separado de sus mofletes.

—Es una loción para el pelo, no es teñido —gruñe cuando vuelve a dirigirse a Manuel.

171

—Una loción que se compra en Londres —añade la mujer con una sonrisa forzada.

—¿Y por qué sabe usted que Diego Lira es maricón? —pregunta Laura, mientras deja sobre la mesa de centro un trozo de queso fresco y galletas.

—Mucha gente lo sabe y yo me encargo de que se enteren los que faltan.

—Es una noble labor —dice Manuel. Percibe la mirada encendida de Laura, una vibración en su cuerpo pequeño y bien proporcionado. Por un momento el buen humor que exhibe le hace pensar que la noticia de su encuentro con Diego no la inquieta, pero al instante advierte que ha surgido un sutil desenfado en sus movimientos, indicación de lo contrario. Ahora ambos enfrentan a sus vecinos y a sus perros desde el sofá opuesto.

—Ten cuidado con quien te juntas —sentencia Vergara, dándose aires de hombre de mundo.

—Qué agradable estuvo la playa hoy —dice la mujer a Laura, visiblemente incómoda. Manuel la recuerda parapetada bajo un quitasol, con grandes lentes y sombrero, la barbilla enterrada en el pecho esponjoso y arrugas en el cuello. Y, ahora que lo piensa, también estaban los perros.

—Sí, muy tranquila, sin lanchas —comenta Laura—. Dígame, Lorenzo, ¿usted va seguido a almorzar a La Buena Hora? —la pregunta despierta en Manuel vagos temores.

—Mmm, no tanto, sólo cuando voy a tribunales. Me queda a la pasada. Se come rico, pero poco.

—Y debe ser incómodo para usted sentarse en esos pisos tan estrechos —interviene Manuel.

Laura suelta el despunte de una carcajada. Manuel

172

se contagia y ríe también. El matrimonio se reacomoda en el sofá y mira desconcertado a sus anfitriones.

—¿Se están riendo de mí? —pregunta Vergara con los colores subidos al rostro.

—Por supuesto que no, sólo me dio risa pensar que Diego Lira pudiera ser maricón —se disculpa Laura, batiendo una mano mientras una risa sonora aún emana de su pecho y Manuel la acompaña. Es evidente que Laura experimentó cierto placer al pronunciar la palabra maricón.

—No es para la risa. Cada vez que lo veo me dan ganas de pegarle.

Después de analizar un momento la bravata del viejo, Manuel objeta:

—Pero ese día en La Buena Hora no se acercó a pegarle... ni tampoco a saludarme.

—Si no lo hice fue por respeto a ti.

—Por mí no se preocupe, yo me preocuparía por usted —ha adelantado el cuerpo y apoya sus codos en las rodillas—. Diego Lira tiene las manos más pesadas y la mitad de su edad —arguye con la vista puesta en las manos regordetas de Vergara—. Yo creo que al primer puñetazo lo dejaría grogui.

—Eso es lo que tú piensas. Los maricones no saben defenderse.

—Yo apuesto a que Diego Lira lo dejaría llorando —desafía Laura.

—¿Cómo? —el hombre da un respingo.

—Yo creo que usted es un farsante y que no se atrevería a ponerle la mano encima, ni siquiera a insultarlo.

—Mira, niñita, no sé qué pretendes. Y no digamos que ustedes son muy educados.

—El maleducado es usted —ella también ha adelantado el cuerpo—. Diego Lira es nuestro amigo y nos parece de pésimo gusto que se permita hablar mal de él en nuestra casa.

—¿Eres amigo de un maricón? —le pregunta a Manuel, como si quisiera desautorizar a Laura como interlocutora.

—Váyanse —dice Laura, sin énfasis, al tiempo que se pone de pie. La mujer de Vergara no oculta su sorpresa, se levanta y reanima a los perros con unas palmaditas en los costados.

—Qué gente más ordinaria.

Los perros saltan al suelo y se restriegan contra las piernas de su ama.

—Espero que nos volvamos a ver en La Buena Hora —dice Manuel mientras arrea a los Vergara y su séquito hacia la puerta—. Y le voy a contar a Diego la opinión que usted tiene de él.

—Insolente —dice el viejo al salir.

Las protestas de la mujer se extinguen en el bosque. Laura no se ha movido del lugar donde estaba y tiene los brazos entrelazados sobre el pecho. Antes se habían confabulado en contra de personas odiosas y la complicidad en la agresión les había brindado gran placer y sentido de unidad. Han sido especialmente agresivos esta vez. Manuel está seguro de que, al igual que él, Laura disfruta de la victoria y de la sincronía que exhibieron al momento de hacerlo. Sin embargo, de manera imperceptible, la excitación va abandonando sus rostros hasta desembocar en una seriedad pasmosa.

—Me invitó a almorzar —no puede contenerse.

—No tienes por qué explicarme —ella toma un par de platos y los lleva a la cocina.

Manuel contempla la espalda de Laura cubierta por

un suéter de tejido fino y sufre una punzada de remordimiento.

—No tengo nada que explicar, es sólo eso.

—Lo has seguido viendo —dice al abrir la llave del lavaplatos.

—Lo vi ese día.

—No me importa que lo veas.

Manuel va a la cocina, toma una bandeja y se dedica a recoger los vasos a medio llenar. Podría hacer un relato ficticio del almuerzo con el fin de quitarle su carga ominosa. Decir que sólo hablaron de asuntos sin importancia, que Diego preguntó por ella, que las cosas no están bien en el diario, podría encubrir detrás de las palabras el delito del cual se siente culpable. Pero decide no hacerlo; mientras menos le mienta a Laura, mejor.

—¿Te preguntó por mí?

Laura se corrige:

—Prefiero saber qué opinión tiene de mí.

—Fue sólo un almuerzo, hablamos de puras superficialidades.

Ella corta el chorro de agua, apoya las manos en el reborde del lavaplatos y da medio giro de cabeza hasta tener a Manuel en la mira. Él recuerda a Diego lanzando imprecaciones contra ella, en el auto, en la cama, a través del teléfono. Sostiene la mirada por un instante más y luego recurre a las palabras para salir de ese eje que amenaza con fulminarlo.

—No mencionó Curacaví. Me preguntó cómo estabas —y para sellar la impresión de que no esquiva el punto, agrega—: No creo que le quite el sueño.

—¿Tengo que hacer la pregunta? —se seca las manos con un paño y se enfrentan cara a cara.

—¿Qué pregunta? —él sabe a lo que se refiere.

—Cuando mientes eres igual que un niño... ¿Por qué no me contaste? Ésa es la pregunta —a los oídos de otro la voz de Laura sonaría pacífica, incluso conciliadora, pero Manuel percibe su enfado: está en busca de un cauce para dejarlo fluir. Debe ser cuidadoso, no dar pie a una escalada de recriminaciones.

—Pensé que si te contaba te volvería la rabia de cuando peleamos con él. No valía la pena por un almuerzo.

No ha sonado convincente.

—Y sigues mintiendo —la risa de Laura se extingue con un leve suspiro de decepción—. Lo has visto más de una vez, si hasta cara de culpable tienes.

—Es que me haces sentir como si tuviera que justificarme —ahora es él quien se muestra enojado, un estado de ánimo con menos matices, donde a ella le resulte difícil hurgar.

—No tienes por qué sentirte culpable. Una vez lo hablamos, en Navidad. Si él no está molesto, yo no tengo por qué estarlo —se sabe sujeto de una emboscada.

—Entonces, ¿a qué viene tanto asunto?

—Porque si fuera un simple encuentro me lo hubieras contado. ¿Te repito la pregunta? —el aire ecuánime al que ha recurrido Laura estimula la irritación de Manuel.

—¿Te repito la respuesta? Creí que tus buenas intenciones eran puro bluff. Es cosa de verte ahora, estás molesta porque estuve con él.

—¿Por qué dices que estoy molesta? No lo estoy. Pero creo que deberíamos hablar de Diego.

Ella toma su copa de vino blanco de la bandeja que Manuel ha dejado abandonada sobre el mueble. Da un sorbo, posa la copa y de un salto se sienta sobre la cubierta, en una marcada invitación al diálogo. Luego añade:

—Al principio me pareció bien no darle más vueltas a lo que pasó, no le encontraba sentido, pero ahora que lo has vuelto a ver, no sé, creo que deberíamos hablar de él.

A Manuel se le vuelve una conversación imposible. Va hasta el living y se deja caer en un sofá.

—Otro día, cuando yo no sea el mentiroso y tú la adivina.

Ella se gira para insistir:

—Algún día tenemos que hablar de él, ¿por qué no hoy?

—Porque no quiero.

Enciende una luz y abre una revista de modas que ha tomado de la mesa de centro.

—Algún día tenemos que hacerlo —repite ella, y él ya no responde más.

Una de las cosas que más le gusta a Manuel de Rupanco es que, al menos una o dos veces durante las vacaciones, cruza sobre el lago una tormenta de lluvia. Comenzó a llover cerca de las once de la mañana, luego de una noche de viento, que en el medio del bosque se escuchó como un fragor lejano. Tanto para Martina como para él, la espera fue excitante: tomaron desayuno temprano para ir a la playa a gozar del viento tibio, el lago encabritado y el paso vertiginoso de las nubes. Cuando sintieron las primeras gotas en la cara, corrieron hasta la cabaña y se quedaron mirando por la ventana largo rato. Ahora ya han almorzado y Laura duerme una siesta abrazada a Martina, tendidas en un sofá junto al fuego. Manuel está en el otro sofá y las contempla dormir.

Quisiera abandonarse como ellas, pero no lo consigue. Si bien la convivencia con su mujer ha sido cordial desde la visita de los Vergara, está consciente de que en cualquier minuto el artesonado de normalidad se puede venir abajo. Debido a la cautela que emplean en el trato, la fluidez de su comunicación ha desaparecido y cree imposible que la recuperen; para hacerlo tendrían que volver a pasar por años de entrenamiento. Sólo han hablado de trivialidades, de cómo ocupar el tiempo, de Martina; han organizado paseos, tomado el sol, preparado comida sabrosa, pero no han tenido ni un solo momento de intimidad. Y no han vuelto a hacer el amor desde el día de su arribo. Ya han transcurrido dos semanas. El verano ha sido por lo general una buena temporada para el sexo, pero con la figura de Diego tan lejos no hay quien despierte su deseo. Cree que Laura ha percibido la distancia y no ha hecho nada por salvarla. Ni siquiera el cuadro de plenitud maternal que le toca presenciar ahora, arrullado por el repiqueteo de la lluvia, le devuelve la fe en su amor por ella. Cada día hay un momento al menos en que piensa dejarla, un impulso que controla de inmediato, pero que no deja de manifestarse. Si cada año el sonido de la lluvia lo hizo sentir en un refugio cálido y acogedor, ahora es como si estuviera a la intemperie.

Ha escampado después de dos días de lluvia torrencial. Manuel y Martina han salido a recorrer los riachuelos que bajan hacia el lago. «Nunca los vamos a ver tan crecidos», escuchó a su marido exclamar para entusiasmarlas con la idea. Laura ha decidido quedarse para continuar con la lectura de una novela, pero enseguida se arrepiente. También quiere despabilarse con el aire frío que ha llegado tras la tormenta. Experimenta un golpe de vigor en el rostro a medida que se interna en el bosque. Se alegra de haberse animado. La atmósfera recalentada de la cabaña la tenía sumida en un sopor que no había llegado a dimensionar. Sus pensamientos se hallaban aletargados y los pasajes del libro, que en su momento le habían parecido interesantes, han desaparecido sin dejar rastros en su memoria. Como los senderos del bosque están encharcados, se dirige hacia el camino de ripio que va hasta el pueblo. El aire límpido acerca los cerros a la vista, como si estuvieran al alcance de la mano, hechos de una materia porosa y moldeable, origen de su abrupta topografía. Las nubes aún pasan sobre su cabeza, lentas y formidables, y al fondo del camino puede verse un brazo del lago teñido de un azul pétreo. A tal punto llega su asombro ante el espectáculo de la naturaleza, que cree que la claridad del aire también impera en su mente. Piensa en Manuel y su hija, que no deben andar lejos. Con cada inhalación gana en lucidez. Manuel le ha mentido. Continuó viéndose con Diego y se lo ocultó para no contrariarla. ¿Se siente traicionada? Claro que no, no es una mujer idealista ni escrupulosa, sabe que entre adultos hay secretos. Que Manuel le oculte su reencuentro con Diego es casi un acto de cordura. Pero hay algo más y no sabe bien de qué se trata. Es la manera en que él se comportó al quedar al descubierto, algo en sus gestos, en las sutiles diferencias entre el tono de voz esperado y el emitido. La mentira de Manuel es mayor que un simple ocultamiento. Si no estuviera segura de la hombría de su marido, habría pensado que le es infiel. Y mientras recorre ese camino con una sensación de absoluta libertad para pensar, se pregunta una vez más si tal cosa sería posible. Antes que Diego apareciera en el horizonte, la pregunta hubiera sido un disparate. Visto de este modo, sería conferirle a Diego una formidable y poderosa capacidad de seducción, las armas para tentar a otro hombre que nunca antes tuvo ojos sino para las mujeres. Manuel nunca ha mirado a otro hombre y han sido decenas las veces que ella lo ha sorprendido mirando a otra mujer. ¿Pero Diego podría seducir a su cuñado, por ejemplo? No, está fuera de cuestión. Y aquí ella descubre un matiz que la inquieta. Se trata de Manuel y Diego, de un calce en particular que le parece posible. Un calce con el cual ella misma ha fantaseado. No tiene un recuerdo minucioso de lo que ocurrió en Curacaví, estaba con varias copas en el cuerpo y sólo subsiste la excitación y una especie de instinto vindicativo que la llevó a comportarse de manera tan osada; sin embargo, en la periferia del recuerdo subsiste la muda aquiescencia de Manuel. Estaba dispuesto a entrar a la cama con Diego. ¿Como un juego? ¿Para excitarse con la idea de verla a ella en brazos de otro? Creyó que sería el centro y que ellos por ningún motivo llegarían a tocarse. Eso ha pensado hasta ahora y se da cuenta de su ingenuidad. Quizás él quería entrar en el ruedo para obtener placer de su propia experiencia con un hombre. Esta conjetura flota un instante en su discurrir y se desploma por los tantos obstáculos que tiene que superar y por ser la más elaborada y la más frágil de todas. Sólo le resta una cosa por hacer: verlos juntos otra vez, indagar en sus comportamientos, mantener la mente abierta a cualquier posibilidad, hasta dar con una emoción o incluso una evidencia que le entregue una respuesta.

8

Regresaron a Santiago el día 29 de febrero. Año bisiesto. Fue un viaje extenuante a causa de las continuas detenciones y desvíos ocasionados por los trabajos en la carretera. En el asiento trasero, Martina durmió y gimoteó a intervalos regulares. Como una ayuda para hacer frente a las dificultades de la jornada, la partida a las seis de la mañana les brindó un hermoso amanecer sureño: retazos de niebla prendidos a las colinas boscosas; los cajones de los ríos colmados de neblina; la silueta impasible de los árboles solitarios, robles chilenos en su mayoría, conservados para dar sombra a los animales. El paisaje se transformó para Manuel en una representación de la amplitud que se abría hacia el futuro. Durante esa hora sin sombras, Diego dominó sus pensamientos y crecieron sus deseos de abrazarlo. Esa luz particular, la que precede a las ansiedades del día, una vez más lo hizo sentir purificado.

Ahora va camino al Hotel Carrera. Todavía no llega el otoño y la mezcla de polvo, vapor y contaminación ya se ha posado sobre Santiago. Siente irritados los ojos y la garganta, le abruma pensar que los meses de esmog más agobiantes aún están por venir. Un sujeto le da un empujón sin ofrecer una disculpa; tiene la idea de que la gente camina más apurada que de costumbre y que las veredas no dan abasto. Ese tramo de calle que ha recorrido cientos de veces pareciera concentrar todo el ruido de la ciudad. Diego lo llamó poco después de arribar esa mañana al banco. «No aguanto un minuto más», le espetó, «tengo una habitación reservada en el Hotel Carrera». El vértigo se apropió de él. Casi sin aliento y con Aresti al frente, contó las horas hasta el encuentro. Es tal la intensidad de sus emociones, que no sabe cómo ha sido capaz de soportar esas tres semanas. Entra al hotel por unas puertas que dan directamente a los ascensores, sin pasar por el lobby, ubicado en la segunda planta. En los corredores del piso 14 se cruza con un botones que lo saluda con exagerada cortesía. Baja la vista. Habitación 1402. Puerta con molduras. Se anima a golpear.

—¿Manuel? —escucha a través de la puerta.

Diego lo recibe en calzoncillos. Su desnudez lo aturde, se deja abrazar y después besar. Se siente poco menos que llevado en andas hasta la cama. Sin mediar una reflexión ni un titubeo, se desnuda y hacen el amor de manera brusca.

Minutos más tarde se desprende un tanto aturdido de los brazos de su amante. Tiene la impresión de que Diego se ha dejado llevar por el deseo, pero con la distancia emocional que impone cuando se siente comprometido en exceso. El reencuentro es sin duda una situación comprometedora. Lo esperaba desnudo para el festín, sin miramientos de ninguna clase. Se ha resarcido de su calentura y ahora dormita sin importarle qué fue de él durante esas semanas sin verse, ni cuáles fueron sus sentimientos. Pasa un rato, lo observa abrir los ojos y brindarle una sonrisa de satisfacción animal junto a una mirada cortante, sin un viso de ternura que la dulcifique. Su reacción es levantarse, reunir su ropa y comenzar a vestirse.

—¿Qué haces? —pregunta Diego.

—Tengo que volver a la oficina —está de espaldas a él, sentado en el borde de la cama. En la pared cuelga un grabado con una flor de pétalos retorcidos. La decoración de un supuesto estilo inglés le parece pasada de moda y pretenciosa.

—Pero no hay por qué salir arrancando —un movimiento del colchón le advierte que Diego se ha levantado.

—Es mi primer día en Santiago y tengo muchas cosas que hacer.

—¿Tampoco vas a venir esta tarde? —Diego transmite su incredulidad mientras se mueve en la habitación.

—Laura estará esperándome para ir a ver a su madre.

—¿Y a ti qué te pasa, se puede saber? —está de nuevo en calzoncillos y ha rodeado la cama.

—Nada —se anuda los cordones de los zapatos e intenta alejar la vista de los pies desnudos de su amante.

—Pero Manuel... Tomé la pieza para que la aprovecháramos, no para pegarse un polvo y salir disparados.

—Podrías haberme preguntado antes —esto se lo dice a la cara.

—Perdona —replica Diego en un gorjeo, burlándose de su susceptibilidad.

—Ni siquiera me has preguntado cómo estoy. Sólo tenías ganas de tirar. Eso hicimos y date por satisfecho. No te hagas el ofendido ahora.

Diego se sume en la perplejidad. Manuel arranca la chaqueta de la silla donde fue a dar y se va.

La luz del verano tardío apenas se cuela en el departamento de la viuda. La temperatura del aire inmóvil es la misma de cualquier otra época del año. Evitar la decoloración de tapices, cuadros y alfombras pareciera ser más importante para el ánimo de la dueña de casa que las sanas influencias de la luz. La penumbra es un ambiente adecuado para las antigüedades que aún conserva. Le ha dicho a Laura que esos objetos la preservan de la total decadencia. Nunca los venderá. Son los vestigios del rango que alguna vez ostentó. Tras el respaldo de uno de los sofás de felpa, el fondo negro de un biombo coromandel, desplegado a lo ancho del muro, contribuye a absorber la escasa luz que entra por los visillos siempre echados. Sólo Martina se presenta indócil a esa atmósfera, rompiendo la quietud con sus carreritas. Manuel constata que su mujer y su hermana Isabel —también de visita con su marido— adquieren un talante hierático, y sus voces, en especial la de su cuñada, de costumbre estridente, se moderan hasta sintonizar con la voz apagada de la madre. Los regalos para la anciana, a quien ninguna de las dos hijas quiso llevar consigo de vacaciones, corresponden a una docena de pasteles chilenos de parte de Isabel y una caja de madera con seis tipos de mermeladas sureñas de parte de Laura. La suegra de Manuel celebra los regalos con falso entusiasmo y cuando sirve el té no prueba ni lo uno ni lo otro: se limita a mordisquear una galleta de agua. La conversación avanza por derroteros convencionales; al parecer, nadie quiere alterar el rumbo con una historia novedosa o un punto de vista controvertido. María de los Ángeles, viuda de Ortúzar, como le gusta hacerse llamar, se esfuerza por asegurarles a sus hijas que pasó un verano agradable,

184

aprovechó de descansar y de ir al cine, pasatiempos que las obligaciones del año no le permiten realizar. Es una mujer enjuta, de rostro pálido y movimientos parcos. Manuel cree no haberla visto con otro atuendo que no sea un traje de dos piezas. Se entristece al escucharla mentir y al notar que sus hijas, ciegas por el remordimiento, celebran cuando afirma que no las echó de menos ni un solo día. En medio de su desamparo, la nieta es la única capaz de arrancarle una sonrisa genuina. Le pregunta cosas insólitas y, como de costumbre, la obliga a enseñarle su clóset, mundo de fantasía y olores exóticos para una niña de su edad. Manuel quiere a su suegra, tal vez porque ella siempre ha sido afectuosa con él. Desde el primer día que puso pie en ese espacio detenido en el tiempo, ella le concedió un trato especial. Es notoria la diferencia que hace con el marido de Isabel, a quien ni siquiera le presta atención cuando habla. No quiere imaginar la desilusión que le provocaría si abandonara a su hija por un hombre. Ya la ha visto actuar frente a otras faltas a la norma social y es una de las más encarnizadas perseguidoras de quienes merecen castigo. De ahí sacaron la lengua sus hijas, que en su caso, como ella misma reclama, nunca ha sido usada con el fin de chismear, sino como un arma de ataque contra los inmorales: divorciados, gays, personas casadas a las que se les descubre un amante, el pecado mayúsculo de enamorarse de alguno de otra clase. Ella misma ha dicho que permaneció viuda por creerlo su deber, preocupada por la integridad moral de sus hijas. ¿Cómo iba a exigirles rectitud si ella se dejaba llevar por los encantamientos de un nuevo amor? Pero Manuel conoce el motivo de su encierro, una especie de depresión prolongada, una muralla de orgullo frente a la vida, una absurda venganza contra el destino. No es tan cándido para pensar que, si dejase a Laura, el cariño que siente por él la disuadiría de condenarlo. Tampoco para creer que Isabel se reprimiría de propalar la noticia hasta el último confín. Sería vox pópuli que Manuel Silva se fue con Diego Lira a vivir juntos su repugnante desviación. El banco no es una isla en medio de esta red de contactos. Tanto su jefe como el gerente general, tarde o temprano, se enterarían. La idea le resulta amedrentadora. De seguro, Diego también se sentiría amenazado. Se da cuenta de que esta valla sería más difícil de salvar que las anteriores. El diario y esa especie de ambigua libertad en que Diego vive estarían en peligro. Tiene claro que ser gay de una manera poco llamativa y sin una pareja estable es un comportamiento hasta cierto punto aceptado, en comparación a tomar a un hombre casado como amante.

Mientras las hijas parlotean con su madre, Manuel sufre los embates de la estulticia que exhibe sin pudor su concuñado. El arrepentimiento por haber actuado de manera impulsiva en el hotel lo priva de cualquier grado de tolerancia. Apenas tenga un momento a solas llamará a Diego para disculparse. Desde ese departamento de paredes delgadas no puede hacerlo. Sospecharían si lo escucharan murmurar dentro del baño. O quizá no sea esa la razón que lo detiene, sino el ambiente que reina en ese lugar, la condena depositada como una capa de grasa sobre paredes y objetos, lista para arder al primer chispazo.

En medio de sus cavilaciones escucha a su suegra decir:

—Parece que por fin van a liberar al general Pinochet.

Ella participó de las protestas frente a las embajadas de Inglaterra y España cuando lo detuvieron. Laura, que la había acompañado a una de ellas, debió rescatarla del suelo, estilando de pies a cabeza, después de recibir un disparo directo del carro lanzaaguas.

—Y lo más insólito es —dice Manuel, entrando de lleno en el tema, alentado por el enojo consigo mismo— que lo van a traer en un avión de la Fuerza Aérea, tapadito con una frazada, para que no se vaya a agravar. Están locos. El viejo está como nuevo; si se fue a meter allá solo, que se venga por su cuenta.

Se interrumpe al notar el efecto de sus palabras. Los demás esgrimen una infranqueable combinación de gestos y miradas reprobatorias. La suegra mira hacia la pared y el rictus refleja la amargura de su situación, ahora con una excusa para representarla.

—Bueno, es mejor que se vayan, demasiadas emociones para un solo día —dice la mujer, poniéndose de pie.

—Pero mamá... —rezonga Isabel.

Y lanzándole a Manuel una mirada cortante, la anciana argumenta:

—Si lo traen esta noche, quiero ir mañana temprano al aeropuerto para recibirlo. Isabel, ¿me acompañarías?

Manuel va en busca de Martina a los dormitorios. No la encuentra y se interna en el clóset de su suegra. Están las puertas abiertas a causa de la curiosidad de su hija. Ocupa una habitación completa y en sus compartimentos impera el orden. Cada suéter, cada falda, cada traje o abrigo está protegido del paso del tiempo en bolsas plásticas de ribetes blancos, al parecer fabricadas para tales usos. También abundan las cajas forradas en papel de distintos formatos, donde resisten el paso del tiempo guantes, sombreros, zapatos, quizás algún diario de vida o cuadernos donde ella vuelca su sabiduría acerca de las más variadas materias domésticas. Martina tiene en sus manos una estola de martitas cibelinas, cada animalito muerde por la cola al que le precede. El semblante de su hija tiene más de un naturalista ante un potencial descubrimiento que de una niña enfrentada por primera vez a la crueldad del hombre para con los animales. Bajo esas bolsas y dentro de esas cajas se hunde la poca vitalidad que aún le resta a la viuda de Ortúzar, ahogada por la persistencia del recuerdo. A modo de protesta, Manuel invoca el cuerpo desnudo de su amante. No quiere perder la nueva vida que tiene al alcance de la mano.

A la mañana siguiente lo llama y le propone que se vayan juntos esa tarde. Diego acepta sin resquemores. Manuel no ha olvidado las razones de su enojo, pero han dejado de acuciarlo. Mientras suben por la Costanera, lo besa en un semáforo de un modo indiscreto y temerario. En el dormitorio recurre a las conductas y tiempos habituales con el fin de devolverle a ese encuentro y a los que vendrán la naturalidad de antes. Ha dado con una interpretación de lo que ocurrió en el hotel: no tuvo que ver con sentirse usado o nada semejante. Hasta el momento de entrar al cuarto, él también deseaba «usar» a Diego. El origen de su reacción se encuentra en las semanas en el lago, con su rutina sosegada, en la luz benigna que vertieron sobre su vida familiar. Se trató, entonces, de los últimos estertores de un enemigo interior, una marea soterrada de culpa y atavismo y, sobre todo, miedo.

9

Marzo es una fiesta para Diego. El regreso de Pinochet desde Londres el día 3, con su insultante alzamiento de la silla de ruedas al bajar del avión, trae consigo un alud de noticias en las que *El Centinela* se especializa: exámenes médicos, reposición de cientos de querellas por asesinatos y personas desaparecidas, jueces que se declaran incompetentes, los tribunales sometidos a juicio. Su silencio colaboracionista durante la represión no es un buen antecedente. Asimismo, la parafernalia en torno a la investidura de Ricardo Lagos resulta de interés para los lectores. Lo más insólito que Diego ha logrado apreciar es que los políticos en general parecen felices con el nuevo presidente. Incluso los empresarios y la derecha más extrema dicen reconocer su porte de estadista. Las visitas a la página se multiplican y hacen pensar a su dueño que ya no requerirá de nadie para respaldarlo. Hasta el jefe de cuentas publicitarias más recalcitrante comprenderá, tarde o temprano, que avisar en el diario es una ganga que jamás se volverá a repetir. La intensidad de los amores con Manuel también prospera. El exultante editor ha dejado de ser precavido. Se muestra dispuesto a compartir con él tanto sus pensamientos como las vicisitudes de la vida diaria.

Manuel percibe la entrega de su amante sin resquemores, juegos o espacios en blanco. Sin proponérselo, se queda cada día hasta más tarde en el departamento y al menos una vez a la semana pretexta una salida con clientes para quedarse hasta medianoche. Con el fin de paliar el encierro, se aventuran a un restaurante chino del centro y, días más tarde, a otro italiano en la calle San Diego, donde ninguno de los dos cree posible encontrarse con algún conocido. También van a un cine con escasa concurrencia y por precaución entran por separado a la sala. Otra noche arriendan una película y la ven abrazados en la cama. Manuel es quien la elige: *La edad de la inocencia,* de Scorsese. La desesperación y los temores de esos amantes apartados por la aristocracia a la que pertenecen, contribuyen al sutil aleccionamiento que lleva adelante con dedicación. Y cuando a Diego se le escapan unas lágrimas hacia el final, se felicita por su idea.

Esta rutina sufre un quiebre cuando Laura propone invitar a Diego a cenar. Por primera vez se halla atrapado en sus mentiras. Le ha dicho que él no le guarda resentimiento alguno cuando ni siquiera soporta escuchar su nombre. Cualquiera sea el tema o la anécdota, Diego encuentra la forma de atacarla y señalar una y otra vez sus debilidades y vicios de personalidad: «Es una mujer dominante e insegura», «quiere tragarte porque está vacía por dentro», «no piensa en nadie más que en ella», «es calculadora y ambiciosa, una sonrisa suya es como un zarpazo», son algunos de los dichos que Manuel ha debido escuchar. Le parece indiscutible que Diego se siente amenazado en una forma que va más allá de los celos. La personalidad de Laura le despierta un rechazo sólo justificable por el parecido en ciertos rasgos de carácter, y no precisamente los buenos. De seguro ve en ella actitudes que odia de sí mismo: la ansiedad, el egoísmo, la exigencia de que el mundo gire en torno a ellos. Sea cual sea la causa, Diego se negará a cenar en su casa. Y en el hipotético caso de que considerara aceptar la invitación, sería Manuel quien lo desaconsejaría. Ya no se cree capaz de mezclar sus dos mundos. Aun si Laura y Diego tuvieran un comportamiento irreprochable, no podría conservar la ecuanimidad, abrumado por las implicancias de cada frase lanzada al ruedo.

Logra contentar a Laura con un «sí, podría ser», a la espera de que el paso del tiempo entierre su perturbadora idea. Juega a su favor la desmemoria emocional de su mujer. Sus enamoramientos y rencores se inflaman con la misma celeridad con que se enfrían. Cómo olvidar sus advertencias —«no quiero que lo veas» o «no quiero oír hablar de él nunca más»—, recién acaecido el desastre de Curacaví, junto a la frase conciliadora de Navidad —«un día de estos vamos a encontrarnos con él y será como si nada hubiera pasado»—. Del mismo modo podría desvanecerse el deseo de ver a Diego. Pero Laura retoma su empeño dos semanas más tarde y no ceja hasta obtener de Manuel el compromiso de que lo llamará a la mañana siguiente. Y tal como era de esperar, recibe una negativa rotunda. Expone las complicaciones a que se enfrenta: una Laura convencida de que no se le guarda animosidad. Diego le sugiere que le eche la culpa: «Debes decírselo de la manera más sencilla: "No quiere volver a verte". Las palabras simples son el mejor antídoto contra mentes torcidas. Y si te pregunta por qué, que me llame». Planteárselo en esos términos, objeta Manuel, alimentaría las aprensiones de Laura hasta niveles impredecibles. Este argumento quiebra la oposición de Diego. Dice comprender que Laura armada de sospechas puede transformarse en un desagrado y hasta en un peligro. «Si para ti es importante —se rinde—, voy», aunque deja establecido que puede tratarse de un grave error. Manuel se lo agradece. Se ha convencido de que la mejor estrategia es satisfacer el capricho de Laura y de paso restituirle cierta normalidad a las relaciones.

Cuando Manuel le hace notar a su esposa que no están preparados para la ocasión, en ella se despierta el instinto de agasajar a Diego con un despliegue de elegancia, pero un golpe de rebeldía la lleva a abstenerse y declarar: «Si quieres impresionarlo, preocúpate tú». No cambiará sus costumbres y convicciones por su causa, menos cuando el interés de verlo no es precisamente por gusto. Manuel le recuerda que Diego los ha recibido en su casa a cuerpo de rey y que no pueden llevarle el plato servido a la mesa ni tampoco darle a beber vino en un vaso, como ellos vienen haciendo desde que se quebró la última copa. Si hay algo que Laura no aprendió fueron las artes o, más bien, la pequeña ingeniería necesaria para llevar una casa. Las enseñanzas de su madre las dejó olvidadas en su antiguo hogar y desde el primer día de matrimonio declaró que no tenía interés de hacerse cargo de tales responsabilidades. Esa fue la razón de contratar una empleada puertas adentro. Es él, entonces, quien debe cuidar de los detalles olvidados en un hogar que no ha recibido visitas en un buen tiempo. A dos días de la cena, fijada para el jueves 13 de abril, Manuel no regresa con Diego después de la oficina y se lanza en una excursión a una tienda de departamentos. Desea comprar un juego de copas —quiere poner la mesa como en la casa de sus padres, con una copa para el agua y otra para el vino—, una bandeja decente para llevar y traer cosas a la mesa, un jarro de agua y un par de fuentes con cubiertos. En su recorrido se encuentra con una sección de pocillos para velas de té. Inspirado por el recuerdo del departamento de Diego, toma una docena de distintos colores. También elige un delantal para Mireya. A medida que pasa por las secciones, cae en la cuenta de que las precariedades de su hogar son más de las que había imaginado. Las toallas, por ejemplo, son las mismas que recibieron como regalo de matrimonio; al juego de platos le restan sólo seis o siete piezas de cada tipo; las paredes no han vuelto a recibir una mano de pintura desde que llegaron. Reconoce que tampoco él había reparado en el leve abandono en que viven. ¿Cómo puede ser que ninguno de los dos lo notara, cuando ahora se le hace patente e ingrato? ¿Necesita de los ojos de Diego para medir su propio bienestar?

Cuando deposita el cargamento de compras en el living, Laura se cruza de brazos y lo interpela:

—¿Qué es todo eso?

—Nos faltaba poco para vivir como gitanos —replica.

—¿Y es porque viene Diego?

—Él no tiene nada que ver. Aproveché para renovar algunas cosas —y, sacando una a una sus mercancías, las explica—: Las toallas están deshilachadas... No tenemos jarro de agua... La Mireya parece una pordiosera...

—¡Hasta trajiste velas! —se burla ella con una risotada cuando las saca de su envoltorio—. De verdad te volviste loco.

—Fue idea tuya que lo invitáramos. No tienes derecho a protestar.

Llegado el día, luego de una discusión consigo misma, Laura decide arreglarse con esmero. Sabe que su elegancia resultará contradictoria para Manuel, pero no quiere sentirse disminuida durante la cena. Él regresa de la cocina y la encuentra tomándole el pelo a su hija con una cinta. Da un silbido al verlas. Martina ríe y se separa de Laura para exhibir su vestido de fiesta. Él se acerca y le da un beso.

—Estás pasado a comida —le advierte Laura.

—Voy a ducharme. Diego debe estar por llegar.

—Diego está por llegar —se repite para sí misma, y se siente extranjera en ese cuarto por lo común familiar.

—Yo abro, yo abro —prorrumpe Martina cuando escucha el timbre, dando saltitos hacia la puerta. Al encontrarse con Diego frente a ella, levanta la cabeza y dice—: Eres muy alto —y arranca una risa del recién llegado.

Laura espera un paso atrás. Se saludan con un beso que no alcanza ni una ni otra mejilla. No puede inferir nada de la expresión de Diego. Impera en el rostro la misma sonrisa de su primer encuentro, un golpe de luz que oculta cualquier emoción más allá de un «estoy encantado».

—Me llamo Martina.

—Manuel se está duchando —explica Laura—. Ha cocinado toda la tarde.

Pasan al living. Se asombra de ver el salón a media luz con las velas encendidas. Su casa no es su casa.

—Tienen bonita vista —Diego se acerca a la ventana y pone sus manos como anteojeras para mirar hacia la noche.

—Voy a dejar el vino y vuelvo —Laura se dirige a la cocina a través de la puerta que la une al comedor. La mesa, con su despliegue de copas, tampoco parece su mesa.

—¿Eres amigo del papá? —escucha a Martina preguntar.

—Sí, claro, somos amigos.

En la cocina reinan la humedad, el calor y una desconocida fusión de aromas. Sin desmayar, Mireya revuelve briosamente el contenido de una olla.

—Huele rico.

—Espero que quede bueno —dice la mujer en un resuello.

Regresa al living, acompañada de Manuel. El modo de saludar a Diego no es el que esperaba. Le da la mano y profiere un protocolar: «Qué bueno que hayas venido», y el otro una réplica en el mismo registro: «Gracias por invitarme. Bonito departamento». Algo no calza en esas frases convencionales. Se le hace imposible medir la distancia emocional que hay entre ellos. Aun si no se hubieran visto desde Curacaví, ese saludo le resultaría inexplicable. Manuel sale del living en busca del aperitivo. Laura debe admitir que Diego se ve fuera de sitio en ese ambiente al que ella alguna vez pretendió dar el aire acogedor de una casa de campo. Incluso su falda de visos metálicos se sale del tono general de la escena. Agradece que la escasa luz atenúe los contrastes y, sin acobardarse, lanza la primera frase significativa de la noche:

—Ya era hora de que nos volviéramos a ver —sin proponérselo, ha empleado un tono insinuante.

—Tenía muchas ganas de conocer a Martina.

Sus piernas y brazos cruzados muestran que está a la defensiva. Su actitud la hiere y las intenciones de ser prudente flaquean.

—¿Y ya no estás enojado conmigo? —la entonación incorpora un dejo de incredulidad.

—¿Pelearon? —interviene Martina, frunciendo el ceño.

—¿Tendría por qué estarlo todavía?

Ella deja escapar una mirada llena de intención, movida por el impulso de seducirlo. Él la esquiva sin disimulo. Laura se obliga a refrenarse. No debe olvidar que será una simple observadora. Para dar con esa distancia, le pregunta por el diario. El aumento de las visitas por el regreso de Pinochet le hace comentar:

—Qué divertido que Pinochet vaya a ser el causante de tu salvación. La historia se repite.

Manuel regresa acompañado de Mireya, ataviada con su delantal nuevo. En la mesa de centro despliegan su carga. Beben pisco sour y Diego come con una voracidad inusitada. El plato cercano a él queda vacío en menos de un minuto. Manuel vuelve a levantarse, ahora con la excusa de ver cómo va la preparación de la cena. Martina sigue comportándose como un adulto. Salta de la silla cada cierto rato, toma un trozo de pan con salmón ahumado y se lo come con delicadeza. Está fascinada con Diego y pretende impresionarlo, piensa Laura. Sin saber qué camino seguir, inicia un interrogatorio acerca de los laberintos judiciales del caso Pinochet. Primero el desafuero, luego la extradición, las posibilidades de ser enjuiciado por casos anteriores a la amnistía. En ningún momento se permite un comentario a favor del hombre en quien confió y aún confía a ojos cerrados. Tampoco deja que Diego se desvíe de una línea estrictamente legal en sus argumentos. Piensa para sí que el Ejército debería dar un nuevo golpe de Estado y ensalzar a Pinochet como Padre de la Patria, el que salvó a Chile de las manos de su flojera innata y del comunismo. No sabe si por un arranque de elocuencia de su invitado o alguna incomprensible asociación de ideas, reconoce que estas corrientes restauradoras tienen su origen en un deseo involuntario de castigar a Diego. Si volvieran los militares lo perseguirían por comunista —cualquiera más allá del centro es para ella un comunista— y por maricón. Se asombra de su crueldad. Mientras más evidente se vuelve la antipatía que Diego siente hacia ella, más fuerte es el deseo de hacerlo pagar por las humillaciones que le ha hecho sufrir. Se siente humillada en ese preciso momento. Es obvio que aceptó venir sólo porque Manuel se lo pidió. Quizá sea éste el peor de los desprecios: la abismal preferencia por su marido. Laura no había tomado conciencia de lo difícil que le resulta soportar esta predilección. Ahora comprende que la mayoría de sus relaciones en el pasado estuvieron marcadas por una lucha constante contra la simpatía de Manuel. Si los demás no la preferían a ella, o al menos le brindaban un trato igualitario, no los dejaba disfrutar de su marido. Quizá la única excepción fuese la familia Silva Leighton. Diego, que en un principio la colmó de atenciones, ahora le escamotea esa seguridad, la priva de su dominio y tendrá que deshacerse de él como lo hizo de aquellos que alguna vez creyeron que podían gozar de Manuel sin tomarla en cuenta.

—¿Usted conoce al general Pinochet? —el trato familiar que le ha dado Diego justifica la pregunta de Martina.

—Sólo por la televisión.

—A mi mamá le gusta.

—Sí, me doy cuenta —asiente él, mirando a Laura en busca de una complicidad entre adultos que ella no retribuye.

—¿Hizo algo malo?

—Unos dicen que sí y otros que no —responde Diego, acomodándose en el sofá.

—Lo vimos bajarse del avión en las noticias. Mi papá dice que no está enfermo. Está viejo, pero no enfermo.

Desde la puerta abierta de la cocina surge un «a la mesa», que Diego se apresura a obedecer. Laura permanece sentada para poner en evidencia su ansiedad. Él se inmoviliza a medio camino. Recién entonces ella se levanta y se acerca a Martina. Es su hora de dormir. Más cohibida que hace un instante, va hasta Diego y se despide tiernamente con la vista baja.

—Buenas noches.

—¡Mírenla! ¿Desde cuándo tan tímida? —exclama Laura.

Las mejillas de Martina se arrebolan y sale corriendo.

—Es igual de coqueta que su madre —dice ella para mitigar la culpa que le ha provocado la huida. Y sin esperar un comentario de Diego al respecto, lo escucha precisar:

—Pero bastante más recatada.

Sus agudas emociones de los últimos minutos se solivantan.

—¡Mira quién habla! Pareces un pavo real cuando estás de conquista.

—¿Te gusta ver el Discovery Channel? —replica él socarrón.

—A la mesa —vocea Manuel desde el comedor, con una sopera humeante entre las manos. Y antes que se lo pregunten, les informa con un punto de orgullo infantil—: Es una sopa de zapallo con estragón.

Laura toma asiento en la cabecera.

—Seguramente, Manuel sacó la receta de un canal de cable —le dice a Diego por lo bajo, sin dar con el tono exacto. Nunca se ha distinguido en el arte del sarcasmo.

—No, es una receta de la mamá —aclara Manuel un tanto desconcertado.

—Diego piensa que somos adictos al cable.

Busca la complicidad de su marido. Éste no le presta atención, consagrado a servir los platos con un chorrito de crema en el centro y una pizca de estragón fresco.

—¿Vieron la BBC mientras Pinochet estuvo preso en Londres? —contraataca el aludido.

—No hablemos de política, por favor. Prueben la sopa —Manuel suspende su ajetreo en espera de las opiniones.

—Está exquisita —manifiesta Diego sin asomo de ironía, una tarea de seguro difícil luego del filoso entredicho con Laura. Ella, en cambio, no tiene la sensibilidad puesta en las papilas. La sopa le parece como cualquiera, líquida y caliente.

Manuel es quien más goza de su creación.

—No sabía que hacer una sopa era tan fácil.

—¿Vamos a hablar de comida toda la noche?

Por primera vez, Manuel se percata del estado de ánimo de su mujer y no reacciona bien.

—¿Y de qué quiere hablar, mi reina? —pregunta, tomándole la mano en franca parodia.

—Hablábamos de Pinochet —ella retira la mano con brusquedad.

—No, por favor, pasémoslo bien, no vamos a hablar del viejo ni un segundo más, Diego me tiene enfermo con ese cuento.

—¿Hablan mucho del tema? —inquiere con aire ingenuo.

Manuel se pasa la servilleta por la boca y, con la mirada huidiza, intenta dar una explicación:

—Leo *El Centinela* en el banco. La mayoría de las noticias son acerca de Pinochet —adquiere seguridad a medida que habla—. El caso Caravana, la operación Cóndor, las declaraciones de no sé quién. Me tienen hasta la coronilla. Conozco a Jack Straw más que a nuestro propio ministro del Interior.

—Yo no me voy a cansar de perseguirlo —interviene Diego.

—Debe ser por la cantidad de desaparecidos que hubo en tu familia —acota Laura con expresión comprensiva.

Manuel se interpone antes que Diego responda.

—¿Quieres un poco más de sopa?

Atienden en silencio a la ceremonia del chorrito de crema y la pizca de estragón. Laura había menospreciado las animosidades que aún subsisten entre ellos. Se obliga a pasar el resto de la noche retirada en un silencio interrumpido sólo por las mínimas reglas de la hospitalidad. Desde ahí observa la diligencia servil de Manuel. Su mente se recoge a sus previas conjeturas y debate cómo las abordará con su marido. La cena sigue su curso. Diego cuenta una seguidilla de anécdotas con personajes conocidos, unidas por la idea de que son unos vanidosos redomados. Si pudiera presenciar sus propios arranques de vanidad, piensa Laura. El solo hecho de contar que estuvo con éste y el otro, confirma que sufre del mismo mal que dice detectar con tanta sagacidad.

Ha corrido el tiempo. Toman el café en el living. Se han apagado algunas velas. Las del comedor, encendidas al momento de pasar a la mesa, aún lanzan vivos destellos. Diego cuenta una de las tantas anécdotas que le ha tocado vivir con Idana. Enfatiza detalles que a Laura le parecen frívolos o francamente aburridos. Nunca ha considerado que Idana tenga el menor interés. Es como una dueña de casa tonta e ignorante, sólo que un poco más sofisticada.

—Es muy cómica —concluye Diego.

A estas alturas, uno se dirige al otro, sin detenerse en Laura ni por un instante. Cuando se replegó —ya ha pasado más de una hora desde entonces—, todavía la integraban con la mirada. Pero a partir de un punto dejaron de visitarla, cuando traspasaron el límite de la sobriedad. No le importa viniendo de Diego, es obvio que desea a Manuel, que hace lo imposible por cautivarlo. Pero de su marido no lo hubiera esperado. Conociendo la delicada posición en que se encuentra, no mantenerse atento a ella es un grave descuido. Y tiene una visión cuya crueldad la enceguece: Manuel ya no se dedica a ella sino a Diego. De inmediato concurren las explicaciones: es por ser dueño de casa; cree que mi silencio es una muestra de complacencia; está un poco borracho. Se pregunta si no está cerrándose ante lo evidente. Tal vez, sus elucubraciones no vuelvan a concederle una revelación como la que acaba de tener y descartar.

La noche termina cuando ella repara en lo avanzado de la hora.

—Me perdonan, pero me estoy muriendo de sueño.

Sólo entonces parecen recordar que aún está presente. Diego se acerca a despedirse con el mismo beso intangible de la llegada y a Manuel le da un abrazo con golpes en la espalda.

—Tenemos que almorzar juntos uno de estos días, como en los viejos tiempos.

—Almorzaron en La Buena Hora no hace mucho —menciona Laura, con cara de no entender a qué se refiere.

Diego lanza una mirada rápida a Manuel.

—¡Ah! Claro... en el verano —dice con excesivo énfasis, como si se acordara de pronto—. Manuel me contó que ese viejo me quería pegar. Para mí, el verano pasó hace mucho tiempo; imagínate, fue antes de que volviera Pinochet.

Ahora es Manuel quien explica:

—Cuando lo llamé para invitarlo a cenar, le conté lo del viejo Vergara.

Diego asiente a modo de comentario.

—Un viejo detestable —afirma Laura en tono conclusivo. Desea que Diego se vaya.

Manuel dice:

—Te acompaño al ascensor.

Ella se queda unos segundos junto a la puerta y el inhóspito pasillo le devuelve el eco de sus roncas murmuraciones. Al llegar a su dormitorio experimenta una nueva clase de vacío. El orden propio que alcanzan las cosas dentro de una habitación matrimonial ha perdido su valor. Desde la entrada llega el sonido de la puerta principal que se cierra. Oye a Manuel desplazarse por el living apagando luces. Calcula que Mireya debió dormirse hace un par de horas. Seguramente dejó los platos lavados. Se levantará a las siete de la mañana, les dará desayuno a Martina y a Manuel y, cuando se hayan ido, entrará a ese cuarto desnaturalizado con una bandeja provista de jugo de naranja y un plato de frutas. También esa rutina se le antoja espuria, cuando hasta ayer parecía ser parte de un orden inquebrantable, fraguado con el paso de los años.

No le concede a Diego el poder de alterar a tal extremo sus sentimientos. Ha sido Manuel el culpable. Además de sentirse excluida y postergada en su papel de dueña de casa y esposa, lo ha desconocido. Es tan radical el efecto, que se cree casada con un personaje que no le gusta y del cual no sabe mucho más que lo observado durante la cena. ¿Ha sido él insincero o ella ciega? ¿Se trata de locura temporal, la apropiación de una personalidad ajena, o un cambio que se ha venido gestando desde hace tiempo y ella recién ahora percibe? Si algo ha notado durante los meses previos, ha sido una suerte de creciente intensidad: el carácter ecuánime de Manuel puesto en retirada. Tanto sus acciones como sus argumentos se han visto tocados por un filo cortante, al punto de quebrantar su virtud más admirable: sustraerle peso a la vida. El único hito que puede marcar ese cambio es la aparición de Diego. Espera sentada a los pies de la cama. Manuel pasa directo al baño. ¿Se escabulle? ¿Presiente que lo está esperando para hablarle? De ser así se habría comportado de otro modo durante la noche. Lo más probable es que esté completamente desprevenido. Sale del baño y, sin mirarla todavía, comienza a desnudarse junto a la silla de mimbre. Se deja los calzoncillos puestos y va hasta el clóset en busca de una camiseta. Antes de pasársela por el cuello, pregunta:

—¿No me vas a felicitar por la cena?

Laura respira profundo antes de decir con voz grave:

—Te portaste como un hijo de puta.

Espera que la expresión festiva de Manuel adquiera los rasgos propios de quien se apresta a un enfrentamiento.

Sin embargo, le devuelve una mirada sorprendida, a la vez risueña y sincera. Pasa junto a ella y se mete a la cama.

—Querías que invitara a Diego, lo invité. Querías que me preocupara de la comida, lo hice. Querías que él fuera simpático contigo, lo fue —ella deja pasar cada frase, aún desconcertada por la liviana reacción de su marido—. No sé qué más quieres. Y si por una vez comemos bien en esta casa, no veo por qué a *madame* tiene que molestarle.

—No te hagas el desentendido. Sabes a qué me refiero —se gira—. No me prestaste un segundo de atención, no te tomaste siquiera el trabajo de fijarte cómo me sentía. Te hubieras visto —comienza a remedarlo—: Sírvete más... ¿Te gustó?... Este es mi postre favorito. Por favor —rompe el tono—, si nunca comes postre, si nunca cocinas, si nunca te habías olvidado de mí de esta forma. Los dos se olvidaron de mí. Me dejaron a un lado para que asistiera a su show... Bastante pobre, a decir verdad, sobre todo tu papel.

—Tú —remarca sin alterarse— te quedaste callada y no hubo quien te sacara palabra. Pusimos los temas pensando en ti.

—¿Idana es un tema interesante? O la insoportable vanidad de Diego contando que estuvo con no sé quién, ¿eso es interesante? Y no digas «pusimos» los temas; aparte de hablar un rato del banco, el resto del tiempo fue Diego quien «puso» los temas que se le antojaron y tú no fuiste más que su sirviente.

—Y ahora me faltas el respeto.

No hay enfado en sus palabras, sino displicencia.

—¡Te lo faltaste a ti mismo! —exclama, poniéndose de pie. Y ante su sorpresa, Manuel deja escapar una sonrisa.

—Realmente no sé de qué estás hablando.

—Quiero que entiendas cómo... —duda—. Sentí que me habían cambiado el marido.

—No exageres, Laura, mejor ven a acostarte.

El blanco de las sábanas destaca los matices en el rostro de Manuel. Todavía está alegre, observa Laura, aún goza de la visita de Diego. Y no sólo eso: está disimulando, ha recordado sus habilidades de pacificador.

—Manuel, estoy hablando en serio —se recubre con su máscara más severa.

—Bueno, te escucho. No entiendo lo que te pasa.

—No finjas, por favor.

—Me estás sacando en cara algo que me parece de lo más normal: dedicarse a que un invitado se sienta a gusto.

—No es eso —ella recurre a un tono suplicante—. Tú no eres así, mírate, hablas conmigo como si negaras que existen las percepciones, como si yo estuviera alucinando.

La perplejidad ha tomado posesión del rostro de su marido, un estado más comprensible que su anterior ligereza.

—Me reprochas que no te presté suficiente atención. ¿Eso es?

—¡No! —responde, batiendo de impotencia la cabeza—. Si no fuera tu mujer, pensaría que estás enamorado de él.

Creyó que no se atrevería a decirlo.

—Es lo único que faltaba —Manuel vuelve a sonreír, para desesperación de Laura—. Mejor cálmate y métete a la cama. Mañana vas a pensar que sufriste un ataque de locura.

Ella se arrodilla junto a él y le toma una mano.

—Manuel, no me mientas.

—¿Estás celosa de Diego? —pregunta en tono zumbón.

Laura se alza y, presa de la incertidumbre, rebate:

—Estoy preocupada por ti, nada más.

—Gracias —replica él, y se gira de costado.

Se siente derrotada por la cruda simplicidad de su marido.

—Puede que me equivoque —hace un intento conciliatorio—, pero al menos ten en cuenta lo que digo. No lo diría ni por celos ni por estar necesitada de atención... Si hay algo de verdad en todo esto, al menos admítelo para ti mismo.

—Nunca más invitaremos a Diego. Cada vez que estamos los tres, tenemos estos problemas. Es como si te intoxicaras.

—Manuel, fuiste tú el intoxicado.

—Ven a acostarte —le responde con una insinuación en la voz.

De tan inesperada, a Laura le resulta chocante.

—¡Cómo se te ocurre!

—Apuesto a que te convenzo.

—No comprendes ni lo que haces ni lo que dices, Manuel... —y se ve asaltada por una revelación: no lo desea. Cuando esperaba la visita de Diego, sintió un cosquilleo en el vientre ante la promesa de una noche apasionada. Aprendió en esos meses que él los exaltaba como ninguna otra fantasía. De pie junto a la cama, comprueba —con la tristeza de la pérdida— que para ella ha dejado de ser estimulante. La imagen de Diego se ha convertido más bien en una fuente de perturbación. Y bajo ese prisma, el deseo vicario de Manuel le resulta ofensivo. Ya no podrá recibirlo en sus brazos hasta tener la certeza de que es a ella a quien desea y que Diego no ocupa sus pensamientos.

—Duérmete. Voy a demorarme un rato —dice, y se interna en el baño.

Intenta recapitular la conversación en busca de algún vestigio de sinceridad. Las imágenes de la cena la asaltan sin contemplaciones. Manuel lanzando una carcajada estentórea a causa de un mal chiste, el rostro encendido mientras sigue las alternativas de una anécdota. Nunca lo había visto a tal punto fuera de sí. Teme por ella y lo que sucederá, pero, sobre todo, teme por su marido. Esa ansiedad que conoce en carne propia, a un hombre como él, ignorante de sus fuerzas, podría trastornarlo.

Tercera Parte

1

Le ocultará a Diego su conversación con Laura. No debe enterarse de que ella se ha mostrado suspicaz. Tendrá que disimular. No puede pensar claro, la saludable energía de su sonrisa se ha extinguido y el día de trabajo se le presenta como un castigo. Recuerda el día siguiente a la ópera y la agradable sensación que lo embargaba. Se reprocha por ser tan estúpido como para poner en riesgo el precario equilibrio en que se halla. Si hubiera actuado de manera más sobria, como era lo indicado, Laura habría permanecido ignorante. No es capaz de fingir cuando está en presencia de Diego. En la privacidad obligada de sus encuentros nunca tuvo que medirse. Al llegar se encontró con un correo suyo. Le agradece la hospitalidad, celebra sus dotes de chef y se disculpa de no poder almorzar con él. Termina con: «También dale las gracias a tu señora... ¿Quedó contenta con mi visita?». Puede ver su sonrisa al escribir ese colofón. El despertar de Laura a su realidad no será gratuito. Ya no contarán con las holguras de antes para sus encuentros. Incluso tendrá que precaverse ante la eventualidad de que ella los espíe. No podría hacerlo, se dice para espantar la humillante visión de su mujer escondida en un auto o en unos matorrales para vigilar la puerta que lleva al departamento de Diego. Negarlo le sirve como distracción frente a la perspectiva de perder la libertad con que se han movido hasta ahora. Pero enseguida vuelve a considerarlo. Laura es capaz de eso y de mucho más. Ha llegado el momento de poner las cosas en claro. Está decidido a separarse. Quizá los sentimientos de Diego hayan madurado lo suficiente en el último mes y medio y se encuentre dispuesto a apoyarlo. Contarle que Laura está sobre el rastro sería una forma de abrir la deliberación. La idea lo anima y su mente se llena de cálculos. Tendrá que hacerlo con precisión y cautela.

—Manuel, vente ahora, se vino todo abajo —le dice Diego al teléfono.

Ya no hay nadie en la línea. Ha pasado el día absorto en conjeturas y, como cada viernes en la tarde, el trabajo ha perdido su urgencia. Abandona los documentos que esperan su visaje. Toma la chaqueta y sale al pasillo. Ve a Aresti venir hacia él con las mejillas encendidas, como si hubiese corrido para llegar hasta ahí.

—Entremos —dice el jefe, y se cuela en la oficina sin esperar su anuencia.

—¿Qué pasa? —pregunta al aire. Busca la respuesta en Teresa, su secretaria, pero ella continúa con la vista fija en la pantalla del computador y sus manos se desplazan a ritmo uniforme sobre el teclado.

—Cierra la puerta —le ordena Aresti, sentándose en el sillón de Manuel y pasándose las manos por detrás de la cabeza. El movimiento incansable de sus ojos es el más claro indicio de que algo grave ha ocurrido—. Las bolsas se fueron a la mierda. El Nasdaq ha caído más de un diez por ciento en la mañana... Cayó el Dow, las bolsas europeas y las emergentes, la chilena también.

—Como si las cosas ya no estuvieran suficientemente mal —dice Manuel, pensando antes en Diego que en los problemas del banco. El juicio de los diarios grandes ha tomado mal aspecto, la contracción económica no le ha permitido encontrar avisadores y tan sólo hace tres semanas ha comenzado a buscar seriamente a un inversionista.

—Van a pasar años antes de que salgamos de ésta —vaticina Aresti con un dejo de satisfacción. Un mechón de pelo ha perdido su anclaje y deja al descubierto un triángulo de piel irritada—. Leí que sólo en la mañana se perdió medio trillón de dólares en valor bursátil. Así —chasquea los dedos—, de un plumazo. Se acabó la inversión, Manuel, nadie va a poner un peso en un negocio hasta quizás cuándo, y nosotros tendremos que lidiar con las empresas descapitalizadas y las tasas de interés por las nubes. Vas a acordarte de esta fecha: viernes 14 de abril.

Manuel se pasa las manos por la cara y se agolpan las imágenes en sus retinas: Diego alarmado, transfigurándose en otro Diego atónito y otro y otro, en una secuencia vertiginosa. Aresti se pone de pie, va hacia la ventana que mira al sombrío patio interior, mete las manos en los bolsillos y dice en tono sarcástico:

—Habrá que hacer la lista de difuntos y ver cómo los vamos a enterrar. Prepárame un informe de tus empresas que estén ahogadas por falta de capital de trabajo.

—Si nos ponemos a disparar a diestra y siniestra, vamos a perder mucha plata —le advierte, a sabiendas que el diario sería uno de los primeros en la lista.

—Ya la perdimos, Manuel.

Aresti le da un par de palmadas conmiserativas en el hombro camino de la puerta. Segundos después, lo escucha silbar mientras se aleja por el pasillo.

La sala de redacción bulle con el tecleo efervescente y las voces al teléfono. En el rostro de cada periodista cree distinguir un atisbo de su desazón. Uno de ellos le habla con voz firme al auricular y arranca miradas de los demás. Es joven, menos de veinticinco años, a juicio de Manuel, tiene la cabeza alargada y los ojos pequeños. Por lo que puede inferir de la pregunta que escucha, se trata de una entrevista a un experto en Internet. Manuel avanza rápido hasta la oficina de Diego. Lo encuentra con el pelo en puntas, la camisa arremangada y la vista puesta en la pantalla del computador. Debido a la escasa luz que se cuela entre las persianas y al triste mobiliario, el cuarto pareciera inmerso en una película en blanco y negro, donde lo único que destaca en color es el logo incandescente de CNNmoney en la pantalla.

—Diego...

Éste se da media vuelta y le hace un gesto para que se acerque dando un rodeo al escritorio. Sobre la cubierta de vidrio impera el orden, en franca contraposición a la gravedad del momento.

—Mira —le dice Diego, apuntando justo abajo del encabezamiento de la página. Ahí están las cifras de las principales bolsas. El dedo se posa sobre la sigla Nasdaq, el índice de acciones tecnológicas en Estados Unidos. Manuel se ha inclinado para ver la pantalla por sobre su hombro—. Mira —vuelve a decir—, vamos casi un once por ciento abajo.

—Pánico temporal —se encuentra afirmando Manuel de pronto—, el lunes se recupera y santas pascuas. Es uno de los tantos saltos que ha dado desde principios de marzo.

En el camino se propuso mostrarse tranquilo y confiado. No se sumará a ninguna visión fatalista.

—¿Santas pascuas? ¿De dónde sacaste ese dicho?

—De mi abuela.

—Bueno, nada de pascuas aquí. Se fue todo a la mierda. ¿Sabes lo que es un once por ciento? No es un salto, es un abismo —otra vez Manuel se enfrenta a una actitud desenvuelta, contraria al abatimiento que cabría esperar. Si la excitación de Aresti se hallaba cercana al sadismo, la de Diego no dista mucho del masoquismo—. No hay diario ni publicación financiera que no hable del fin de la burbuja tecnológica. ¡Y aún no ha terminado el día! Dicen que las empresas de Internet son bytes y poco más. Mira, este es un editorial que acabo de leer en el sitio de la BBC News —hace click sobre la flecha de retroceso y espera a que se despliegue la página. Posa el dedo una vez más sobre la pantalla. Manuel distingue la opacidad de la grasa adherida a la superficie—. Aquí dice: las empresas de Internet que no estén sólidamente fundadas en la economía real van a desaparecer. Y más abajo: aquellas que no tengan una empresa tradicional que las soporte van a pagar el costo de no conocer su negocio.

—Eso es un lugar común. Debe ser un periodista que no sabe de lo que está hablando. En cualquier mercado hay mucho que aprender y de todas formas entran nuevos competidores.

En su interior aún no se aplacan las elucubraciones sobre el asedio de Laura y las réplicas que pueda traer. Pero tiene claro que un planteamiento al respecto no tiene cabida ahora.

—No me consuela. Dime al menos que lo hago tan bien como los diarios «reales» —esta última palabra la pronuncia con los dientes apretados.

—No podrías hacerlo tan bien como ellos con la décima parte de los periodistas y el presupuesto. Tienes ventajas en la oportunidad de la información, por eso la gente lee *El Centinela* —arguye, para luego señalar—: Y en tribunales, política y Pinochet, no te gana nadie.

Hablar desde la altura a un Diego que permanece sentado, le ayuda a plantear estos argumentos sin vacilaciones. Si Diego se pusiera de pie y tuviera que mirarlo hacia arriba, cree que su convicción se esfumaría. Todavía lo desconcierta la vitalidad de su amante: goza con la debacle, como si aconteciera en otra dimensión y él no corriera peligro. Para Diego constituye un hecho periodístico y si bien es capaz de enumerar las consecuencias que tendrá para él en caso de no revertirse, aún no las ha asimilado.

—Y a pesar de esas ventajas no tengo más que uno o dos miserables avisos y ahora ni siquiera voy a conseguir un inversionista que valga la pena. Ya me llamó uno esta mañana para decirme que prefería esperar a ver qué pasaba —una vez más se concentra en la pantalla, y con rápidos golpes de mouse salta de página en página.

—¿Vamos a tomarnos un café? Así te olvidas por un rato.

—¿Estás loco? —exclama, sin volverse—. Quiero presenciar esta masacre en vivo, quiero leer todo lo que se publique. El artículo principal de mañana lo voy a escribir yo.

—No exageres en ese artículo, mira que la próxima semana, cuando las cosas vuelvan a su lugar, te vas a arrepentir.

—No, te equivocas —rebate enfáticamente—. Estoy seguro de que llegamos hasta aquí. Estaba tan involucrado que no veía lo que era obvio. Ven, mira esto —lo llama sin que sea un imperativo y Manuel no se acerca—, otro genio diciendo lo mismo. Ayer hubo un idiota, un compañero de colegio, que me ofreció cincuenta mil dólares para el lunes por el diez por ciento del diario sin ninguna condición. Te apuesto mi cabeza a que el lunes no conseguiré cincuenta mil dólares ni siquiera por toda la propiedad.

—Eso significaría que vas a quebrar.

Cuando lo dice está pensando por primera vez en qué le sucedería si de hecho el diario fuera a la quiebra.

—Así es. De no agarrar a un tipo volando bajo, esto se acaba de aquí al final de junio. No tendría con qué pagar los sueldos ni las cuotas que le debo a IBM por los servidores. Y menos, los intereses del banco.

—Yo me iría a la mierda contigo —no sabe qué lo motiva a confesarse. Quizás enseñar una faceta vulnerable, una rara manera de consolarlo. O tal vez, reflexiona, se siente contagiado por el entusiasta recibimiento que le ha dado Diego a las malas noticias.

—A ti no te va a pasar nada, a lo más tu jefe te va a dar un coscacho por prestarme plata. A eso te dedicas, ¿no? Arriesgarte con negocios que pueden salir mal.

—Es peor que eso.

—¡Ay! Pobrecito, ahora eres tú la víctima —dice como si le hablara a un niño. Luego cambia el rostro para reprocharle—: Soy yo quien va a quebrar. No sabía que tenías esta habilidad. Es el Nasdaq el que se hundió, no tu banco.

—¿Te acuerdas que Aresti me había prohibido pasarte más plata...? Bueno, no sabe nada del crédito de enero. Si quiebras no voy a tener cómo taparlo.

Diego se gira hacia Manuel.

—Ahora entiendo —su rostro evoluciona desde un

mohín frívolo hacia una especie de neutralidad—. Pero...

—Olvídate, este es un buen diario y el martes vas a estar regodeándote entre cuatro inversionistas —sus palabras salen de la garganta sin el convencimiento de sus primeros asertos.

—¿Crees que te puede echar?

—Deja de ver desastres donde no los hay. Tú haz tu trabajo. Consigue un inversionista. Yo me las arreglo con Aresti.

—No deberías haberlo hecho —se pone de pie y lo abraza.

—A estas alturas ibas a tenerlo pagado —lo dice con nostalgia, como si recordara tiempos mejores.

Su semblante risueño y su tono tranquilizador tampoco responden a lo sombrío que se presenta el futuro. Él es uno más, junto a Aresti y a Diego, que se deja llevar por la inercia, internándose en la tragedia con una sonrisa, como si se tratara de un problema ajeno, del cual hasta se puede obtener una dosis de diversión. Diego lo besa. Un periodista entra de improviso. Se separan con brusquedad. Es el mismo que hablaba por teléfono cuando Manuel llegó. Sus ojos pequeños brillan al reflejar la tenue luz que dejan pasar las persianas. Examina a Manuel con descaro y luego dice:

—A las cinco, Greenspan va a dar una conferencia de prensa.

—¿Llamaste a Velasco? —Diego parece estar en completa posesión de sí mismo, a diferencia de Manuel que tiembla imperceptiblemente.

—Sí, estoy transcribiendo la entrevista —no ha depuesto aún cierta insolencia en su actitud—. Cuando la tenga armada te la traigo —dice al salir.

—Nos vio —mascula Manuel.

—Qué importa —Diego hace un gesto de descarte con la mano—. Se cree una estrella del periodismo.

—Me miró con mala cara.

—No debió gustarle lo que vio —se le hace notorio que Diego se burla de sus escrúpulos.

—Les contará a los demás.

—No creo que haya uno sólo que no sepa. Y las cosas no están para preocuparse de lo que piense ese imbécil. ¿No te parece?

—Voy a tener que cruzar la sala de redacción.

—Estoy caliente —le espeta Diego.

Manuel cree entender qué lo incita. Él también se ve llamado por la urgencia. Se irá con él esa tarde. Podrán darse tranquilidad el uno al otro... Se le aparece la imagen de Laura tras unos anteojos oscuros, vigilando desde la ventana trasera de un taxi.

—No voy a terminar hasta tarde. ¿Me esperarías? —ruega Diego.

—Hoy no puedo, es viernes —rehúsa en contra de su voluntad. Puede sentir cómo la rebeldía trepa por su cuerpo y le llena la cabeza de sangre.

—Bueno... —suena desilusionado—, llámame mañana, a ver si encuentras un rato para vernos.

Cruza la sala de redacción mirando al frente. Es víctima de la mirada malévola del periodista. Sale al paseo peatonal. El Ministerio de Hacienda, con su normal ajetreo, se muestra indiferente al drama que en ese momento se vive en el diario y en tantas otras empresas. Hasta lo que ocurre en el banco podría recibir ese calificativo. Su mente trabaja rápido, debe encontrar una excusa. Diego lo necesita, no tiene derecho a exigir que se entregue a su amor si no puede contar con él en una crisis de esa envergadura. Entre una idea y la siguiente se asoma el peligro que corre si hay una quiebra, pero la urgencia arrasa con cualquier afán de previsión. Le contará a Laura de la caída bursátil. Mejor aún, le pedirá que llame a su madre para preguntarle si tiene ahorros en acciones. Puede estar preocupada. Ya lo tiene: irán a la casa de su jefe a estudiar los números de las empresas riesgosas. ¿Por qué donde Aresti? Tiene que cuidar a sus hijos debido a algún compromiso de su mujer. De ese modo se precave de que ella lo llame al banco para cerciorarse de que está ahí y sólo podrá ubicarlo en el celular. Los Aresti se cambiaron de casa hace poco y el nuevo número no está en la libreta de teléfonos. Revisa su plan. No tiene fallas. Ahora, su deber es calmarse para hablar con ella en un tono que no resulte sospechoso: una natural alarma por lo que ocurre, pero con la distancia que suele demostrar ante situaciones de ese tipo. Se sienta en una de las bancas —la misma donde esperó a Diego ese día—, y marca el número de su mujer. Lleva la conversación sin problemas y apenas cuelga llama a Diego.

—Tengo hasta las doce de la noche.

—Genial. Te paso a buscar a las nueve, ¿te parece? ¿Comemos algo antes?

—Yo compro algo mientras te espero y nos vamos directo a tu casa.

—¿Qué le dijiste a Laura?

—Que estaba enamorado de ti.

Diego no ha dejado de reírse cuando cortan la comunicación.

2

Se ve más consternado que durante la tarde. Desde ya, Diego no está recubierto por ninguna idea previa de sí mismo. Hasta su proverbial apetito ha desaparecido. Apenas prueba las viandas que compró Manuel y no ha tocado la botella de vino. Habla sin parar, como si necesitara de un testigo para darle realidad a su situación: cómo llegaron las primeras noticias; cuál fue la curva de sus emociones; cómo se fueron ordenando las ideas a lo largo del día; qué puntos de vista sostendrán el artículo principal.

—Reventé —sentencia como cierre a su vehemente relato.

Las rayas de la piel de cebra parecieran dar ritmo a las oscilaciones que sufre Manuel; por momentos cree escuchar las palabras de Laura: «Si hay algo de verdad en todo esto...», para enseguida regresar a esa sala que por primera vez se le antoja inhóspita. Están sentados en dos butacones que enfrentan el sofá, con el arcón chino entre ellos. El rostro demacrado de su amante es un aviso de que no harán el amor. Manuel lo lamenta. Habría sido una manera de recuperar cierto sentido de la realidad, de neutralizar, al menos por un instante, la impresión de que todo se desmorona. De cualquier modo, ese estado de ánimo le resulta más comprensible que la ansiosa vitalidad de la tarde.

—Saldremos de esto —dice, aún esperanzado en distraerlo.

—Claro que saldremos, pero malparados. Me voy a quedar literalmente en la calle.

—Tienes tu carrera —una vez más esgrime un argumento trivial y por supuesto inútil. Le falta concentración. No puede apartar de su mente la idea de que la quiebra le significaría el despido.

—Pensar que tengo que volver a ese mundo me repugna.

—No vas a quebrar, Diego.

—Mira... voy a ser sincero contigo —Manuel se sobresalta al escuchar la fórmula convencional, presagio de nada bueno—. Hoy decidí quebrar, a no ser que pase algo extraordinario la próxima semana. No quiero enterrarme bajo más deudas y compromisos. El diario no va a dar un peso de utilidad quizás en cuántos años. Sobre todo ahora, con esta especie de maldición que nos cayó encima. Pongámonos en el caso —adelanta una mano argumentativa— de que consigo un inversionista. De aquí a cuatro o cinco meses me habré gastado su dinero y —extiende los brazos para enfatizar el punto— lo único que voy a lograr es ganarme un enemigo más. Se me acabó la fe, Manuel; si ya no creo en el diario, yo, que era una especie de fanático, quiere decir que no hay salida. Estuvimos en la cima y no conseguí el dinero suficiente para pagar los costos, menos ahora que todo va cuesta abajo.

—Nadie decide quebrar —replica Manuel—. La gente quiebra cuando ya no tiene a qué recurrir. Es como suicidarse. Esas cosas no se hacen.

—Al contrario. Si sigo adelante sería como arrojarme de un piso todavía más alto.

—¿Y cómo piensas hacerlo? —pregunta, acallando una conmoción interior. No entiende cómo Diego puede hacer ese análisis sin incorporarlo en sus cálculos. Necesita tiempo para persuadirlo de que continúe la búsqueda de un inversionista.

—Como lo haría cualquiera, declarándome en quiebra ante un tribunal.

—Antes déjame ver qué puedo hacer en el banco.

—No conseguirás nada. Lo sabes perfectamente. Y si por milagro me dieran una prórroga, me hundirías todavía más. No podré pagar ese crédito, Manuel, ni con dos años de gracia —Diego se pone de pie—. Es preferible enfrentarlo mientras el banco pueda recuperar algo con las garantías.

—Me van a despedir y no podré trabajar nunca más en un banco —cree que al menos puede decirlo sin herir susceptibilidades.

—Si hablas ahora puede que te salves —dice Diego desde la altura, frunciendo el ceño—, después no te salvará ni el Papa. Es cosa que inventes una buena excusa.

—Aresti me prohibió que te diera más crédito. No creo que sea comprensivo con una desobediencia de veinte mil UF que no vamos a recuperar.

Diego se queda mirándolo con las manos en la cintura.

—No es tan grave. Conservarías el departamento, el auto, y cualquiera de tus clientes estaría feliz de ponerte a cargo de sus finanzas.

—No sé por qué tengo la sospecha de que, a la larga, vas a salir mejor parado que yo.

—¿Por qué?

—Eres más fuerte.

—Pobrecito, tan debilucho que lo han de ver —la burla tiene un dejo de exasperación.

Manuel se percata de que enfrentan el problema desde diferentes puntos de vista. Para él es una situación que los afecta a ambos, un peligro que se cierne sobre ellos como pareja, aunque esté consciente de que no lo son. Se recrimina por tomarlo de ese modo, pero no puede evitarlo. Una de sus mayores preocupaciones es cómo un descalabro de esa magnitud alteraría su futuro en común. Para Diego, en cambio, no es más que «su» caída. Y atisba una nueva variación de su egocentrismo. No le importa que otros sean arrastrados, a pesar de sus dichos de buena crianza. Es su drama y quiere ver sólo su nombre en los titulares. Lo observa recorrer el living a lo largo y ancho y comprende que ese hombre no valora sus esfuerzos para acercarse y crear la posibilidad de una vida juntos. Tampoco es capaz de apreciar el camino que ha recorrido para llegar hasta donde está. A su lado. Porque Diego no se ha movido del lugar donde se hallaba cuando se conocieron. Ni siquiera podría imaginar los cientos de gestos engañosos, de grandes y pequeñas mentiras, de hilos que ha debido entretejer para desorientar a Laura. Y jamás le agradecerá su actuación de anoche.

—Laura se dio cuenta —dice abruptamente. No tiene plena conciencia de que se trata de una venganza hasta después de lanzada la frase.

—¿Se dio cuenta de qué? —Diego se detiene.

Manuel escruta su expresión en busca de las emociones que ha despertado la noticia. Si detectara un despunte de esperanza se daría por satisfecho. Pero no. Frente a él se alza un hombre en estado de alerta.

—Me preguntó si estaba enamorado de ti —precisa con el fin de acicatearlo.

—Es lo único que nos faltaba —niega Diego con la cabeza. Y después de un breve silencio, añade—: Parece que el Nasdaq y tu señora se pusieron de acuerdo para amargarnos la vida.

Manuel nota el cambio del yo al nosotros. ¿Será posible que, más allá de lo que ahora parece el fin del mundo, llegue a ver la misma salida que él? La quiebra y el despido se le presentan como una oportunidad de iniciar una nueva vida, sin compromisos que los aten, desprendidos de cualquier responsabilidad y norma social. Y su fantasía llega al extremo de imaginar que se van de Santiago y comienzan un negocio en algún lugar apartado, hasta regresar en unos años, prósperos y felices. No será él quien proponga el camino a seguir. Cualquier avance tendrá que nacer de Diego.

—Estaba indignada porque no le había prestado ninguna atención durante la noche —se pregunta si Diego notó que fue objeto de sus cuidados y preferencias.

—No fue para tanto. ¿O sí? —ahí tiene su respuesta—. ¿Crees que sepa que somos amantes?

—Está a un paso de descifrarlo —quiere que salga de su madriguera para leer en el fondo de su corazón—. Ayer sólo habló de que yo estoy enamorado de ti. Puede que todavía no se atreva a imaginar que nos hemos metido a la cama.

—Yo no soporto un problema más, Manuel —alza sus palmas a la altura del pecho, como si quisiera detener a alguien que se le aproxima—. Si tu señora se viene a meter aquí o a mi oficina para hacer un escándalo, se va a arrepentir —por la manera de decirlo, Manuel tiene la impresión de que es a él a quien amenaza y no a su esposa.

—¿Tanto te molestaría?

—Ya te lo dije una vez. No quiero tener enredos con tu mujer. Ella es tu problema. Arréglalo como te parezca, pero déjame afuera.

—Quieras o no, estás adentro —sentencia, orgulloso de su temeridad.

—Te equivocas, me puedo salir cuando me dé la gana. Y tú tendrás que lidiar con ella por el resto de tu vida.

La airada reacción ha doblegado el ánimo de Manuel. Comprende que la atmósfera de desmantelamiento que viven no es la indicada para sacar a Diego de su escondite.

—La dejé convencida de que estaba desvariando.

—¿Cómo? —junto a los presumibles efectos de la confusión, observa una nota de alivio esparcirse por sus facciones.

—Se vio a sí misma diciéndole a su marido heterosexual que estaba enamorado de un hombre. Me reí de ella. Se sintió como una tonta. Cuando me despedí esta mañana estaba hecha una niñita arrepentida —exagera para serenarlo.

—No pensaba que fueras bueno para mentir. Se te nota todo en la cara.

—Hay cosas que uno está dispuesto a creer más que otras.

Diego aspira profundamente y, en un notorio cambio de actitud, añade:

—Perdóname. Estoy tan apabullado que no puedo pensar con claridad. Todo se me hace un mundo —mantiene los ojos bajos—. Si alguna vez... tienes un problema con tu mujer, cuenta conmigo. Es sólo que hoy ha sido demasiado...

—Estamos fuera de peligro —irrumpe Manuel. Ha interpretado las palabras de Diego como una forma de compromiso que nunca antes había llegado a expresar.

—Quizá con tu mujer... Pero en lo demás...

—El lunes verás las cosas de otra manera. No seas fatalista —está seguro de lo que dice y su mirada brillante lo confirma—. Debe ser tu educación de abogado. Pregúntale a cualquier empresario, te dirá que el secreto es aguantar los años malos y disfrutar de los buenos.

—Y pregúntale a cualquiera que tenga una empresa Internet y te va a decir que mejor nos vemos en cinco años más.

3

Las noticias no hacen más que empeorar con el paso de los días. Crece el temor a que la economía mundial demore más de lo previsto en recuperarse. Los índices bursátiles tambalean y, no obstante algunos días de alza, la tendencia es a la baja. Diego ha aceptado postergar su decisión hasta fines de abril, a la espera de que se presente un inversionista. Las posibilidades son remotas. No sólo se han hecho escasos los aún dispuestos a arriesgarse, sino que se requerirá de más dinero para resistir los malos tiempos que se avecinan. Según le ha dicho a Manuel, se ha negado a mentirle a sus contactos y les ha planteado que la única manera de trabajar, con una cuota razonable de optimismo, es tener asegurado el financiamiento para la operación y las nuevas inversiones en hardware y software, durante los próximos cuatro años. Sólo entonces comenzarán, según su parecer, a recuperar parte del capital. Entre quienes se han interesado, hay sólo uno, el más improbable, que no ha perdido el entusiasmo después de la caída del viernes negro. Se trata de un amigo de Idana, João Kleimer, un brasilero que vive en el valle del Elqui, donde se dedica a la práctica del yoga. No pasa de los treinta años y la fortuna se la debe a la herencia de su padre industrial. Entre otras cosas, es accionista mayoritario de una empresa que produce cuatro millones de refrigeradores al año. Ya tiene la información en sus manos y la ha enviado a São Paulo para que sea analizada por sus asesores.

A la espera de estas gestiones, Manuel no ha incluido *El Centinela* en los informes que preparó para Aresti. Si lo hubiera nombrado entre las empresas en crisis, como era su deber, su jefe no habría dudado en «acelerar el crédito», lo que en palabras simples significa exigir el pago inmediato de la deuda y, por lo tanto, la quiebra. Tampoco hubiera vacilado en despedirlo. Ya lo ha visto actuar en situaciones similares. Su filosofía es hacer un corte limpio y profundo, hasta no dejar rastro del brote de corrupción o de anarquía. Un año atrás echó a tres funcionarios de una sucursal por no seguir sus órdenes en una transacción compleja, aun cuando la desobediencia no llegó a significar una pérdida patrimonial. Manuel también ha decidido postergar sus intenciones de separarse hasta que la situación del diario se haya resuelto. Cree que no es momento de agregar nuevas variables a la incertidumbre en que viven. De hacerlo, Diego podría reaccionar mal.

Kleimer ha pedido reunirse con un representante del banco. Manuel accede, sin prestar atención a sus reservas. Se compromete demasiado, lo sabe, y a estas alturas le resulta indiferente. Queda de encontrarse con el brasilero en un café de Providencia. Es jueves 20 de abril, Jueves Santo por la mañana. Como cada año, esa tarde no trabajarán en su oficina, no por respeto a la fiesta religiosa, como era en otro tiempo, sino para facilitarle a los empleados la salida de Santiago con sus familias, rumbo a la playa o el campo. Con Laura han decidido partir a Curacaví, con la intención de que

Martina participe junto a sus primos en la tradicional búsqueda de los huevos de Pascua, verdadera fiesta que organiza la madre de Manuel cada año. Se le vienen a la memoria los elaborados mapas que ella dibujaba para él y sus hermanos. En el jardín de la casa de Américo Vespucio, una pista llevaba a la otra y después de cinco o seis estaciones se encontraba el tesoro, un nido de paja con huevos pintados a mano y conejitos de chocolate hechos en moldes de la casa. Ahora ya no es lo mismo debido a la gran cantidad de niños, y los huevos y conejos son los que cualquiera puede comprar en los supermercados. Su mente divaga entre estas imágenes, cuando ve acercarse a su mesa con expresión interrogante a un tipo que no corresponde a la idea que se había formado de João Kleimer.

—¿Manuel Silva?

—Sí, claro... Por favor, siéntate.

Manuel no sale de su sorpresa. Es un tipo bastante más alto que él y en mejor forma, con rasgos más expresivos que los suyos. Lleva puestos una camiseta sin mangas que exhibe sus hombros fibrosos, pantalones anchos de una tela basta y sandalias. Su piel está bronceada y trae el pelo tomado en una coleta. Se plantea la posibilidad de que sea gay. Si es amigo de Idana no sería de extrañar. De sólo pensarlo le toma antipatía y es menos entusiasta de lo que había planeado. De cualquier modo, sigue las instrucciones de Diego. Le habla de los préstamos, hace hincapié en las buenas expectativas del banco respecto al diario en caso de conseguir una inyección de dinero. Hacia el final de la entrevista recibe una pregunta para la que no tiene respuesta:

—¿De qué manera está dispuesto el banco a contribuir en el refinanciamiento de la empresa?

Las palabras brotan de los gruesos labios con el encanto que les confiere la pronunciación extranjera, al punto que a Manuel le toma un instante darse cuenta de que se trata de una demanda perentoria. Le deja en claro que, de aportar dinero fresco, el banco tendrá que reprogramar la deuda: nuevas condiciones, nuevos plazos.

Terminada la entrevista, se dirige a la oficina de Diego. Nada más entrar exclama:

—¿Es gay? Por eso lo conoces —Diego lo mira desde su escritorio con expresión de no entender a qué se refiere—. Cómo no, la «comunidad gay» —usa un tono cursi— es como la masonería. No entiendo otra...

—Cálmate y siéntate —dice Diego, mostrándole una silla—. ¿De qué estás hablando? —la malicia asoma en las comisuras de los párpados.

—Vengo de la reunión con Kleimer.

—¿João?

—¿Ya lo tratas de João?

—No seas infantil —se pone de pie y se acerca a él, revestido de seriedad—. Es menor que yo, no voy a tratarlo de señor Kleimer. Además es un tipo simpático.

—Te parece...

—Y tiene buena pinta.

—Mira, Diego, yo no soy celoso...

—¡Pero si estás hecho una furia!

—¿Es o no es gay?

—¡No sé! —exclama, y prorrumpe en una carcajada.

—No te rías de mí.

Se ha avergonzado de su bochornosa reacción. Nunca sintió celos de Laura. ¿Será verdad que los homosexuales engendran celos malsanos? Enseguida descarta la torpe generalización. No se trata de «los homosexuales», sino de sí mismo. Tiene celos por la situación desmedrada en que se encuentra. Hay una parte de la vida de Diego a la cual no tiene acceso y que teme por ser desconocida. Y dadas las circunstancias, exigir un compromiso de fidelidad sería absurdo.

—Yo no me he atrevido a preguntarle si es gay. ¿Tú qué crees? —dice Diego.

—Cualquiera puede serlo.

—Bueno, qué importa si es o no es. ¿Cómo te fue?

—Bien y mal. Y claro que importa.

—Ya, pues. ¿Por qué mal?

—Si invierte quiere que el banco reprograme la deuda.

—Eso no es un problema —Diego habla despacio, como si lo sondeara. Una vez más tendrá que lidiar con su egocentrismo, piensa Manuel.

—Podríamos prorrogar sólo el primer crédito y aclararle que el segundo debe pagarse de inmediato.

—Ah.

—Si no le gusta esa oferta —ya lo ha pensado—, podría saltarme, llamar a Aresti y decirle: mira, ésta es la situación, cómo la arreglamos —comprende lo precaria que se ha vuelto su posición.

—No podemos decirle esta deuda sí y esta otra no, ¿verdad? Tampoco podemos decirle que la segunda es bajo cuerda. No se va a prestar para algo así.

—Entonces, ¿qué propones? —Manuel se alarma por la liviandad con que Diego aborda el asunto.

—Que hables con Aresti y le cuentes la historia desde el principio. El hecho de que tengamos un inversionista lo va a ablandar.

—No quieres entender, me va a despedir.

—Los negocios son negocios. Plantéaselo en estos términos: creíste que el diario tenía futuro y estabas seguro de que, de haber problemas, sería fácil conseguir financiamiento. Bueno, aquí está el dinero. Esto habla bien del diario y su proyección, tienes que recalcárselo —es el Diego de los negocios, claro y preciso—. Además habla bien de ti y de tu olfato. Y terminas con... —para realizar una parodia, clava una ceja debajo de la otra—: Sólo tenemos un pequeño problema: hay que reprogramar la deuda a cuatro años con uno de gracia.

—Me va a echar —repite sin convicción.

El plan tiene la virtud de ser práctico. «Si no le hubiera dado el segundo crédito en su momento, habríamos perdido todo», argumentará frente a Aresti; «ahora tenemos una empresa saludable con un inversionista detrás y cuatro años de operación garantizada». Tal vez pueda convencerlo. El único escollo será cómo justificar la ausencia del crédito en los informes de gestión.

—Sin Kleimer te va a echar de todas maneras. Con Kleimer puede que lo piense.

Se quedan en silencio. Repasan en los ojos del otro las derivaciones e implicancias del plan.

—¿Cuándo dijo Kleimer que te daría una respuesta? —inquiere Manuel.

—La consulta a São Paulo es una excusa. Un asesor se demora quince minutos en analizar un balance y otros quince en explicar dónde cojea. El negocio no tiene mayor misterio. O crees en él o no hay nada de qué hablar. Quizás esté a la espera de la inspiración de Buda. Por lo que me cuentas, puede que acepte, con la condición de mejorar la estructura de la deuda.

—Y ahí entro yo. O salgo —calla mientras el rostro sonriente de Aresti flota entre sus pensamientos—. Tengo vértigo —dice a continuación, llevándose una mano al estómago—. Esperemos a que «el señor Kleimer» —remarca el tratamiento— nos dé una respuesta.

4

Entre las cosas que Laura tiene que hacer antes de partir a Curacaví, está visitar a su madre para entregarle un huevo de Pascua. No es cualquier huevo, lo ha comprado en Bozzo, una conocida tienda de chocolates, de la cual su madre era clienta cuando su padre aún vivía. Toca el timbre del departamento de la calle Las Violetas y quien abre la puerta no es ella ni Clotilde, la empleada, sino su hermana Isabel.

—Mira qué sorpresa. Yo vine a lo mismo —señala mientras le presenta la mejilla para que la bese. Lleva puesta su carga de oro: aros, collares, pulseras y anillos, sobre la piel bronceada hasta la exageración.

—¿Y la mamá? —inquiere Laura, abriéndose paso. Su atuendo, blue jeans, camisa y botas, difiere en todo punto de la solera negra con lunares blancos que lleva su hermana. Se diría que se apresta a asistir a un cóctel junto a una piscina, en una película de los años cincuenta.

—Salió. Y eso que la llamé para avisarle que venía.

El salón penumbroso las absorbe y pareciera aletargar sus movimientos.

—La Clotilde dice que vuelve luego —añade Isabel—. Lo más seguro es que haya ido a la peluquería. Un día jueves, sobre todo santo, debe ser un hervidero.

Se acomodan en el sofá de felpa verde oliva, con el biombo coromandel a sus espaldas. Los ceñudos semblantes de los guerreros chinos contrastan con las orondas facciones de Isabel.

—Debió de estar muy despeinada para no esperarnos —dice para resistir la tentación de reírse.

—No creas, el peinado está más arriba que nuestras visitas en su lista de prioridades. ¿Y cómo está Manuel? —inquiere luego de una pausa, cambiando ostensiblemente la inflexión de la voz, con un énfasis desmedido para esa pregunta que, por lo general, no es más que una formalidad.

—Mi marido está muy bien, gracias. ¿Por qué el interés?

—Qué susceptible —bufa Isabel.

—No te hagas la mosca muerta —ha notado cierto nerviosismo en los ademanes de su hermana.

—Mira cómo me hago —dice, y hace una pantomima que más bien evoca una flor mustia.

Laura se pone en alerta. Cuando Isabel se hace la bromista es porque está detrás de algún rastro. Para cambiar de tema dice:

—Nos vamos esta tarde a Curacaví. Pasaremos el fin de semana allá.

—Qué bueno —replica su hermana algo distraída—, nosotros nos vamos al campo de unos amigos —y como si de pronto recuperase la vivacidad, comenta—: Chocolates Bozzo, qué elegante. Los míos no son más que Ambrosoli. Desde que tienes esos amigos tan elegantes no se te va detalle.

—¿De qué amigos estás hablando?

—De Diego Lira y su amiga, la italiana, ¿de quién más?

—Estás completamente loca, Isabel.

Se levanta y va a la cocina a saludar a Clotilde. En el camino escucha la melodía cursi del celular de su hermana, sin que la suceda su estridente y distintivo «aló». Se pregunta por qué aludió a Diego e Idana. Las menciones que ha hecho de ellos no alcanzan para justificar la suposición de que constituyen una influencia en sus gustos. Tampoco Isabel tiene manera de saber que Diego cenó en su casa. No se lo contaría a su hermana por ningún motivo; uno de sus enojosos interrogatorios sería inaguantable. Debe estar buscando un juguete para matar el tiempo, se da por explicación. Laura piensa que las mañanas no son propicias para la plática sin asunto. A esas horas, o bien trabaja en algún manuscrito o lleva a cabo algunas diligencias, palabra esta última que aprendió de su madre y que, a pesar de haber caído en desuso, le resulta la indicada. Es más, cree que hablar por hablar antes del almuerzo es de pésimo gusto. Cuando regresa a la sala, Isabel continúa sentada en el sofá, con las piernas cruzadas, la espalda recta y las manos sobre la rodilla sobresaliente. Laura desconoce esa postura en ella.

—Algún día deberíamos organizar una Pascua —propone mientras se asoma a la calle por entre los visillos— para integrar a la mamá. No puede ser que pase todas las fiestas con la tía Carmen. El próximo año podemos hacerla en tu casa que tiene jardín y les escondemos huevitos a los niños.

—Ella sería la primera en oponerse. Encontraría la casa fea y la comida pobre.

Laura advierte que este tema, que por lo común arranca de Isabel una serie de comentarios, ahora sólo suscita un par de frases llenas de impaciencia por dejarlo atrás. Vuelve a sonar el celular y, contrariando su voraz curiosidad, Isabel lo apaga sin siquiera ver quién llama.

—Pero somos sus hijas —insiste Laura para esquivar el asedio. Es evidente que su hermana quiere hablarle de un asunto que no termina de enunciar.

—Nuestras relaciones familiares no van a mejorar porque pasemos una fiesta juntas. Al contrario, yo creo que empeorarían. Olvídate de eso y mejor cuéntame si has seguido viendo a Diego Lira.

—¿Qué te dio con Diego Lira? —exclama irritada—. Ya es segunda vez que lo mencionas.

—¿Lo sigues viendo o no?

—¡Y a ti qué te importa! —su voz retumba en la sala.

—Claro que me importa.

—Mira, Isabel, no estoy para tonterías.

—¿Tampoco si estás involucrada?

—Si tienes algo que decirme, hazlo de una vez —profiere con exasperación.

—Me contaron que Diego y Manuel son amantes.

Lo dice sin bajar la mirada. Es verdad que nunca lo ha hecho, ni para afirmar las cosas más atroces de su marido, de su madre o de sus hijos. Laura la mira a los ojos sin parpadear. En ese instante pasan por su mente las sospechas en una secuencia vertiginosa. Se trata de deducciones, pensamientos, intuiciones, frases armadas a fuerza de voluntad. Ninguna corresponde a una imagen. Lo que Isabel ha dicho demanda la formación de una: los dos besándose tras una puerta o acostados en una cama. Pero ni siquiera es capaz de imaginar a su marido y a Diego en un abrazo amistoso. Lo dicho por Isabel no alcanza a tomar cuerpo y se suma a sus sospechas como un enunciado, sin luces y sombras que le den el volumen que exige una constatación de esa naturaleza.

Se sabe observada. Debe mantener la cabeza fría. Tendrá que simular su enfado. No hacerlo sería alimentar la morbosidad de Isabel. Sin pronunciar palabra, desafía a su hermana con la mirada. Ella se pone de pie y prorrumpe en explicaciones:

—¿Qué quieres que haga?, ¿que me quede callada? Me lo han dicho más de tres personas... —Laura se mantiene impertérrita—. La gente está hablando de ellos... Dicen que la secretaria los sorprendió dándose un beso en la oficina... Otros dicen que los vieron en el auto... Hay un tipo que se llama Caco Prieto, que vive en los mismos edificios de Diego Lira, y asegura que Manuel entra y sale de su departamento casi todas las noches... La Luz Fanolli lo conoce. Me llamó esta mañana agobiadísima y me juró que te había defendido...

De pronto la frialdad y la lucidez abandonan a Laura. Una especie de convulsión interior se apodera de ella y se expresa en la forma de una bofetada en pleno rostro de su hermana. La agredida lanza un grito.

—¡No es mi culpa, estúpida!

—Ni una palabra más, Isabel —su voz alcanza sus notas más broncas.

Escuchan las llaves en la puerta. Antes que puedan reaccionar, su madre se halla entre ellas. No presta atención a lo que ocurre, ocupada en dejar la cartera y sacarse el sombrero que trae fijado con un alfiler a su flamante peinado. La rodea un aire de ligereza, como si el paseo matutino la hubiera hecho olvidar de momento el hastío.

—¿Ya hablaste con tu hermana? —dice mientras brega con el sombrero. Luego levanta la mirada hacia Laura y explica:

239

—Isabel me llamó esta mañana para saber si venías. Aproveché de pasar a rezar el rosario... —se interrumpe al reparar en los rostros desencajados de sus hijas—. ¿Sucede algo?

Sin arredrarse, Laura se acerca a su madre y, pasándole un brazo por los hombros, dice:

—Una pelea tonta.

La mujer busca la ratificación de este juicio en el semblante de Isabel.

—Yo nunca las había visto así. Y tú, ¿por qué te tapas la cara?

—Por nada —dice Isabel sin retirar su mano de la mejilla y sin moderar el tono plañidero.

—Pero cómo que nada, mírate, tienes los ojos llenos de lágrimas. ¿Qué fue lo que le dijiste a tu hermana? —el exagerado arco de las cejas denota su alarma, una que responde en igual proporción al conflicto y a la defensa de las buenas maneras—. Algo grave debió ser para que estén así de alteradas.

La madre intercambia miradas con una y otra, hasta que Laura, movida por una errática secuencia de ideas, dice como si tal cosa:

—Según Isabel, se comenta que Manuel tiene un amante —la pondrá en ridículo ante su madre.

—¿Una amante? Pero qué cosa tan terrible de contar. ¿Estás segura? —le pregunta a Isabel con un matiz en la voz que no la desautoriza del todo—. Mira que con el matrimonio no se juega. Tus amigas han sido siempre unas intrigantes. No veo por qué tienes que llenar a tu hermana de dudas por un rumor.

—«Un» amante, mamá —recalca Laura en un tono desapasionado, como si hablaran de cualquiera, no de su marido.

—¡Pero qué estás diciendo! —exclama la mujer, y encarando a Isabel, la reprende con dureza—: No haces más que llenarte la mente y el cuerpo de mugre. ¿Cómo se te ocurre repetir una cosa así? ¿Es que no conoces a Manuel? —y girando para avanzar hacia el centro de la sala, continúa airadamente—: Habrase visto cosa igual, Manuel con «un» amante —levanta el dedo índice para darse énfasis—. Qué absurdo. No escuches a esta tonta —le aconseja a Laura—, mira que le entraron hormigas en la cabeza de tanto hablar por teléfono.

Isabel busca el permiso de Laura para poder defenderse. A cambio recibe una mirada imperiosa.

—Isabel nunca repetirá lo que ha dicho.

—Espero que así sea. No hay que tentar al diablo, ni siquiera con el pensamiento —dice la madre ya más calmada.

Laura le entrega su regalo —recibe loas exageradas por los chocolates Bozzo—, se despide de Isabel con un beso y lanza un «adiós, que lo pasen bien» desde la puerta, con el solo afán de aparentar serenidad. Tan pronto como inicia el descenso de las escaleras cae en la cuenta de que su hermana ya se habrá lanzado a una enumeración detallada de las versiones del rumor. Y no sólo la animará su deseo de justificarse: su madre, con un silencio permisivo, también la habrá alentado a hacerlo. En su familia, por generaciones, este tipo de información ha sido considerado un sucedáneo perfectamente plausible de la realidad. Dentro de un rato, su madre estará convencida de que Manuel es homosexual y amante de Diego Lira. Y si llegase a existir la necesidad de hacerla cambiar de opinión, se requerirá de un doble esfuerzo y de pruebas irrefutables. Peor aún, el chisme pasará a formar parte del historial de Manuel, sea cual sea la exacta verdad. Ahora que se trata de su marido, desearía que fuera la excepción. Las actitudes que debió presenciar durante la cena —Manuel con la mirada encendida; Diego, radiante y locuaz— toman un carácter desfachatado y cruel. Y en medio de ese nuevo estado de cosas, mira a su alrededor y cree estar en un sitio nunca antes visto. Por segunda vez, un lugar amado e íntimo, como esa calle donde creció, se vuelve un espacio ajeno e inabarcable para los sentidos. Los fresnos se han tornado solemnes, como si hubieran dejado de ser los árboles familiares detrás de cuyos troncos se escondía cuando su madre la llamaba a la casa y se hubieran transformado en entes desligados del recuerdo: como si pudieran estar ahí o en cualquier otro sitio, sin importar la relación con su masa de raíces, ni con la calle, ni con los cables que atraviesan su copa, ni con la sustancia de que está hecha la memoria. Tal como esos árboles, se siente desenraizada de golpe, sin contacto con el mundo al cual perteneció.

5

Se dará el fin de semana para pensar la mejor manera de presentarle el caso a Aresti. Una posibilidad sería actuar como si no recordara haber recibido la orden. Tendría la ventaja de alinearse con un posible olvido de su jefe, o bien, si éste se acuerda del día en que dijo «ni un peso más a *El Centinela*», la distracción de Manuel podría ser tomada como atenuante. De inmediato acuden razones contrarias a este plan. Aresti tiene una memoria privilegiada, por lo que un olvido de su parte es poco probable. Y el hecho de que Manuel obvie una orden perentoria sería una grave falta de profesionalismo, una defraudación a la confianza que se ha ganado; peor aún, se descubriría que es una mentira deliberada. Volverá sobre esta idea. Sabe que la situación se ha enrarecido a tal punto, que la tendencia de sus pensamientos es al fatalismo. Pueda ser que sentado en la terraza de Curacaví, contemplando los jirones de nubes otoñales, esta manera de plantarse frente a su jefe no le resulte tan feble como ahora. Otra vía posible sería embestir de frente, hacerse cargo de sus actos, reconocer su desobediencia y defender la impecable lógica que lo animó. Así es como Diego le ha aconsejado actuar. Requeriría de un aplomo difícil de reunir. Se siente débil y en peligro. Los tres pilares de su vida se hallan amenazados.

Laura está a las puertas de la verdad y no suspenderá el asedio hasta derribarlas. Su relación con Diego, en la que ha puesto tantas esperanzas, puede sucumbir bajo la onda expansiva de una quiebra. Y su trabajo, por tanto tiempo un espacio seguro, donde sus habilidades siempre excedían lo que se esperaba de él, podría terminar de forma abrupta y deshonrosa. Se halla sentado detrás de su escritorio con las luces apagadas. La escasa luminosidad que proviene del patio interior no alcanza a conferir relieve a los objetos que lo rodean. Sillas, mesas, archivos y un par de afiches del banco parecen hechos de un mismo y gris material. Son pasadas las dos de la tarde. Teresa se ha ido y en el pasillo se escuchan pasos apresurados de los últimos que dejan el piso. Debe irse él también. Laura lo espera a almorzar. Después partirán a Curacaví. Los tres días siguientes serán un calvario, un compás de espera a que la vida se reanude el lunes con sus impredecibles consecuencias. Si las cosas se resolvieran de una vez y pudiera conservar a Diego se daría por satisfecho. No lo abruma perder el trabajo ni el hogar, tampoco si *El Centinela* se va al despeñadero. Diego es la base de cualquier idea de futuro. Como ya lo imaginó una vez, se ve junto a él, dejando atrás los campos arrasados por el escándalo social, la quiebra y el despido ignominioso, emprendiendo rumbo hacia una vida más sencilla y más plena. Tomaría sus ahorros y se irían a un lugar recóndito, a Chiloé, por ejemplo, incluso fuera de Chile. Un lugar donde nadie los conociera, donde trabajar en un negocio propio que los sustentara, donde el tiempo estuviera a su disposición para crear una rutina nueva, libre de los mandatos a los que la ciudad y sus lugares en el mundo hoy los obligan. Esta meta podría alcanzarse sin necesidad de esperar a que se desate la furia de los elementos puestos en juego. Primero llamará a Diego y le expondrá su plan con todo el entusiasmo que despierta en él. Será muchísimo más persuasivo en el intento de convencerlo de irse juntos que en aplacar las iras de Aresti. Y de nuevo se atemoriza ante el punto más débil de sus ilusiones: la disposición de Diego a renunciar a todo por él. Porque cree, desafiando el sentido común, que ir donde Laura, contarle la verdad y dejarla, sería tarea fácil. Renunciar a su trabajo, todavía más. El único momento difícil y doloroso llegaría cuando tuviera que despedirse de Martina. Pero cerraría los ojos de su amor por ella y continuaría adelante, confiado en regresar una vez convertido en otro hombre.

Se sobresalta al escuchar el teléfono. La luz intermitente que despide el aparato se refleja en su rostro. Debe ser Laura. Lo reprenderá por no haber salido aún. Pero no ha sonado su celular antes, la secuencia acostumbrada cuando ella quiere hablar con él. Toma el teléfono con la esperanza de que sea Diego para despedirse. Él se quedará en Santiago a descansar. Quiere pasar el fin de semana solo para despejarse.

—Tengo que hablar contigo.

La voz aflautada lo toma por sorpresa. Es Aresti quien llama, sin recurrir a su invariable manera de citarlo: «¿Puedes venir a mi oficina?».

—¿Estás todavía en el banco? —indaga desorientado.

—Sí, ¿por qué? Ah, son más de las dos, no me había dado cuenta.

Un día triste y sin color se cuela por los ventanales tras el gran escritorio, enlutado por el concreto renegrido del banco competidor. Aresti se halla junto a la mesa redonda, donde se despliegan en desorden una serie de listados computacionales. No levanta la vista cuando Manuel toma asiento frente a él. Su cabeza pende sobre la espalda recta. Tiene puestos los anteojos de lectura y recorre con la punta de un lápiz una lista que Manuel reconoce como el informe de los clientes en apuros.

—Por suerte te encontré en tu oficina —dice, todavía sin dirigirle la mirada.

—¿Te vas fuera de Santiago? —Manuel no se inclina sobre la mesa, como suele hacer.

—No, vamos con mi mujer y mis hijos a un retiro espiritual en el Colegio San Ignacio —deja el lápiz de lado y se saca los lentes. Lo estudia por un rato, como es su costumbre antes de llegar al tema que le interesa. Esta vez no se acompaña de la sonrisa complaciente y apreciativa. En su rostro impera una rigidez que no alcanza a disimular. Transcurre un prolongado lapso de tiempo. Luego dice, como si eligiera las palabras:

—Me crucé con Diego Lira en la calle y me hizo pensar que *El Centinela* debería estar entre las empresas de tu área con problemas.

—No, lo que sucede...

—Déjame terminar —dice perentorio, traicionando su natural tendencia a los diálogos sin rumbo. Luego recobra el ritmo pausado—: Revisé el informe y, de hecho, no estaba. Algo no me cuadró; la caída del Nasdaq debió afectarlo. Entré a la página y me di cuenta de que prácticamente no tiene avisos publicitarios. Entonces pedí el balance y un informe detallado de crédito por cliente —toma un listado en particular— y me di cuenta, como dice aquí —se arma nuevamente del lápiz y los anteojos—, que se le han dado dos préstamos. El segundo por veinte mil UF, con fecha 4 de febrero.

Manuel empalidece y la posibilidad de defender su manera de actuar se ha vuelto remota. Falla en el intento de expresarse mientras rebusca en su memoria los argumentos que pensaba emplear. Ya no son una secuencia fácil de seguir.

—Si bien este segundo préstamo —continúa Aresti— fue autorizado con tu firma cuando yo estaba de vacaciones, recuerdo haberte dicho en más de una ocasión que sólo arriesgaríamos el monto del préstamo inicial. No sé si te acuerdas —dice, levantando la vista por sobre los lentes—; incluso, yo me oponía a la idea de prestarle plata en un comienzo.

Registra una vez más entre los listados, se hace de uno, lo alza ante sus ojos y añade sin cambiar el tono de análisis:

—Me extrañó no haberme dado cuenta de esta iniciativa tuya al revisar los informes de gestión cuando volví de vacaciones. Siempre los estudio con bastante cuidado. Es tu deber detallar aquí los préstamos de cada semana —pasa las páginas del informe hasta detenerse en una—. Pero, misteriosamente, éste en particular no está en el informe correspondiente a esa fecha.

—Déjame explicarte, Esteban.

Aresti se apoya en el respaldo, pone los anteojos sobre la mesa y cruza las manos sobre su incipiente barriga.

—No sólo desoíste una orden, sino que malversaste un informe de trabajo. No creo que haya excusa.

—Me pareció necesario darle el segundo préstamo —argumenta, y deja que las palabras resuenen por un instante—. Estaba con problemas de caja. No por una coyuntura teníamos que ahogarlo. Acuérdate de que en febrero se podía conseguir un inversionista de un día para otro.

—Exactamente —dice con una falsa sonrisa—, nuestro acuerdo fue que el próximo en poner dinero sería un inversionista.

—Claro, pero Lira quería conservar la propiedad y yo le encontré razón. Mientras sea él el accionista mayoritario, pondrá todo su empeño. Y lo del informe de gestión fue una tontería, perdona, nunca debí hacerlo. Pensé que podías enojarte.

Experimenta un asomo de optimismo cuando Aresti replica:

—Creí que me tenías confianza, como yo te la tengo a ti —frase que interpreta casi como un avenimiento. Incursionan en un terreno personal donde Manuel se siente más cómodo.

—No sé qué me ocurrió, fue lo más estúpido que he hecho en mi vida —admite, como si el peligro hubiera pasado, como si hubiera recibido el perdón y pudiese confesar ahora sin miedo la torpeza de sus motivaciones—. Creí que te habías puesto demasiado rígido con respecto a este mercado. Aun con la caída del Nasdaq, yo tengo fe en que vamos a sacar buenos dividendos. Fíjate —argumenta, envalentonado al notar que Aresti lo escucha con atención—, hay un inversionista brasilero que está dispuesto a poner capital en el diario hoy mismo, basta reprogramar la deuda y él financiará la operación durante cuatro años, incluidos los intereses. No haberle prestado el dinero la segunda vez nos hubiera dejado fuera de este negocio.

—No me des más explicaciones, Manuel. Estás haciendo el ridículo —Aresti se ha puesto de pie y llevado las manos a los bolsillos—. A pesar de que tú no has sido honesto conmigo, yo lo seré contigo. No me crucé con Diego Lira en la calle —hace una pausa para escrutar el efecto de sus palabras en Manuel—. Descubrí el préstamo porque me llegó el rumor de que tú estás... —se detiene, baja la vista y termina de decir—, que tú estás enredado con él.

—Pero Esteban...

Aresti levanta una mano y desvía la mirada, como si intentara no ver un espectáculo desagradable.

—Por favor, no quiero saber nada —y llenando sus pulmones de aire, agrega—: Lo que hagas o dejes de hacer no me incumbe. Sea cual sea la raíz de lo que hiciste, es demasiado grave y, a pesar del cariño que te tengo, no me queda otra salida que despedirte.

Por primera vez, Manuel repara en el silencio que los rodea. No hay nadie en el piso y esta circunstancia lo hace sentir suspendido en un limbo atemporal. Aun cuando conjugó tantas veces, en palabra y pensamiento, el verbo despedir, escucharlo de los labios de Aresti lo golpea como si recibiera una condena. No es más que la consecuencia de lo que hizo y quizá llegue a ser una liberación para lo que desea hacer en el futuro. Pero la textura contrastante de la realidad lo llena de estupor. Es también la primera persona, aparte de Diego e Idana, que lo señala como amante de un hombre. Serlo ha constituido una realidad gozosa durante ese tiempo; sin embargo, repentinamente, ha tomado otro cariz al oírlo de boca de Aresti. Peor aún si ha dicho que se trata de un rumor, uno que de seguro estará corriendo de boca en boca. Nunca antes se vio a sí mismo como un hombre bisexual o derechamente gay, desde la óptica de los demás. Nunca se detuvo a considerar cómo le afectaría. El hecho de que así será de ahora en adelante, le causa vértigo. Ha alcanzado un nuevo estadio, en el cual las claves para actuar serán distintas a las que ha manejado hasta ahora. Es tan intensa la sensación de ser mirado con otros ojos, que él mismo se percibe como una persona diferente.

—Está bien, Esteban, tú sabrás —se complace en llamarlo por su nombre, enrostrarle la cercanía que tanto dice apreciar, como un imperceptible reproche.

—Será mejor que te lleves tus cosas ahora que no hay nadie. ¿Tienes en qué echarlas?

Manuel frunce el ceño y despliega una sonrisa amarga. Que Aresti repare en algo tan trivial lo inhabilita ante sus ojos como juez y testigo, y le devuelve momentáneamente un buen concepto de sí mismo. Quizá no sea una excepción y la mayoría de los lanzados a la calle experimenten algo semejante al abandonar la oficina de su verdugo. Hay una cuota de injusticia en lo que ocurre. No ha sido más que su primera equivocación en nueve años. Tal como a los criminales les rebajan sus penas por conducta intachable, Aresti debería haberle otorgado una segunda oportunidad. Lo sabe intransigente, pero hay situaciones como ésta, fáciles de reparar, y comportamientos posibles de enmendar, que deberían haberlo inclinado hacia el perdón. Aun así, no tiene intenciones de pedirle que reconsidere su veredicto. Está convencido de que sería inútil. La sospecha de su homosexualidad actúa como una circunstancia agravante.

—No te preocupes, no será mucho lo que me lleve —dice desde la altura moral con que se ha investido.

—Yo nunca diré nada —aclara su interlocutor con un despunte de urgencia.

—¿No dirás que me despediste?

—Eso sí, tengo que hacerlo. Pero no mencionaré el otro tema.

—¿El otro tema? Aaah... que yo sea maricón —el rostro de su jefe se descompone al oír esta palabra—. No te preocupes, di lo que quieras.

Aresti ha acusado el golpe y esconde la mirada. Manuel se levanta y se dirige hacia la puerta. En el momento de abrirla, escucha pasos sobre la alfombra.

—¿Manuel?

Se hallan a no más de un metro de distancia. Revestido de cierta dignidad, Manuel se gira hacia el gerente y le da a entender con un alzamiento de sus cejas que espera a lo que tenga que decir.

—Estoy completamente desconcertado —masculla Aresti, negando con la cabeza baja—, nunca pensé que algo así pudiera ocurrir. Confiaba en ti más que en ningún otro ejecutivo de mi área. Nunca le habría prestado atención al rumor si no hubieras hecho tantas brutalidades. Y si me hubieran prevenido, tampoco habría imaginado que pudieses hacerlas. Por favor —levanta la vista—, dime algo que me deje con la conciencia tranquila.

Pobre hombre, piensa Manuel, quiere dormir en paz, necesita de su absolución cuando acaba de humillarlo sin misericordia.

—Mañana, en el retiro, pídele a Dios que te ayude a descargar tu conciencia —es lo que dice, y se aleja por el pasillo.

6

Camina por Amunátegui hacia el metro. Corre una brisa fría. Las nubes que se tienden entre las cornisas de los edificios, se alinean, como la calle, de norte a sur. Las veredas se hallan despejadas en comparación a cualquier otro día de trabajo durante la hora del almuerzo. El cambio contribuye a la noción de estar viviendo una nueva realidad. Cree que la gente al pasar lo mira con suspicacia, hábiles en distinguir su pasión por los hombres. Por un hombre. Ama a Diego Lira y no le importa que sea notorio. Intenta congregar una nueva seguridad, no aquella nacida de la pertenencia trivial, sino una que nace del orgullo de encarar al mundo por quien se ama, por lo cual se cree. Se sorprende de la grandilocuencia de sus pensamientos. ¿Cree de verdad en lo que hace? Y la siguiente pregunta no espera: ¿tiene alguna importancia si cree o no? Sólo cuenta la imposibilidad de hacer y de pensar en otra cosa. No puede sino obedecer el imperativo del deseo.

Se le presenta la imagen de Laura ante el escaparate de una librería de textos religiosos. Una mujer de aspecto monjil está sentada tras un mesón, a la espera de clientes inspirados por las fechas. Espejea la silueta de su esposa en la vidriera, demandando una explicación. ¿Podrá seguir adelante con el engaño? Si le contase las razones de su despido ya no habría cabida para ningún género de dudas. Contrariamente a como imaginaba que sería su reacción en una circunstancia tan grave como ésta, no se muestra proclive a buscar refugio en los brazos de Laura. Antes de conocer a Diego, hasta la más insignificante sensación de precariedad lo lanzaba en busca de su cobijo. Ya no te necesito, dice, como un ensayo de lo que tarde o temprano tendrá que confesarle.

El espectro, con su presencia casi corpórea, se ha desvanecido. Su pasión por Diego es un refugio más robusto y prometedor. Continúa caminando. Debe ordenar sus pensamientos antes de hablar con cualquiera de ellos. Ambos recibirán un golpe inesperado cuando se enteren de la noticia. Escucha campanadas provenientes de la Iglesia de Santa Ana, a dos cuadras de ahí. Ya la ha visitado antes como un simple turista. Es una iglesia colonial que, sin ser especialmente bella, le resulta acogedora. Será un buen sitio para recuperar una idea de sí mismo. Cuando pueda respirar profundo, sin que el aire que alcanza el fondo de sus pulmones se tope con la angustia, podrá salir de nuevo afuera y dar los pasos necesarios con convicción y aplomo.

No encuentra la atmósfera apacible que buscaba. En la penumbrosa nave principal, una a una, mujeres ancianas en su mayoría, comienzan a salpicar de negro las bancas cercanas al altar. Un monaguillo lidera el rosario desde el púlpito de madera y en una banca tosca en su tallado se encuentra un sacerdote pasando las cuentas entre sus manos. Manuel se deja llevar por el arrullo de la letanía. Las ceremonias religiosas sin fasto siempre le han despertado un cierto grado de compasión. Esas mujeres solitarias buscan la paz que sus cuerpos envejecidos y sus vidas postergadas no pueden entregarles. Piensa en su suegra, que a esas horas debe participar en un rito semejante. Y en sus padres, que, como cada año, a las ocho de la noche, asistirán a la ceremonia del lavado de pies. De niño gozaba cuando el párroco propenso a los sermones admonitorios debía arrodillarse frente a los sacerdotes más jóvenes para pasarles un paño por el empeine y enseguida besarlo. Levanta la vista hacia el altar. Las imágenes se entremezclan. Cree ver a las mujeres subir hasta los asientos del coro y con cierto descaro mostrarle al sacerdote sus pies deformes y encallecidos, mientras éste aún musita en su banca las frases de la oración. Y las viejas cada vez más indignadas comienzan a aullar, a batir los pies desnudos en el aire. El cura se encoge e intenta ignorarlas. Las ancianas forman una ronda en torno al pobre hombre, se levantan las faldas, patean el suelo y gritan encorvadas hacia él. Le gritan que lave sus pies. Manuel ya no distingue las vestiduras sacramentales tras los cuerpos negros. Y las mujeres, enardecidas, se ciernen sobre el cordero, sus piernas esqueléticas lo pisotean sin que se escuche una protesta o un quejido. Quieren lavarse los pies y lo despedazan como bacantes, hasta sentir bajo sus plantas la sangre correr. Manuel despierta de la visión con los miembros rígidos. Las beatas continúan emitiendo un susurro monótono desde las bancas delanteras. Debe salir de ahí. No necesita, como esas mujeres o su suegra o sus padres, un Dios que le dé sentido a su vida, un Dios que le sirva de excusa para murmurar hasta el hartazgo. Va hacia las puertas, huyendo de ese mundo al cual alguna vez perteneció, como huye también de Aresti y el banco, como deberá huir del hogar que lo ha acogido hasta ese día. Quisiera haber superado ese trance y estar tendido en un sillón, dentro de una cabaña sureña, contemplando el paisaje y respirando en paz.

Afuera la plaza solitaria languidece en la tarde. Recupera en parte el sosiego. Le queda tanto por hacer. Dejar el banco y enfrentar a Aresti ha sido muchísimo más arduo de lo que esperaba. Está extenuado, no tiene fuerzas para tener un encuentro con Diego, ni menos con Laura. Dejará que pase el fin de semana y a su regreso decidirá qué hacer y en qué orden. Primero ha de aceptar para sí mismo que la suerte está echada y que nadie podrá ya detener el curso de los acontecimientos.

Se extraña de no encontrar en el vestíbulo los bultos que llevarán a Curacaví. Es probable que Laura esté atrasada y no haya tenido tiempo de prepararlos. Distingue la silueta de su mujer, sentada en el sofá, en actitud meditativa. Un velo de soledad la envuelve. ¿Se sentará en el living durante la semana, mientras él no está, a matar las horas del día? De la cocina surge Martina, llevada por el apuro.

—¿A qué hora nos vamos, papá?

Tiene la misma urgencia de partir que experimentaba él cuando niño, deseoso de ver a los empleados queridos, a los animales, a otros de su edad.

—Apenas la mamá esté lista.

—Pero la mamá no ha hecho las maletas —se queja.

Laura se presenta y, mirándolo con una seriedad inescrutable, le exige:

—Vamos al dormitorio, tengo que hablar contigo —y sin esperarlo enfila por el pasillo.

—La mamá no quiere ir donde los tatas —la niña gimotea y bate los brazos en señal de protesta.

Manuel se inclina para hablarle al oído:

—Yo la voy a convencer.

—¡Nooo! —grita Martina a punto de llorar, tomándolo por sorpresa—, si la mamá no quiere, no vamos a ir.

La niña se aferra con sus dos manos a una de las suyas, como si quisiera impedirle que vaya al dormitorio. Se acuclilla y toma a su hija de la cintura.

—Escúchame, Martina —se ha puesto serio—, voy a hablar con la mamá y después nos vamos a Curacaví.

—No, ahooora.

Pierde la paciencia y se asoma a la cocina.

—Mireya, por favor, quédese un rato con Martina.

La mujer sale a buscarla y la niña se pone a llorar mientras se escabulle de sus brazos. Manuel la prende a la fuerza y se la entrega. El berrinche va en aumento. No entiende que Laura no se interese por ver qué sucede. La puerta de la cocina ahoga los gritos de su hija.

—¿Qué pasa? —pregunta conturbado cuando entra a la habitación.

Observa a su alrededor y no encuentra el menor rastro de la actividad previa a un viaje. Laura está sentada en la silla de mimbre con las manos en las rodillas y la mirada perdida en la cordillera desnuda. Él sigue su trayectoria y ahí están las quebradas abismales, las tortuosas salientes, desenmascaradas por la luz de la tarde. No ha nevado en ocho meses, piensa Laura en ese preciso instante, el mismo tiempo que ha transcurrido desde que conocen a Diego.

—Está así desde el almuerzo —responde ella mientras gira la cabeza y estudia el semblante de Manuel.

—Yo no he comido nada. ¿Por qué dice que tú no quieres ir? —indica con el pulgar en dirección a la cocina.

—Porque no nos quedarán ganas de ir a ninguna parte.

—Por favor, Laura, no te pongas pesada ahora. Es Jueves Santo, nos vamos de fin de semana largo... Mejor hagamos las maletas. Podemos salir a caminar por la parcela y hablamos con más calma. Mira cómo está Martina.

—Es por Diego... —le falta el aire y se interrumpe.

—Deja de pensar tonteras respecto a Diego y vámonos —insiste Manuel en un modo que, según ella, ha descendido de la molestia a la súplica. Si en algún momento de flaqueza, mientras esperaba, consideró la opción de pasar por alto los rumores y dedicarse a reconquistar su cercanía y su complicidad, ahora, al escucharlo mentir por enésima vez, se da cuenta de que no es posible.

—Isabel me contó esta mañana que corre el rumor de que tú y Diego son amantes —deja ir las palabras en el tono más neutro que es capaz de esgrimir. Tiene el impulso de esconder la mirada, pero se controla. Sería una cobardía.

Manuel se encuentra frente a ella con los brazos colgando. Su rostro ha perdido expresión, como si sus pensamientos hubieran abandonado el lugar y se posaran sobre otras circunstancias. El silencio ronda entre ellos. Han dejado atrás la atmósfera confiada, la calidez propia de ese cuarto, para entrar en un espacio desprovisto de sentimientos y de significado.

—¡Cómo no!, tu hermana... —dice él, como si intentara desautorizar la fuente. Laura se apresura a decir:

—No te escudes en mi hermana.

—Es sólo que... —Laura percibe que se le atragantan las palabras— tenía que ser ella.

—Preferible ella a otra persona.

—¿Y se puede saber qué más te dijo?

—No importa, Manuel —se ha puesto de pie y camina hacia la ventana—, sólo dime la verdad.

Espera de espaldas, con los brazos entrelazados sobre el pecho. No soportaría ver el rostro de su marido cuando reconozca: «Sí, Diego es mi amante». Nunca podría arrancárselo de la memoria. Pasa el tiempo, lo oye respirar y moverse hacia la cama. Se ha sentado. Espera y no escucha ni una sola palabra salir de su boca. Su turbación la vence y se vuelve hacia él. Lo encuentra con la espalda encorvada, tiene la cabeza entre las manos y llora.

—¿Manuel? —lo llama al tiempo que absorbe la escena, más elocuente que cualquier frase o gesto de confesión.

También pierde las fuerzas y se ve obligada a regresar hasta la silla de mimbre. Por mucho que Isabel se lo haya advertido y prácticamente asegurado, la idea de que Manuel, a quien antes consideraba un ser conocido hasta en sus más recónditos matices, se haya acostado con un hombre le resulta inverosímil. Intolerable. Creyó que el dolor de la mañana y la impresión de extrañamiento habían agotado su sensibilidad. No llegó a avizorar que un sufrimiento más corrosivo la esperaba, en reserva para cuando la verdad cambiara su vida para siempre.

Manuel tiene la impresión de haber pasado largo rato llorando cuando levanta la cabeza y se encuentra a Laura, observándolo desde la silla. No entiende por qué ha reaccionado de esa manera. Se había propuesto desvirtuar las sospechas de su mujer, postergar la noticia de su despido, simular que la vida continuaba como siempre, al menos hasta el lunes. El golpe que recibió lo ha vencido y lo ha dejado sin fuerzas para sobreponerse. Un dolor ultrajante apenas le permite respirar. Cada vez que intenta decir «Laura», se le llenan los ojos de lágrimas y su cuerpo es asaltado por los estertores. Cree oír voces en coro, Diego, Manuel, repiten, y las bocas se mueven sincopadas y se multiplican como vistas a través de un calidoscopio. No comprende cómo, siendo un hombre solitario y sin importancia, pudo caer en las redes de las habladurías, aunque su cuñada sea una de las vestales de ese oráculo de pacotilla. Y claro, no es él quien las enardece, sino Diego. De pronto lo asalta el instinto de pedir perdón. Debe luchar para no escupir nuevas mentiras. Logra en su desconcierto distinguir dos formas de pedir clemencia: excusarse por lo que ha hecho, que sería una falsedad, o por lo que ha provocado, que es la emoción que lo embarga.

—Perdón —es lo que consigue balbucear.

Laura echa la cabeza hacia atrás y sus ojos, antes fijos, se tornan inquietos y brillantes. La primera palabra llama a las siguientes:

—Esta tarde me despidieron.

Reprime la tentación de compadecerse a sí mismo. Es responsable de lo que ocurre. Hasta creyó que enfrentar a su mujer sería tan sólo la última prueba en su camino hacia un estado superior. Ahora, de lo único que puede estar seguro es que la tristeza de ese momento no lo abandonará jamás. Ausculta la reacción de Laura. Sólo en el ceño manifiesta su sorpresa. Esa mínima señal, en medio de la desolación que domina el resto de sus facciones, muestra la escasa importancia que le concede a la noticia. Se percatará de que están hablando de una misma cosa cuando escuche las razones. Éstas se le presentan a Manuel como una forma de confesión menos escabrosa.

—Aresti descubrió que le presté dinero a Diego a sus espaldas.

Laura le saca la vista con un giro violento de su cabeza, como si hubiera recibido una bofetada. Se levanta y recorre el espacio que queda libre entre la cama y el televisor.

—¿A ese punto has llegado? —pregunta con la voz cascada.

A este punto he llegado, repite Manuel para sí mismo. Nunca sospechó que podía llegar tan lejos. Recuerda bajo otro prisma la noche de la ópera, mientras veía a Diego reír y escuchar con esa atención desmesurada. Podría definirse como el inicio de una fuga. De ahí en adelante comenzó a abandonar la vida que consideraba buena y suficiente y sino hasta ahora ha podido medir cuán irreversible era la trayectoria. Sufre un acceso de vértigo ante lo que le toca vivir, propulsado a un espacio desconocido. Lo que parecía un simple cambio de estado se presenta como una pérdida de identidad: Laura ya no es su mujer, no es el hijo modelo de una familia católica, tampoco el promisorio ejecutivo del banco más prestigioso del país, títulos que no parecían poseer un valor tangible y que hoy, al ser degradado, adquieren una envergadura sustantiva. Sólo le resta su paternidad, que no se la podrán quitar, y el título de amante de Diego Lira. Son dos precarias percepciones para darle sustento a una vida que recién comienza.

Laura continúa de pie, se toma el cuello con ambas manos. Ha dejado de moverse. Dirige la vista hacia el televisor, como si mantuviera un diálogo con el aparato. La exclusión del mundo privado de su mujer será otra de las pérdidas. Sus palabras y sus gestos, poco a poco dejarán de ser una geografía donde habitar, para convertirse en signos de un sentido más o menos literal. Ella levanta la cabeza y pregunta:

—¿Desde cuándo?

—No es necesario, Laura —implora.

—Quiero saber desde cuándo —su voz se ha tornado más resuelta.

Manuel se demora en contestar. Ella lo encara y su talante demanda una respuesta.

—Desde el cumpleaños de Diego.

Laura se estremece y enseguida se sienta no muy lejos de él.

—¿Idana siempre lo supo?

Él no responde.

—¿Manuel? —insiste.

—¡No sé! —protesta, si bien sus gestos exasperados son una forma de asentimiento.

—Cómo se habrán reído de mí... —Manuel advierte el despunte de una sonrisa irónica. Si por un instante creyó que Laura se pondría a llorar o a gritar de dolor, se equivocaba.

—¿Qué quieres que haga? —desea recibir pronto su condena.

—Que me cuentes cómo se burlaba Diego de mí.

Manuel toma aire antes de responder:

—No me hagas más preguntas.

—¡Quiero saber cómo se burlaba Diego de mí!

—Nunca hubiera permitido que se burlara de ti —dice por lo bajo.

Es una mentira piadosa para quien está a punto de arder en resentimiento. No desea que ella elija ese camino para hacer frente al problema. Después de todo, no es propiamente una mentira. Diego llegó a detestarla, pero nunca hizo mofa de ella. No la consideraba una pobre mujer, sino una mujer posesiva, egoísta y peligrosa. No estaba lejos de la verdad, piensa. Su reacción demuestra que poco le importa que su marido haya atentado contra la confianza mutua, que esté enamorado de otra persona; más le preocupa que la crean ingenua y estúpida. Y como si respondiera a la línea de pensamiento de Manuel, ella dice:

—La gente debe pensar: pobre Laura, cómo será de tonta que nunca se dio cuenta de que su marido era maricón.

—¡No me llames así! —no soporta escuchar a Laura dándole un trato peyorativo.

—¿Y cómo quieres que te llame?, mi amor. ¿Gay?, ¿bisexual? —y retomando un tono oscuro, añade—: Cómo tienes la desfachatez. Te llamo como quiera. Y el maricón lo tienes merecido.

—Será mejor que me vaya. No sacamos nada insultándonos.

—¿Quién te ha insultado a ti? ¿Se puede saber? ¿Porque digo la verdad? ¡Dime tú una verdad, una que sea!

—Te he dicho la verdad.

—Dime entonces desde cuándo te gustan los hombres.

Debe hacer un esfuerzo para contestar sin evasivas.

—Desde que conozco a Diego.

—¿Me estás diciendo que él es el responsable de que te gusten los hombres?

—Antes no se me había pasado por la cabeza.

—¿A quién quieres engañar? Te casaste conmigo sabiendo...

—¡No es cierto! Me casé enamorado de ti y sin haber pensado nunca en un hombre.

Y adoptando la voz de quien narra un cuento infantil, Laura dice:

—Entonces llega Diego, el príncipe azul, y despierta al otro príncipe de su eterno sueño.

—Me voy. No quiero seguir discutiendo. Ya hablaremos en otro momento.

—Yo no estoy discutiendo contigo, sólo quiero que me digas por primera vez en la vida quién eres y hasta dónde llega tu engaño.

En medio de su desaliento, Manuel aún conserva la lucidez para identificar la actitud que ha tomado Laura. Sus ademanes, sus gestos, el tono de la voz, el aire arrogante e inquisitivo, responden a un patrón similar al que adoptó cada vez que su amor propio resultó herido.

—Me voy a la casa de Américo Vespucio —no podrá tocarla con sus palabras. Laura se ha revestido de un orgullo imposible de vulnerar.

Recoge un par de prendas del clóset y sus cosas de baño. Las echa en un maletín. Sin despedirse, sale del cuarto. Martina lo aborda en el vestíbulo, seguida de Mireya que no puede controlarla.

—Papá, vámonos —exclama, abrazándose a sus piernas. Lo mira con desesperación.

—No puedo llevarte, Martina, tengo cosas que hacer.

—¡Mentira! —grita—, ¡te llevas la maleta!

—Martina...

—No nos vas a llevar —dice la niña llorosa.

—Mi amor, no puedo...

—Mentira —repite ella en un sollozo.

Manuel le dirige una mirada de impotencia a Mireya. Laura surge desde el pasillo e intenta tomar a su hija en brazos. Martina se resiste y grita:

—¡Peleaste con el papá!

Laura le indica a Manuel la puerta con los ojos. Al momento de abrirla, sólo es capaz de decir:

—Chao, Martina.

Una vez afuera, se aleja a paso rápido de las protestas de su hija y se escabulle por las escaleras.

7

Sale del estacionamiento subterráneo a medio motor, sin saber qué hacer a continuación. El tráfico ha cedido con el avance de la tarde. Ya muchos han abandonado la ciudad. Con el fin de darse tiempo para recapacitar, detiene el auto en la esquina de Presidente Errázuriz con Américo Vespucio. Se baja y camina por el parque central de esta última avenida. Desea aplacar su mente y aliviar la angustia. Lucha por vaciar su cabeza del repudio de Laura, de los lamentos de su hija. Tiene la impresión de que el despido ha quedado atrás, como si hubiera acaecido en otro tiempo. La figura de Diego también se ha vuelto borrosa y no sirve para darle orden a sus ideas. Como si estuviera perdido deambula por ese amplio sendero de maicillo, rodeado de árboles que parecen privados de color y textura. El atardecer con sus nubes encendidas no ayuda a calmarlo. A unas quince o veinte cuadras se encuentra la casa de sus padres. No puede ir sin avisarles. Lo esperan en Curacaví. Se desmoraliza al imaginar su reacción. Si se deja guiar por las que tuvieron Laura y Aresti, las perspectivas son las peores. Su intuición le dice que, más allá del impacto de la noticia y de la tristeza que les pueda causar, se mostrarán abiertos a acogerlo. Así han actuado cuando alguno de sus hermanos se ha visto en problemas, fieles al papel protector que creen les corresponde. Por el momento les contará que ha tenido una discusión con Laura, sin entrar en detalles, y ante la insistencia de que vaya a Curacaví, les dirá que prefiere estar solo y no rodeado de sus hermanos que lo agobiarían a preguntas. Ha considerado la alternativa de ir a quedarse con Diego. ¿Qué lo detiene? En un principio cree que se trata de simples escrúpulos. Salir del hogar y de su cama para ir a caer en la cama de Diego, sería una falta de nobleza. Pero se engaña. Tiene miedo a la recepción que le pueda dar: ese es el verdadero motivo. Es imprescindible contarle en primer término lo sucedido y luego darle tiempo a que se habitúe a la idea. Debe tranquilizarse antes para hablar con él. Si lo ve en ese estado de alteración, puede ahuyentarlo. Se detiene junto a una escultura, una gigantesca piedra ahuecada, partida en dos, tendida en el suelo. Comprende que está solo. Ya no cuenta con Laura, por ahora no puede recurrir al consuelo de sus padres, y a Diego habrá que prepararlo antes de exigir nada de él. ¿Quién no se mostraría receloso en una situación similar, con un amante que acaba de ser lanzado a la calle por su esposa y que se deja caer como un alud de sobresaltos y dificultades? Intenta calmarse abusando de la idea de una vida apartada junto a Diego, pero, llegado a este punto de la fuga, cuando ha superado lo que creía más difícil, comprende cuánto le queda aún por delante. Separarse de su esposa no es lo que acaba de hacer —tomar una maleta y dejarla—, sino que será una temporada de incertidumbre, de añoranza, de temor y, sobre todo, de soledad. Aun si tuviera a Diego a su lado.

Toma el celular y llama a su madre. Ella se resiste a creer que haya algún problema lo suficientemente grave como para justificar su deserción. Se ofrece para llamar a Laura y convencerla de que el aire limpio y la buena comida les harán olvidar cualquier disgusto. Manuel se lo prohíbe de manera tajante: «No quiero que llames a Laura por ningún motivo». Ella se inquieta por la preocupación que percibe en su voz. Trata de calmarla asegurándole que es un problema pasajero, sólo que la discusión ha sido violenta. La mujer se extiende en consejos de buena convivencia. Manuel quiere cortar. Cuando ya contabiliza el cuarto «bueno, mamá», la interrumpe y se despide, sin darle posibilidades a que persevere en su intento de retornarle la armonía a su universo. Como si su dedo pulgar adquiriera vida propia, busca el número de Diego en su lista de contactos.

—Hola, ¿no te has ido todavía? —responde Diego aletargado, como si estuviese leyendo o viera un programa de televisión.

—No me voy, me peleé con Laura.

—¿Por qué? —conserva el tono de voz inalterado.

—¿Puedo ir a verte más tarde?

—¿Y qué mentira le vas a inventar?

—Yo me las arreglo. A las ocho.

Ya está de regreso en su auto. Ese breve intercambio de frases le ha devuelto la fe. Cuando llega a la casa de sus padres, la empleada ya está al tanto y lo lleva hasta el cuarto que ocupó en su juventud. La cama está hecha y en las paredes se despliega una serie de fotografías familiares. La mujer le ofrece té y un sándwich, pero Manuel prefiere tenderse un rato a descansar. Desea estar lúcido cuando hable con Diego. Lo primero que golpea sus sentidos es el olor. Luego se suman las formas, las fotografías, la luz, también las hojas que caen del olmo que crece frente a la ventana. De hallarse en otra situación estaría contento de visitar espacios de su memoria largo tiempo dormidos. Pero ahora, que ha cruzado una frontera que lo separa de su vida anterior, mirar atrás lo atemoriza, recordaría una época cuya culminación fue su matrimonio. Aquel hombre ya no existe. Está descoyuntado de su historia. Por eso se aferra a cualquier pensamiento que lo pueda distraer y no hundirse en un pasado que ya no le sirve.

8

Martina se ha quedado dormida, cansada de tanto llorar. A oscuras, en uno de los sofás del living, se ha tumbado Laura en busca de tranquilidad. La composición de pequeños recuadros luminosos, que por lo común adorna el marco nocturno, se ha reducido a unos cuantos destellos de luz. Desde que Manuel se fue, no ha dejado de reprocharse su frivolidad de los primeros días, cuando conocieron a Diego. Ella alimentó el juego y llamó al peligro, en la certeza de que su marido nunca se sentiría atraído por un hombre. El recuerdo sobreviene con punzante claridad. La conversación por teléfono con Diego después de la fiesta, ofreciéndose con juegos de palabras y agudezas. Enseguida se ve entrando al departamento de Diego, besándolo en la cocina, tomando la iniciativa hasta estar desnuda, a horcajadas sobre él. Y mientras copulan brotan las palabras, «¿quieres acostarte con mi marido?», puede notar cómo Diego se encabrita, «imagina que estás con Manuel». Y al escucharlo acezar con más fuerza le llena los oídos con la fantasía, «piensa que Manuel está dentro de mí». Y la fantasía también es parte de su desvarío: imaginar a Manuel dejándose seducir por Diego, imaginarlo fuerte y a la vez indefenso, en brazos de ese hombre que la hace gozar. A tanto llegó su frivolidad que, cuando yacía junto a él, tuvo la cándida idea de haber encontrado el camino hacia los salones de una corte en la cual Diego era un miembro ilustre. La suavidad de las sábanas y la sofisticación del entorno sólo le hablaban del gran mundo al cual ella debía pertenecer. Qué estúpida fue, se recrimina, lanzándolos a uno en los brazos del otro. Se acostó dos veces con Diego y cuando deseó hacerlo por tercera vez, pocos días antes del fin de semana en Curacaví, él se rehusó. Recuerda esa llamada que terminó con sus palabras hirientes: «Nunca tendrás a Manuel». Qué ridícula sonaba esa maldición a la luz de los hechos. Jugaba con fuego sin saberlo. Para ella no era más que eso, una locura que la encandecía por dentro, un intento de subyugar a Diego a como diera lugar. Se sentía poderosa al conseguir que un homosexual claudicara ante ella. He ahí la explicación de que el rechazo la perturbase tanto. No es que se hubiera enamorado o sensualizado al punto de no poder renunciar a él. Se resistía a perder esa omnipotencia, la misma que dio origen a su acoso en Curacaví. ¿Diego se negaba a hacerle el amor una vez más? ¿Ya se había cansado de la fantasía? Pues bien, durante esa noche de borrachera puso a prueba su determinación. Hazme el amor, le decía con sus actos, y podrás tener a Manuel; aquí está, a los pies de la cama, puedes tomarnos a los dos. En su ebriedad no le parecía ni perverso ni insensato, sólo era la culminación de la quimera que ambos habían alimentado. Diego había sido un amante excepcional, le había regresado el sentido más físico del sexo. Ignorante de lo que ocurría a sus espaldas, Laura creyó que esos encuentros eran los responsables de que ella y Manuel hubieran recuperado la pasión de los primeros años. Ahora cae en la cuenta de que no podría haber sido de ese modo si Manuel no se hubiese involucrado también. Para que volvieran a hacer el amor con esa fogosidad que parecía olvidada, fue necesario que ambos recuperaran la conciencia de sus cuerpos, sincronizadamente, gracias a Diego. Ahora entiende por qué los rechazó con tanta furia esa noche en la parcela. También estaba borracho y si para él hubiera sido un juego, lo más probable es que se hubiera dejado llevar por la corriente. Sin haber estado antes con Manuel, no habría sido capaz de resistirse. Ella percibía cuánto lo deseaba y creyó, mientras estuvieron en la cama, que jugaba una carta segura. También presintió que Manuel estaba fascinado con el juego. Durante los momentos previos al abordaje, en más de una ocasión él pudo haber puesto un alto. Pero cada reticencia se constituyó en una forma de consentimiento, un decir «veamos hasta dónde puedes llegar». Y fue tan miope como para creer que la excitación de su marido debía pasar necesariamente por ella. Diego los rechazó porque habría quedado en una posición falsa al convertirse en amante de los dos, cuando ya lo había sido de cada uno. Enseguida desecha esta idea por rebuscada. Los rechazó porque no quería meterse en un problema aún más grave. Su participación femenina había llegado a ser un incordio, más que un catalizador. En esos días creyó que su marido había dado una inesperada muestra de libertad al estar dispuesto a participar de un trío. Ahora comprende que esa libertad se la había ganado acostándose con Diego. ¿Por qué no se opuso a que ella forzara el encuentro si ya había obtenido lo que deseaba? De inmediato da con una posible respuesta. Manuel jugaba el mismo juego, pero con diferente signo. Se acostaba con Diego y a la vez no quería ver debilitada la idea de su masculinidad. Ella, como su mujer, al participar, en cierta forma le sustraía a sus arranques ese sesgo perturbador.

Pero más que ninguna otra cosa, Laura piensa que constituyó una torcida forma de expiación. Ambos adúlteros iban en busca de clemencia, de una excusa para sus actos. En este caso particular, con el concurso de un único amante, el mismo que despertó en ellos la culpa.

La manera en que se sucedieron los acontecimientos a partir de esa noche se vuelve más o menos clara. Diego dejó de verlos, al menos durante diciembre y quizás también parte de enero. La tristeza de Manuel para Navidad, cuando hablaron por primera vez acerca de lo ocurrido, se conserva en su memoria. Extrañaba a Diego. No había salido de ese cuarto con el orgullo maltrecho, no se había sentido despreciado, como en su caso. Diego, con su reacción, la había tratado como a una intrusa. Le había arrancado la mano del pecho como si se sacara de encima un grotesco insecto de cinco patas. Laura había percibido su repugnancia. Por eso lo había desterrado de sus sentimientos y para Navidad se hallaba completamente recuperada. Y era honesta cuando le decía a Manuel que había sido un momento de exaltación, una calentura. Si bien ese diálogo giraba en torno a la noche del desastre, ella se refería por extensión a toda la temporada de conquista. Y por eso había presagiado, ingenuamente, que volverían a ver a Diego y retomarían la amistad. Ellos sí lo hicieron, pero con la fuerza del deseo interrumpido. Debió ser en esa semana en que Manuel volvió a trabajar desde Rupanco. El viejo rubicundo lo había delatado; en realidad él se había delatado a sí mismo al ocultarle el reencuentro. O quizá llevaban tiempo viéndose. Busca indicios en el recuerdo. Se le hace presente la noche de las elecciones con la impetuosa partida de Manuel hacia la plaza de la Constitución y su regreso pasadas las cuatro de la mañana. Esa noche debieron estar juntos. Está casi segura de que en enero ya se habían vuelto a ver. De marzo en adelante no tiene dudas. Manuel dejó de hacerle el amor, comenzó a salir cada semana con clientes, casi nunca llegó antes de las nueve de la noche, hasta diría que lo perdió de vista. Se sumieron en la tristeza: ella, resentida por las sospechas; él, amando cada día más a Diego Lira. Detesta ese nombre. Suena a maleficio. Diego Lira... Quisiera gritarlo para que recayera sobre los pocos vecinos que han quedado varados en la ciudad. Va hasta la estrecha terraza, se aferra a la baranda y grita:

—¡Diego Lira!

9

En un principio, las imágenes se atropellan unas a otras; sin embargo, al notar la disposición tranquila y atenta de su amante, se esmera en su narración, siguiendo la línea del tiempo desde que Aresti lo llamó a la oficina hasta que abandonó el departamento de Alcántara. Sentado en el bergère de la biblioteca, Diego asiste a la representación de Manuel, con la superficie irregular de los libros a modo de escenografía. Ciertos episodios se reducen a un recuento monótono de dimes y diretes, otros se pueblan de matices gracias al apasionamiento con que Manuel los adorna, a sus ademanes enfáticos, a la intensidad que le imprime a su voz. Diego escucha sin interrumpir y sin que el cuerpo o el rostro reflejen sus emociones. Tiene sus manos entrelazadas y sus largos dedos índices le cruzan la boca. Sus ojos no están puestos en Manuel ni en algo en particular, concentrado al parecer en las distintas implicancias del relato. La ventana de guillotina a su lado sirve de frontera entre la noche y el cuarto de colores vivos e iluminación tenue.

—¿Quieres un whisky? —pregunta Diego cuando Manuel da muestras de haber concluido. Se levanta y cruza el living hacia la cocina.

Manuel aguarda a lo que tenga que decir con el corazón exaltado. Se obliga a mantener la calma. Si reacciona mal, deberá soportarlo con entereza. Secretamente anhela que venga hacia él y lo abrace, que despierte su instinto de aliviarlo, de confortarlo. Pero comprende que es demasiado pedir. Antes que nada, Diego sopesará las implicancias que estos sucesos tienen para él y sólo entonces podrá mirar alrededor y ver si alguien necesita de su ayuda. Se rebela ante este orden de prioridades. ¿Por qué no podrá ver que el más vulnerable en ese instante es quien ha perdido su trabajo y su familia? Es un hecho de la vida que hasta el hombre más simple comprendería.

Diego regresa con dos vasos llenos de whisky. Le entrega uno a Manuel y retoma su posición en el asiento.

—Ese estúpido de Caco Prieto es una verdadera urraca —sentencia con afectación en la voz—. Lo he visto pasearse frente a los edificios para ver si puede asaltar a alguien y sacarle algún cuento. Es una loca tapada, sin vida propia. Seguro que se pasa asomado a la ventana para ver quién entra y quién sale.

Manuel se propone esperar a que la conversación se oriente hacia ellos. Se da cuenta de que hace frente al personaje cerebral y despreciativo que Diego suele adoptar en ciertas ocasiones. Uno que se blinda tras su fría indignación.

—Debemos estar en la boca de todo el mundo —continúa absorto en su discurrir—. Caco Prieto hablando es peor que salir en un noticiario... Y hay gente, que se cree respetable, que lo recibe en sus casas con el solo afán de que les cuente los últimos rumores. Imbécil, se dedica a hablar de los demás porque está hastiado de su vida —exclama en un arrebato expresivo, aunque sin perder la compostura—. ¿Y Laura no te dijo nada más de mí? —pregunta unos segundos más tarde con una mirada oblicua, como si utilizara un solo ojo y una sola de sus abundantes cejas. Ha abandonado el tono despectivo y su pregunta contiene un calculado sesgo indagatorio.

—Lo que ya te dije: estaba preocupada de si te burlabas de ella o no.

—No me soporta —a decir por el matiz de burla que acarrea el comentario, pareciera aliviado por la respuesta—. La semana pasada, en tu casa, estaba furiosa porque te prestaba atención a ti y no a ella. Desde el día que nos conocimos fue igual. No se resignaba a que la amistad fuese contigo. Lo único bueno de todo esto es que te vas a librar de ella. Esa mujer es una verdadera caníbal.

A Manuel no le interesa si se libró o no de ella, y hablar de «amistad» le resulta una burda simplificación. Tiene la desagradable idea de que Diego intenta esquivar la gravedad de los hechos. Para liquidar los aspectos secundarios e indagar en sus emociones, lanza una pregunta abierta:

—¿Y qué piensas tú de lo que pasa?

—¿Qué pienso? Que te has sacado un peso enorme de encima... —es notorio que hace un esfuerzo por encontrar algo más que decir—, ya no tendrás que llevar una doble vida —y con un tono más definido, regresa a la corriente principal de sus pensamientos—: Lo del banco es una calamidad.

A juicio de Manuel, falla en la manera de tocar un punto delicado. Diego no es responsable de su despido, por cierto, pero resulta incuestionable que su megalomanía fue un factor preponderante. Si hubiera incorporado un socio a fines del año anterior, el segundo préstamo no hubiera sido necesario.

—No me importa lo del banco...

—Pero te quedaste sin trabajo —apunta, para enseguida agregar—: Y yo sin reprogramación de deuda. Es decir, sin socio, sin diario, sin trabajo, sin casa...

Asiste a la miseria de Diego llevada a su máxima expresión. Se contiene para no enrostrársela.

—Puede que Aresti aún esté dispuesto a participar en el negocio con Kleimer —sugiere en un esfuerzo por ser generoso.

—Lo dices para dejarme tranquilo. Si le molestó tanto lo que hiciste es que no le gusta financiar un diario en Internet. El banco no me hubiera prestado plata si no hubiera sido por ti. Aresti va a estar dichoso de cobrar lo que pueda de las garantías y deshacerse de *El Centinela*.

—La próxima semana sabremos qué va a pasar —replica Manuel con un punto de impaciencia—. ¿Ahora podrías ponerte en mi lugar, aunque sea por un minuto?

Diego lo mira desconcertado, como si lo hubiera sorprendido en medio de elucubraciones mercantilistas.

—Perdona, tienes razón, debes estar hecho mierda —Manuel nota cierta reticencia—. Tómate el whisky. Te va a relajar.

No hay una pizca de compasión en lo que dice, se trata tan sólo de un formulismo. Si estuviera furioso o abatido o, en último caso, dominado por un instinto de venganza, lo entendería, pero esa actitud cínica y prescindente, desprovista de cualquier emoción, lo subleva. No ve el modo de sacarlo de su parapeto a fin de despertar en él la necesaria ternura que abra paso a una demostración de cariño. La suma de su actitud y de sus dichos pareciera gritarle a la cara: «es tú problema, no el mío». Lo que asoma de esta reflexión es:

—Hablas como si a ti no te afectara mayormente.

Otra vez Diego le dirige la mirada inquieta de quien tiene puesta la atención en otra cosa.

—También me estoy tomando un whisky. ¿No ves?

—Sabes, Diego, no quiero ser una molestia para ti —se deja llevar por un arranque de sentimentalismo. El nudo que se había impuesto está a punto de aflojar.

—Por favor, no...

—¿No qué?

—No te hagas el mártir. Mi madre se hacía siempre la mártir.

—¿Pero de qué mierda estás hablando?

Diego guarda silencio, con una mezcla de repudio y desconcierto grabada en el rostro. Las prevenciones no le han servido a Manuel de nada. Ya no puede controlarse.

—Te has dedicado a dejarme en claro que no te quieres involucrar. Y perdona que te lo diga, no basta con quererlo.

—No es mi culpa, Manuel.

—Ni siquiera me has dado un abrazo. Estás tan asustado que se te olvidó que somos amantes, que esto está ocurriendo precisamente porque somos amantes. Yo no te culpo, pero al menos podrías decirme que me quieres, que me vas a ayudar, a acompañar. No se me pasa por la cabeza pedirte que me digas que lo enfrentaremos juntos —y con dolorosa ironía, añade—: No, ¿cómo te voy a pedir que tomes lo que está pasando como un problema de los dos? Ya tengo claro que quieres lavarte las manos, podrías ir a una iglesia y pedir que también te laven los pies. Mira, Diego —repasa con un escalofrío lo que ha dicho y lo que está a punto de decir. No se detiene, prefiere punzarlo a dejar que permanezca escudado—, tienes miedo, eso es lo que pasa, nada más que eso. Por dentro estás tiritando, pensando que tu mundo se va a enojar contigo por tanto descalabro. Es aún peor, tienes miedo de estar conmigo. Te gustaba más cuando mi matrimonio servía de tope. No tenías que hacerte cargo de nadie, cambiar nada, podías seguir con tu vida igual que siempre. Pero ahora las cosas han cambiado, a pesar tuyo.

—Estás tan equivocado —Manuel percibe en esas tres palabras que no lo ha conmovido. Se mantiene distante y analítico—. Crees que estoy asustado de tener una relación contigo cuando —y aquí hace una pausa— la verdad es que no quiero tenerla. ¿Te parece bien que te lo diga con todas sus letras? Siempre te gustó esta especie de incontinencia verbal, de decirlo todo como pensamiento hablado. Bueno, así pienso.

Manuel lo mira impertérrito, sin dar muestras de la parálisis que se expande en su interior.

—Tú estás enamorado de mí, pero tienes miedo —no le importa insistir.

Diego abandona la biblioteca y al regresar trae el vaso colmado de whisky y hielo. Permanece de pie y, con aire académico, expone:

—Supongamos que estás en lo cierto. No alteraría en ningún modo el resultado. A pesar de estar enamorado de ti, tengo tanto miedo que no quiero involucrarme. ¿Ves? Es lo mismo.

—Si no me separara, ¿seguirías siendo mi amante? —está en ascuas, sin saber si huir o implorar de rodillas.

—¿No te vas a separar?

—¿No te gustan los despliegues de lógica? —se cuelga de la frialdad de Diego para no enmudecer.

—Mmm... Con tu mujer enterada sería imposible.

—¿Y podrías decirme por qué ella siempre te pareció tan insoportable?

—Porque es la mujer más egoísta que conozco.

—Se parece mucho a ti.

El rostro de Diego se contrae antes de preguntar:

—¿No te acuerdas de que hasta intentó que hiciéramos un trío?

—Podrías haberlo tomado como un halago.

Diego está a punto de decir algo y se arrepiente. Después de superadas las vacilaciones, remarca:

—Es una mala persona, te lo puedo asegurar.

La atención de Manuel ha alcanzado su máxima intensidad. Ha dado con el rastro de algo importante sin saber qué es.

—¿Laura hizo algo que yo no sepa?

La inquietud de Diego se ha hecho notoria. Bebe de su vaso un sorbo tras otro. Se mueve como si debatiera consigo mismo y a la vez consultara la expresión de Manuel para decidirse a qué hacer.

—¿Vas a decirme cuál es el gran pecado de Laura? —insiste Manuel.

Diego le ha dado la espalda y actúa como si estudiara los títulos de los libros.

—Pregúntaselo a ella. Yo no tengo que ver en este entierro. Los problemas entre tú y Laura no me incumben.

—No tengo nada más que hablar con Laura —declara con firmeza, como una manera de mantener el aplomo—. Él único que puede decírmelo eres tú.

Diego se da vuelta y lo mira a los ojos por un instante prolongado. Recorre los pocos pasos hasta la ventana de guillotina. Alza el brazo y se apoya en el marco que la atraviesa. En un esfuerzo por sacar la voz, dice:

—Estuvimos juntos.

Manuel toma conciencia por primera vez de lo silenciosa que está la noche. Y también por primera vez comprende que en algún lugar recóndito de su ser lo sabía.

Diego intenta una explicación:

—Nos vimos un par de veces y después yo no quise seguir... Se me ofrecía y te usaba para tentarme.

Manuel tiene la sensación de que los separa el inabarcable silencio de la ciudad. Cuando Diego se dispone nuevamente a hablar, un hilo de arrepentimiento se ha enhebrado en su voz.

—No sé por qué lo hice. Al principio me calentaba la idea de tirar con los dos. Cuando quise parar, ella siguió insistiendo, llamando por teléfono. Hasta que pasó lo de Curacaví. Por eso terminé contigo, para salirme de en medio.

—¿Esa es la razón por la que no quieres que sigamos juntos? —no le avergüenza el patetismo de la pregunta. Se siente a tal punto despojado, que no le importa arrasar también con su dignidad.

—No, no es ésa —encara a Manuel, y su expresión revela que se ha dejado invadir por las emociones—. Es porque todo es demasiado terrible. Es una historia que partió mal. Y sigue mal. Mira lo que te ha pasado, y todavía queda lo peor. Yo no quiero ser parte de esta historia. Nunca debí volver contigo. Fue una estupidez. Cuando nos separamos, estaba seguro de que era lo mejor. Pero me gustabas... Peor que eso, me calentaba que fueras casado y que me hubiera acostado con tu mujer.

—Es suficiente —levanta una mano para acallarlo.

—No te hagas el ingenuo —una cierta luminosidad ha invadido su rostro, que sumada a la violencia lo vuelve más bello a ojos de Manuel—. Tú también estabas metido, aunque fuera de manera inconsciente. Te gustaba el juego y me alentabas a que me viera con Laura.

Diego tal vez tenga razón. Él también avivó la fantasía.

—¿Y ahora me lo cuentas para poder terminar sin que te pese?

—¿Qué?

El crispamiento que domina las facciones de Diego le indica que algo de cierto hay en esa conjetura. Recorre el cuarto con la mirada, a la par que su mente deambula por el departamento. Le gustaría llevarse algo, aunque fuese una prenda de ropa o un pocillo de velas. Pero nada de lo que hay ahí es suyo. Es tercera vez en el día que lo niegan, tercera vez que es expulsado de un lugar al cual perteneció, tercera vez que debe desprenderse de una parte sustancial de sí mismo. Quien se decide a salir a la calle no es más que el espectro de quien antes se reconocía como Manuel. Desde esa distancia, dice:

—Esta historia, aunque no quieras, es nuestra historia, Diego. La de Laura, la tuya y la mía.

Contempla sus ojos conmovidos por un instante más y luego sale, como si fuera desterrado en la más completa desnudez.

10

Mientras camina hacia la avenida Apoquindo, el cuerpo lo hunde en sensaciones más terrenales, entre ellas un fuerte dolor de cabeza. Los ladridos de un perro lo amedrentan. Se pregunta por qué le ha tocado vivir lo que le ha tocado vivir. Ocho meses atrás era un hombre, si no feliz, en paz. De inmediato reconoce que se equivoca. Que no sucediera nada en su vida no implicaba que estuviera en paz; por el contrario, la tranquilidad era un mal presagio. Ha sido él quien ha llegado a esas alturas, sin ser obligado, pero no deja de pensar que una fuerza que apenas comprende ha contribuido en la tarea. No se trata del destino, al que suelen atribuírsele las cimas y los abismos de la existencia. Es otra fuerza por completo diferente, una que nació de Laura y de él, y que encontró en Diego a su detonante. Baja por la amplia avenida hacia el poniente. A lado y lado de la calle se levantan grandes edificios de oficinas construidos en el último tiempo. Se ven tan frágiles. Tiene la impresión de que están hechos sólo de vidrio. ¿Puede una energía tan poderosa permanecer dormida por tantos años?, se pregunta. Como una falla geológica que acumula tensión por siglos y de pronto la libera en cosa de minutos, despedazando todo lo que alguna vez se construyó sobre ella. Sobre esa falla vivieron Laura y Manuel. Recuerda los primeros tiempos. Fue el reflejo que le ofreció Laura lo que más le atrajo de ella. Lo arrancó de las manos de la tibieza y se sintió capaz de construir la vida a su modo. Pasó de ser un joven bienintencionado y obediente de la norma social, a ser un hombre maduro y algo temerario, aunque sin sacarse en ningún momento el disfraz del buen burgués. Y del otro lado llegó Laura, provista de su intensidad y su desmesura, en busca de alguien que les confiriera valor, pero que al mismo tiempo mitigara sus efectos. Quizá ahí estuvo el gran error, reflexiona. En vez de atreverse a vivir sometidos a los embates de esas fuerzas desatadas, las neutralizaron bajo la apacible meseta matrimonial. Cuando dejaron de hacer el amor, hundidos en la molicie de la vida media, esa potencia que parecía extinta perdió la única manera que tenía de liberarse.

Ha tratado de no pensar en Diego y Laura juntos. No lo horroriza la idea. Ya los tuvo ante la vista semidesnudos en Curacaví. En esos minutos eternos imaginó a Diego haciéndole el amor a su mujer y el resultado fue un multiplicador de la excitación. Diego estaba en lo cierto, en los primeros meses también él participó de la fantasía. Pero, dada la evidencia, fue el único que se tomó el juego en serio. Fue el único que se enamoró. Pensar en su apasionamiento le arranca lágrimas. Llega a la avenida Tobalaba. Se desvía por las calles secundarias del barrio Providencia. No desea que los escasos transeúntes que se cruzan en su camino lo vean llorar. Camina hacia el sur por Hernando de Aguirre. Los edificios tienen más de quince años, de rasgos gruesos, diez o doce pisos. Se imagina que dentro de los pocos departamentos iluminados, historias semejantes a la suya se desenvuelven o, aún larvadas, se hallan a la espera de la ocasión para explotar. Es tal la agitación interior a que se ve sometido, que todo a su alrededor comienza a temblar. Los edificios parecieran estremecerse con las historias de sus moradores y se unen a los remezones que provoca la suya propia. Se aferra al tronco rugoso de un árbol, convencido de que está en medio de un terremoto. Es la falla que no cesará de rasgarse hasta que haya acabado con todo. Incluso cree escuchar el estrépito de vidrios reventándose. Los rascacielos que se vienen abajo. Lanza un grito ronco hasta quedar sin aire. Sólo así recupera el sentido de la realidad. Mira a su alrededor y los edificios intactos lo amonestan con sus fachadas ceñudas. Una mujer se asoma al balcón y vocea: «¿Quién anda ahí? ¡Voy a llamar a Carabineros!». Pasar la noche en una celda sería quizás una recompensa. Al menos estaría rodeado de otros hombres en situaciones tan miserables como la suya. Está solo, no tiene con quién desahogarse. Su madre no pasaría de las primeras frases del relato, sus hermanos son unos inútiles, e Idana no daría la nota. Llamará a Laura. Aunque lo odie, ella estará dispuesta a escucharlo. Busca el celular en sus bolsillos. Lo ha olvidado en casa de Diego. Golpea con los puños el tronco al que estuvo aferrado. Se lanza calle abajo. Avanza por Lota, de nuevo hacia el poniente. La cubierta de hojas que cruje bajo sus pasos lo hace levantar la vista hacia la bóveda formada por las copas de los plátanos orientales. Se asemeja al esqueleto de una gran ballena y él a un Jonás en plena huida. Sus nudillos sangran, ojalá sangrara también su cabeza para liberar la presión de sus sienes. Ha enfilado por Holanda hacia el sur. Moverse en esa dirección le ofrece una promesa de tranquilidad. Si llega lo suficientemente lejos, su angustia habrá dado paso a una tristeza más soportable. Cruza la avenida Eliodoro Yáñez. Los dichos de Laura y de Diego se suceden en su mente como latigazos. Uno, dos, tres… y contar es la forma que encuentra para atenuar el martirio. Se concentra en los números y rehúye el fondo hiriente de sus palabras. «¿Desde cuándo?»; «¿Cómo se burlaba Diego de mí?»; «Todo es demasiado terrible»; «Tú también estabas metido en esto»; hasta una frase de Aresti se cuela con un chasquido: «Estás haciendo el ridículo». Sigue la cuenta y camina rápido con el ingenuo fin de dejar atrás el restallar de sus pensamientos. Si tan sólo Diego lo amara. Se le presenta de cuerpo entero: el mechón de pelo caído sobre la frente, la marcada línea de la mandíbula, las manos venosas, las cejas inconfundibles, la mirada de niño apasionado. Su teoría de que lo ama pero tiene miedo, como un edificio que falla minutos después del cataclismo, se desploma ante él. Nunca lo amó. Repasa la entrevista que acaban de tener. Nada en ella desmiente esa conclusión. Es más, la confirma hasta en sus flancos más débiles. En contra de lo que hubiera esperado, la nueva certeza lo tranquiliza. Se trata de una calma fría. Un proceso de congelamiento que les quita vida a sus piernas y a los azotes en su mente. Incluso la angustia se repliega. Ha alcanzado el parque de la avenida Pocuro. Si no fuera por los pocos autos que a esa hora pasan por ahí, creería que también los habitantes de la ciudad han sufrido similar suerte. Se sienta en un escaño y se examina con absoluto desapego. Comprueba, con un estremecimiento que le recorre la espina dorsal, que ya no sufre.

Su primer instinto por la mañana es llamar a su casa. Quiere saber cómo está Martina. Recuerda vagamente que tomó un taxi de regreso. La noche silenciosa lo acompañó hasta la hora en que los pájaros parecieron apropiarse de la ciudad. Luego se quedó dormido. Entra al dormitorio de sus padres y hace un esfuerzo, como la tarde anterior, para no dejarse conmover por el olor y la visión de los objetos queridos. La manta de alpaca que cubre los pies de la cama lo pone en jaque. Su madre siempre ha afirmado que Manuel fue concebido en Perú, en un viaje que hicieron a Machu Picchu, durante el cual compraron esa manta. Recuerda cómo en su infancia imaginaba lleno de gozo los sueños del futuro; en cambio, ahora lo vivido no es más que desintegración.

—¿Cómo está Martina? —pregunta después de recibir un saludo cortante.

—Ayer llamó tu mamá varias veces para convencerme de que fuéramos a Curacaví. Le dije a Martina que la llevaría hoy. ¿Te molestaría?

Su orgullo la protege y la moviliza. Manuel lo percibe, ella interpreta lo de ayer como un percance grave pero no fatal. Mi mundo no se hará añicos como el tuyo, es el mensaje cifrado en su voz.

—Por supuesto que no, al contrario. ¿Está contenta?

Desea ser cariñoso con Laura, hablarle como antes, mostrarse preocupado de su bienestar y el de su hija.

—Imagínate, saltando a la cuerda desde las siete de la mañana. Para mí será mejor porque Mireya se fue a su casa en Rengo.

Es tal la determinación de Laura que, si no fuera por un fondo de tristeza en la voz, la creería completamente repuesta, con su disposición práctica como la mejor prueba de ello.

—¿Y tú tienes ganas de ir?

Quiere animarla, hacerla sentir bien con su iniciativa, aunque intuye que ir a Curacaví no es más que una desaforada pretensión de normalidad.

—Sólo si tú no vas.

La decisión de su mujer de ir a la parcela, donde palpará su presencia en cada cosa, demuestra que no se ha convertido en un monstruo para ella. Pensar que no abomina de él lo conforta, pero no es suficiente para despertar esperanza alguna.

—No voy a ir a ninguna parte.

Sabe lo que tiene que hacer y ha dado con una manera de llevarlo a cabo.

—¿Qué quieres que les diga a tus padres cuando pregunten?

Se sorprende de no haber pensado en ellos. De no encontrarse tan absorto en su plan, seguramente lo hubiera hecho con detenimiento.

—Diles lo que quieras.

Es sincero.

—¿Lo que quiera?

Laura se queda pensando durante unos segundos y con rabia contenida pregunta a continuación:

—¿Les digo que tienes a un hombre por amante y que te despidieron por prestarle dinero bajo cuerda?

Manuel piensa que podría aprovechar de contarles que ella también fue su amante, pero sólo dice:

—Tarde o temprano se van a enterar.

Lo mortifica imaginar cómo reaccionarán. Primero la incredulidad, después la vergüenza.

—Pero no voy a ser yo quien dé las explicaciones.

—¿Puedo hablar con Martina?

Recibe por respuesta un bufido de molestia.

—Hola, papá, nos vamos a Curacaví —la escucha decir cuando se pone al teléfono.

—Sí, mi amor. Yo voy a tratar de ir mañana o el domingo.

—Bueno —dice ella, dulcificando el tono de su voz. La sola inflexión rompe la barrera que Manuel le ha impuesto a sus emociones.

—Te quiero mucho.

Se le hace un nudo en la garganta.

—Yo también.

Martina se aleja del auricular y Laura cuelga.

Su próximo pensamiento es para Diego. Se pregunta si llamarlo o no. No tienen nada de qué hablar. Quien hasta ayer era el nuevo eje de su vida, ha pasado a ser un hombre al que amó, pero que ya no admira ni tampoco compadece. Ya verá él cómo se las arregla con sus remordimientos. Manuel no tiene dudas de cómo hará frente a los suyos. Se ducha en el baño de sus padres. Toma del botiquín una antigua máquina de afeitar, de las que reciben la hoja en una doble compuerta, y se rasura con esmero. Una vez vestido se sienta en la salita a contemplar el jardín. Mantiene la mente vacía. Sigue los paseos de un zorzal mientras la mañana se torna cada vez más brumosa. A las once y media se decide a partir. Va a la cocina y se despide de la empleada con jovialidad, agradecido de las atenciones. Américo Vespucio está libre de tráfico. En la luz roja de Candelaria Goyenechea, una station se detiene junto a su auto. En el interior viaja una familia, padre, madre y cuatro hijos, todos rubios, como si fueran de otra raza, o de una nueva clase de chilenos, los hombres engominados, la madre y la hija con el pelo liso hasta los hombros. Hasta los niños tienen el semblante serio. Presume que van a la representación del vía crucis en alguna iglesia. A él también lo llevaban cuando niño al de la parroquia de Vitacura. El sacerdote se detenía frente a cada una de las pinturas en los muros laterales, representaciones más o menos realistas de las estaciones del calvario, y leía el pasaje de la Biblia que consignaba el episodio. «Jesús cae por primera vez», en la voz del padre Nicolás, aún resuena en su memoria. Se pregunta qué alimentará el caudal diario de la rubia familia, cuál será la convicción que los sustenta, qué ha llevado a esos dos seres adultos a reproducirse sin mesura, en una grotesca manifestación de confianza en la vida. Él ya no la tiene y no le parece más que un espejismo para gentes ingenuas. Maneja despacio, quiere asegurarse de que Laura se haya ido. Cuando entra en el estacionamiento su auto ya no está. La penumbra le arrebata por un momento la calma. Camina rápido por los sótanos del edificio hasta alcanzar el iluminado acceso a los ascensores. Entra en el correspondiente a los pares. 12, pulsa. Hasta ahora nunca había tenido una conciencia a tal punto desarrollada del tiempo que demora en subir y la altura que debe salvar. Su corazón late precipitadamente. No bien entra se dirige hacia el ventanal del living. La bruma parece abarcarlo todo. Sufre una pequeña decepción al no encontrar a la cordillera presente. Recorre las habitaciones. Mira a su alrededor absorbiendo con avidez lo que no volverá a ver: la camisa de dormir de Laura, desmayada en la silla de mimbre. Una edición de *El Principito* de cuando era niño sobre el velador de su hija. Los platos del desayuno sin lavar. En el living todavía están los pocillos para las velas que compró cuando Diego vino a cenar. A nadie le guarda resentimiento. Abre el ventanal y desde las calles suben atenuados los ruidos de la ciudad. Llegado un punto, deja de oírlos. Han de ser las doce, se dice. «Jesús es clavado en la cruz». Avanza hacia la terraza y sin dudar se lanza al vacío. Tuvo tiempo de sentir miedo, pero no pidió perdón.

11

No tiene claro por qué lo llamó. Lo hizo por instinto. Cree necesitar una última conversación con él. En un comienzo fue sólo una idea pasajera, pero con el avance de los días llegó a transformarse en una suerte de obsesión. Ha pasado un mes. Un mes que se le ha hecho interminable. Quisiera que hubiera pasado un año, o más, para que la costumbre les hubiese regresado a los días su disfraz de normalidad. No aspira a que la tristeza la abandone, cree que nunca lo hará, será un peso dentro que hará más lenta su existencia, un plomo que medirá la verticalidad de cuanto emprenda. ¿Experimentará Diego algo parecido? Lo recuerda cuando llegó a la misa de difuntos, poco antes de comenzar. Sólo pudo realizarse el domingo a las tres de la tarde: el cuerpo debió pasar por el Servicio Médico Legal, y era la única hora disponible en la vecina parroquia de Santa Elena, por las ceremonias de Pascua de Resurrección. Ella estaba de pie, recibiendo el saludo de algún pariente, y miraba hacia las puertas de la iglesia. En ese ancho bodegón de ladrillo, la imponencia de Diego se veía disminuida. Caminó lentamente hacia el ataúd. Más atrás venía Idana, que pronto se escabulló por un pasillo lateral. Él no pareció notar la presencia de la gente que llenaba las bancas y lo miraba con curiosidad. Muchos de ellos, piensa, estaban ahí para presenciar el espectáculo de la tragedia, hurgar en el dolor de los deudos, buscar en sus semblantes algún indicio que les diera una pista de lo que realmente ocurrió. Estaban ahí en el convencimiento de que detrás del suicidio existía un motivo vergonzoso. Diego avanzaba cubierto por un abrigo largo y traía un ramo de rosas blancas, atado con una cinta de seda. Al llegar junto al ataúd, contempló por un momento el rostro impasible bajo el cristal y luego puso el ramo sobre la tapa. Se demoró unos instantes más. Después levantó la vista, buscándola. Vino hacia ella y, con los ojos brillantes y el rostro demacrado, dijo: «Qué pena más grande». La abrazó, le dio un beso en la mejilla, besó también a Martina que estaba a su lado, atemorizada y confusa, y fue a sentarse en la cuarta o quinta fila del costado opuesto al que ella ocupaba. Pudo ver cómo su madre e Isabel cubrían sus rostros de desprecio. Cuando lo vio entrar, temió que uno de los dos perdiese la compostura. Pero con todo lo que creía odiarlo, nada en ella protestó por el abrazo. Lo recibió aliviada y se felicitó por haberle correspondido. Tan sólo ellos conocían la historia, lo que se podía saber. Ni siquiera Aresti podía arrogarse el conocimiento de por qué Manuel se había suicidado. Tal vez esa fue la razón de que durante la misa se haya sentido más unida a Diego que a cualquier otra persona, como si se hubiesen sentado juntos, tomados del brazo. Su atención estuvo puesta en el cuerpo de su marido, en Martina y en él, sin mirarlos, en una sintonía inviolable. Quienes la rodeaban, miembros de la familia de Manuel y de la suya, asistían a ese entierro sumidos en la ignorancia. Isabel y su madre, enteradas a medias de la historia de la homosexualidad, tampoco podían dar una explicación cabal. Laura les exigió absoluto silencio, fuese cual fuera el caso. Ellas comprendieron que era lo indicado, aunque les ardieran los labios de ganas de hablar. También había llamado a Aresti la misma tarde del viernes. Después de relatarle los hechos sin eufemismos, le preguntó si podía contar con su discreción. Como aún nadie del banco sabía del asunto, prometió, por el bien de ella y de la familia, olvidar el despido. Laura tuvo la frialdad de anticipar que para él también sería un alivio. Desplegado el tupido velo, lo más probable era que los padres y los hermanos de Manuel nunca llegasen a enterarse de nada. A los rumores prestarían oídos sordos: no serían sino invenciones de mentes afiebradas; y si ella alguna vez, llevada por el corrosivo anhelo de exculparse, se los llegase a contar, tampoco le creerían. Para los Silva Leighton, la memoria de Manuel se había vuelto inexpugnable a la maledicencia.

En el Cementerio General, mientras Laura y su suegra distribuían las flores y coronas aquí y allá dentro del mausoleo familiar, apremiadas por la hora de cierre, encontró el ramo de rosas que Diego había traído. Se detuvo a pensar dónde lo pondría. Miró hacia fuera a través de la reja y ahí estaba él, mirándola, llenando apenas el abrigo. Se empinó hasta el nicho y puso el ramo dentro, sobre la tapa del ataúd, donde había estado antes.

Han preferido reunirse en un lugar neutro, sin recuerdos, un salón de té llamado Le Flaubert, en Providencia. Está prácticamente vacío. Mira su reloj. Siete minutos pasadas las cinco de la tarde. Laura teme que no aparezca. Ya se había mostrado renuente en el teléfono:

—¿Para qué quieres verme?

—Para hablar.

—Se habla demasiado de los muertos.

—¿No hay nada que me quieras preguntar?

—Creo que él dejó las cosas suficientemente claras.

—Por favor, veámonos, aunque sean cinco minutos. No puede hacerte mal.

A pesar de su nerviosismo, se siente a gusto. Es un sitio tranquilo, con un indudable aire francés, sin llegar a ser pretencioso. Se halla en una mesa junto a una puerta vidriada. Desde ahí observa el discurrir apacible de la calle Orrego Luco. Ve a Diego venir. Trae las manos hundidas en los bolsillos del abrigo. Con su caminar apresurado, alborota la cubierta de hojas otoñales. Tiene la impresión de que aún no ha recuperado su desenvoltura. Saluda a la camarera al entrar, pero no dice nada una vez desembarazado del abrigo y sentado frente a ella. Diferentes miembros de su cuerpo no terminan de aquietarse hasta que las miradas se enlazan.

—¿Cómo te ha ido? —pregunta Laura. Su reacción al verlo ha sido la esperada. Aún experimenta esa extraña forma de unión con él, la misma del funeral. No lo odia. Más bien lo compadece.

—¿A qué te refieres? —es una réplica poco amistosa.

—No estés a la defensiva, Diego —dice ella, adelantando el cuerpo hasta poner sus codos sobre la mesa—. Yo no lo estoy. Te pregunto cómo te ha ido de la misma manera que te lo preguntaría cualquiera.

Quiere mostrarse entera, firme sobre sus pies, dueña de una fuerza interior que la sostiene. Vierte el té humeante en cada taza. La bonita tetera de porcelana le recuerda las ridículas ambiciones que Diego despertaba en ella.

—En el trabajo, bien —dice él con un matiz de mansedumbre—. Tengo un inversionista.

Ella inquiere sobre las características del personaje y las razones de su interés. Tiene la impresión de que el tema lo distiende. Cuando lo percibe más tranquilo, avanza un poco más:

—¿No tuviste problemas con el banco? Manuel me habló de un préstamo.

—Yo no se lo pedí —su agresividad ha vuelto a brotar.

—No me dijo que se lo pidieras.

Interpreta el papel de una mujer razonable, mundana. Cree que le sienta bien. Un poderoso sentido de superioridad ha relegado sus pasiones a un estrecho rincón.

—El banco refinanció la deuda —explica Diego en un tono informativo.

—Entonces, lo que hizo Manuel no fue tan grave.

—Fue una exageración de su jefe.

—¿Aresti renegoció contigo? —el enemigo común es siempre una buena estrategia, piensa.

—Sí.

—Qué descarado.

—No fue por eso que Manuel... —Diego alza la voz y se contiene. Una mujer que lee un libro al otro lado de la sala levanta la vista. Laura se desalienta, pero no se da por vencida.

—No tienes ni que decírmelo —coincide. Su tono es compresivo y la expresión sumisa.

—¿Tú sabes por qué lo hizo?

—Creo saberlo.

—La culpa es un sentimiento venenoso.

Laura se felicita por su estrategia. Que haya exhibido esa miniatura de su intimidad es un triunfo. Con un deliberado toque de sorpresa, pregunta:

—¿Tienes remordimientos?

—Por supuesto —replica él, escandalizado por la duda—. ¿Tú no?

Laura simula considerar su respuesta con la mayor seriedad. Luego se rodea de un aire de inocencia, y contesta sencillamente:

—No.

Diego frunce el ceño. Se libra un mudo combate entre los semblantes antagónicos. Ella, beatífica; él, condenatorio.

—Deberías ver un psiquiatra —dice él.

Con el fin de no perder su complicidad, Laura recurre a una frase que había pensado antes:

—No lo hizo ni por ti, ni por mí, ni por Aresti.

—¿Cómo puedes estar tan segura?

—Prefiero tomarlo así. Incluso a veces me da una rabia tremenda —ha recurrido a una parodia confesional—. ¿No crees que pensó en cómo nos íbamos a sentir? He llegado a creer que lo hizo para castigarnos. No voy a darle el gusto de sentirme culpable —hace una pausa y enseguida pregunta—: ¿Y se puede saber qué te remuerde la conciencia?

Diego se toma un tiempo antes de contestar:

—Haber llegado tan lejos... —tiene la mirada baja y emplea un tono evocador.

Se ha enternecido, piensa Laura. Vislumbra su oportunidad.

—¿Terminaste con él la última noche? —se ha colgado de la ternura para encubrir la avidez de su pregunta.

—¿Te lo contó? —Diego alza la mirada.

—No. Lo supuse.

—Sólo quise aclararle que no seríamos pareja.

—¿Eso quería él? —hace un esfuerzo por mantenerse

sobre el problema, conservar la superioridad moral y la legitimidad que le confiere ser la viuda.

—Creo que sí.

—¿Pensaste en mí en algún momento? —no sabe de dónde nace esa pregunta. Ya no tiene el control de sus palabras. Diego la mira a los ojos, como si intentara descifrar sus intenciones. Luego dice:

—¿Estás segura de querer escuchar lo que pensé?

—Segura —tensa la espalda, cruza las manos sobre la mesa y dispone su atención. Tiene el propósito de aparentar que nada proveniente de él puede herirla. Pero ha saltado fuera de la trinchera y, sin darse mayor cuenta, se ha vuelto un blanco fácil.

—Le dije que lo único bueno que había pasado es que se había librado de ti.

Ella esboza una sonrisa con la intención de parecer condescendiente, pero no es otra cosa que la mueca de quien recibe un disparo.

—¿Tan mala opinión tienes de mí? —su última defensa, su orgullo, se ha colado en sus palabras, y lo que antes era un despliegue de virtud, ahora se ha empañado con un velo de patética ironía.

—La peor. Incluso peor que la que tengo de mí mismo.

—¿Por qué? ¿Cómo puedes juzgarme? —le sube la sangre al rostro—. Yo participé cuando no era más que un juego.

Siente perdida a manos de Diego la supremacía que ostentaba.

—Suficiente para saber de qué pasta estás hecha. De los tres, eres la más egoísta.

—No creo que Manuel tuviera esa impresión —las palabras retumban en su garganta.

—Yo me preocupé de que la tuviera.

Ella frunce las cejas y la boca, entre incrédula y soberbia. Sin que Diego lo haya remarcado, comprende que le contó todo a Manuel.

—Eso no me hace peor persona que tú —es la primera frase sincera que dice, inspirada por un nítido sentimiento de revancha. Y como si la encumbrada posición que Diego le ha usurpado ofreciera una amplia perspectiva, lo escucha decir:

—Manuel era mejor persona que tú y que yo.

Las palabras quedan vibrando en el aire.

—Lo santificas porque está muerto —dice Laura para acallarlas, para no darles cabida en su interior—. De los tres, fue el más cobarde.

El rostro de Diego se contrae. Sin disculparse, se alza y desde la altura dice:

—Adiós, Laura. Espero no volver a verte.

Ella va a decir algo, pero Diego ya ha tomado su abrigo y le ha dado la espalda. Después lo ve cruzar frente a la puerta vidriada. Adquiere conciencia de cuanto la rodea. La mujer del libro se ha ido. Llama a la camarera y pide otro té. Esperará a que se calmen sus tumultuosas emociones. Después podrá salir a la calle y proyectar su acostumbrada serenidad: actuar de la única manera en que sabe hacerlo, como si Manuel aún estuviera vivo.

⊜ Planeta

España
Av. Diagonal, 662-664
08034 Barcelona (España)
Tel. (34) 93 492 80 36
Fax (34) 93 496 70 58
Mail: info@planetaint.com
www.planeta.es

Argentina
Av. Independencia, 1668
C1100 ABQ Buenos Aires
(Argentina)
Tel. (5411) 4382 40 43/45
Fax (5411) 4383 37 93
Mail: info@eplaneta.com.ar
www.editorialplaneta.com.ar

Brasil
Rua Ministro Rocha Azevedo, 346 -
8º andar
Bairro Cerqueira César
01410-000 São Paulo, SP (Brasil)
Tel. (5511) 3088 25 88
Fax (5511) 3898 20 39
Mail: info@editoraplaneta.com.br

Chile
Av. 11 de Septiembre, 2353,
piso 16
Torre San Ramón, Providencia
Santiago (Chile)
Tel. (562) 652 29 00
Fax (562) 652 29 12
Mail: info@planeta.cl
www.editorialplaneta.cl

Colombia
Calle 73, 7-60, pisos 7 al 11
Santafé de Bogotá, D.C.
(Colombia)
Tel. (571) 607 99 97
Fax (571) 607 99 76
Mail: info@planeta.com.co
www.editorialplaneta.com.co

Ecuador
Whymper, 27-166 y Av. Orellana
Quito (Ecuador)
Tel. (5932) 290 89 99
Fax (5932) 250 72 34
Mail: planeta@access.net.ec
www.editorialplaneta.com.ec

Estados Unidos y Centroamérica
2057 NW 87th Avenue
33172 Miami, Florida (USA)
Tel. (1305) 470 0016
Fax (1305) 470 62 67
Mail: infosales@planetapublishing.com
www.planeta.es

México
Av. Insurgentes Sur, 1898, piso 11
Torre Siglum, Colonia Florida, CP-01030
Delegación Álvaro Obregón
México, D.F. (México)
Tel. (52) 55 53 22 36 10
Fax (52) 55 53 22 36 36
Mail: info@planeta.com.mx
www.editorialplaneta.com.mx
www.planeta.com.mx

Perú
Grupo Editor
Jirón Talara, 223
Jesús María, Lima (Perú)
Tel. (511) 424 56 57
Fax (511) 424 51 49
www.editorialplaneta.com.co

Portugal
Publicações Dom Quixote
Rua Ivone Silva, 6, 2.º
1050-124 Lisboa (Portugal)
Tel. (351) 21 120 90 00
Fax (351) 21 120 90 39
Mail: editorial@dquixote.pt
www.dquixote.pt

Uruguay
Cuareim, 1647
11100 Montevideo (Uruguay)
Tel. (5982) 901 40 26
Fax (5982) 902 25 50
Mail: info@planeta.com.uy
www.editorialplaneta.com.uy

Venezuela
Calle Madrid, entre New York y Trinidad
Quinta Toscanella
Las Mercedes, Caracas (Venezuela)
Tel. (58212) 991 33 38
Fax (58212) 991 37 92
Mail: info@planeta.com.ve
www.editorialplaneta.com.ve

Grupo  Planeta   Planeta es un sello editorial del Grupo Planeta   www.planeta.es